红黑衫——

红发女海盗之谜

张恩东　著

机 械 工 业 出 版 社

本书是红黑衫系列的第二卷，讲述了贝格尼娅·德雷佐指挥西班牙冒险船队离开本土开始环球航行的故事。沿非洲西海岸一路向南航行的贝格尼娅在加那利群岛遭遇企图洗劫这里的巴巴里海盗，并成功将其击败。不过这仅仅是漫长冒险之旅的“开胃菜”而已。曾在加勒比海给贝格尼娅制造过麻烦的谜一般的红发女海盗再次出现，而这一次也到了两人“了却恩怨”的时刻。雄心勃勃的贝格尼娅能否战胜强敌？

图书在版编目（CIP）数据

红黑衫．红发女海盗之谜/张恩东著．—北京：机械工业出版社，2016.10
ISBN 978-7-111-55195-9

Ⅰ．①红…　Ⅱ．①张…　Ⅲ．①长篇小说－中国－当代　Ⅳ．①I247.5

中国版本图书馆 CIP 数据核字(2016)第 250474 号

机械工业出版社（北京市百万庄大街 22 号　邮政编码 100037）
责任编辑：杨　源　　策划编辑：杨　源
责任校对：张艳霞　　责任印制：李　洋
北京机工印刷厂印刷（三河市南杨庄国丰装订厂装订）

2016 年 11 月第 1 版·第 1 次印刷
169mm × 239mm · 13.25 印张 · 179 千字
0001－4000 册
标准书号：ISBN 978-7-111-55195-9
定价：35.00 元

凡购本书，如有缺页、倒页、脱页，由本社发行部调换

电话服务
服务咨询热线：(010)88361066
读者购书热线：(010)68326294
(010)88379203

网络服务
机 工 官 网：www.cmpbook.com
机 工 官 博：weibo.com/cmp1952
教育服务网：www.cmpedu.com
金 书 网：www.golden-book.com

目　　录

【一】为了约定

离开加的斯港后，由于风向的缘故，贝格尼娅的小小舰队不得不暂向北航行。鉴于此，女上校计划在洋面上顺风兜一圈后继续向南航行。站在“圣佩德罗”号的舰桥上，贝格尼娅认真关注着海面上的风向变化，并时不时地向舵手发出指令。离她不远处，伊莎贝拉正协助安斯瓦尔多监督甲板上劳作的水手。此次出航，“圣佩德罗”与“圣洛伦佐”号一共搭载了168门大炮（每舰84门）和1100名船员（每舰550人）；而船上所携带的补给大约可供船队不靠岸连续航行一个月左右，大致相当于单程从西班牙本土驶往加勒比海的航程。这就意味着贝格尼娅在完成环球航行的旅途中必须频繁地寻找合适的停靠码头，好在沿途可供船队停靠的西班牙或其同盟国的港口并不少，手握海图，女上校可谓信心满满，然而就在她准备下令让舵手转向、将船头调向南方时，一个念头如闪电般划过脑海，女上校随即将“左转舵向南”的命令更改为“右转舵维持向北航行”。当听到这一命令时，不仅舵手，甚至连伊莎贝拉和安斯瓦尔多也露出不解的神色。伊莎贝拉忙走到闺蜜身旁问道：

“姐姐，为何要下令继续向北？明明现在风向已经对我们（向南航行）有利了呀！”

“因为我差点忘记了一件非常重要的事，我们现在必须去一趟埃尔费罗尔港。”

“去埃尔费罗尔港？难道是因为那个男人……”

伊莎贝拉似乎猜到了些什么，而贝格尼娅也冲她会心地点了点头。没错，伊莎贝拉口中所说的“那个男人”正是因为写了一封密信给卡洛斯国王而挽救了闺蜜性命的安东尼奥·德帕斯奎斯。对于贝格尼娅来说，安东尼奥已经不仅仅是那个令她厌恶的“曾经的婚约者”了。

"我希望……无论怎样你都要平安回来，然后……我们再见上一面。可以吗?"

与安东尼奥临别前的那句话再次回响在贝格尼娅的耳边。对于贝格尼娅来说，安东尼奥不仅使她出航加勒比海变为现实（为贝格尼娅提供武器装备）；甚至还在她走到山穷水尽之时为其赢得了一线生机(若没有安东尼奥的那封密信，卡洛斯国王恐怕也无言反驳法官对于贝格尼娅死刑的宣判)。这样的恩情，绝非一两句感激之语所能报答。

在向北航行数日后，贝格尼娅的小小舰队平安抵达埃尔费罗尔港。为了能让格拉迪诺有时间与家人见上一面，贝格尼娅还特意在与埃尔费罗尔隔海相望的拉科鲁尼亚港（即格拉迪诺的故乡）将其放下，并允许他在这里逗留 3 天时间。对于女上校的好意，这位年轻医生感激不已。

接下来便是完成此次埃尔费罗尔之行"最重要的事"了。在伊莎贝拉的陪伴下，贝格尼娅马不停蹄地赶到了码头办事处的楼前。然而，当女上校告知门口卫兵自己是来拜访安东尼奥·德帕斯奎斯时，从卫兵嘴里得到的回答却令她惊诧：

"很抱歉，上校小姐，您想拜访的帕斯奎斯先生已经不在这里工作了，顶替他职务的是阿贝拉多男爵。"

"你的意思是帕斯奎斯先生被调职了吧，那么请问他现在身在何处?"

"这个属下并不清楚，如果您想要了解的话……"

"请带我去见新任码头总督阿贝拉多男爵，谢谢。"

不等卫兵把话说完，贝格尼娅已经提出拜见阿贝拉多男爵的请求。不多时，在得到允许后，卫兵将贝格尼娅与伊莎贝拉带进了总督办公室。阿贝拉多男爵是一位大约 40 多岁、身材矮小、肤色较黑的中年男子。在与女上校和公主见面后，男爵显得非常谦恭，对于贝格尼娅的提问，几乎每问必答。原来，就在贝格尼娅带着军舰离开埃尔费罗尔港、前往加勒比海后不久，帕斯奎斯伯爵便知道了儿子安东尼奥为曾经的"未婚妻"擅自出动军舰所提供的便利。一怒之下，伯爵当即举荐阿贝拉多男爵取代了儿子的职务。在那之后，安东尼奥的下落便无人知晓了。

“男爵阁下，您知道帕斯奎斯伯爵的住处吗？”在听完阿贝拉多男爵的讲述后，贝格尼娅问道。

“伯爵大人的府邸位于阿维莱斯港的南郊，我一直以为雷佐小姐您是知道的”，男爵用平和的语气答道，“如果雷佐小姐和公主殿下想要去拜访伯爵，我可以为二位安排马车。”

“那就麻烦您了，男爵阁下！”

贝格尼娅高兴地答应下来。于是阿贝拉多男爵为两位姑娘准备好豪华马车，即刻启程前往阿维莱斯。在出发前，贝格尼娅把两艘军舰的指挥权交给戈丁上校，并嘱咐他在自己不在的这些日子里勿必要看护好船上的物品。不过也许是出于对共事时间不长的戈丁的不信任，贝格尼娅最后还吩咐安斯瓦尔多要对戈丁起到督促作用。在一切交代清楚后，女上校怀着忐忑的心情上路了。

“姐姐，你想要见安东尼奥一面，仅仅是因为那封信吗？”坐在马车里，伊莎贝拉忍不住问道。

“嗯……我总觉得如果自己不这么做的话……”贝格尼娅低头沉吟道。这时，她的眼前仿佛又隐隐映现出半年前在埃尔费罗尔港与安东尼奥分别时对方那依依不舍的样子。

“姐姐……恕我直言，你该不会真的对他产生感情了吧？别忘了他老爹可不是省油的灯呐！”

“萨拉，你想到哪儿去了，我是不可能对安东尼奥产生感情的。不过，若眼睁睁地看着他因我而受苦，我也……”贝格尼娅抿着嘴唇使劲儿摇了摇头。

“姐姐，你的心肠太善良了！难道你希望几个月前发生过的事（指贝格尼娅因营救罗德里格斯而险些丧命）重演吗？”伊莎贝拉的语气突然变得认真起来。看得出，对于闺蜜去拜访帕斯奎斯伯爵，她是很有意见的。

“呵呵……萨拉，你真是多心啦！帕斯奎斯伯爵即便再令人厌恶，但他终究不是我的敌人，难道还能把我杀了不成?”贝格尼娅听了，不以为然地笑起来。

“算了吧，姐姐，你没有把人家当成敌人并不代表人家也有同样的想法，我猜国内恐怕没有哪个人比那个老头子更乐意看见你遭受不幸了。自从当年那件事（指贝格尼娅单方面撕毁与安东尼奥婚约一事）发生后，雷佐家族与帕斯奎斯家族一直都是貌合神离；虽然安东尼奥也许因为爱你而不会记恨，但我可以断言，他的老爹绝不会就此善罢甘休!”

伊莎贝拉犀利的话语使贝格尼娅不由得再次陷入沉默，尤其是当听到“爱”这个词语时。猛然间，女上校想到了一个永远不可能忘记的名字：苏特·德兰德沃克，已经踏上环球之旅的她还能再与自己的心上人相见么……

经过一天一夜的颠簸，阿贝拉多男爵的马车将贝格尼娅与伊莎贝拉带到了位于阿维莱斯南郊的帕斯奎斯庄园。这是一座比雷佐庄园宏伟得多的巨大庭院，拥有更多的绅士、长工和黑奴。走下马车，贝格尼娅拉着闺蜜的手径直向帕斯奎斯伯爵的宅邸奔去，在庄园中劳作的人们都向这对姑娘投以好奇的目光。直到奔至宅邸门前，终于有一位穿着得体的上了年纪的绅士十分有礼貌地将她俩拦下：

“请问二位尊贵的小姐来帕斯奎斯伯爵的宅邸有何贵干?”

“我是雷佐家的贝格尼娅，特地来拜访尊贵的帕斯奎斯伯爵。”贝格尼娅彬彬有礼地做了回应。

“啊……站在我面前的竟然是雷佐家的千金，都已经长成大姑娘了，真是让人意想不到呀！哈哈哈，难道小姐您认不出我了?”绅士望着贝格尼娅，突然开怀大笑起来。

“您是……法比安·格利恩先生?!”贝格尼娅仔细打量着眼前这位年长的绅士，突然十分惊讶地叫了出来。

“哈哈，看来小姐您还没有把‘老格利恩’（贝格尼娅童年时对格利恩的昵称，而格利恩便是冈萨雷斯口中帕萨赫斯的知名金匠）完全忘记，真是欣慰呐……我是昨天刚从帕萨赫斯赶来的，受邀参加帕斯奎斯伯爵之子安东尼奥的婚礼，请问二位小姐是否也是伯爵大人请来的嘉宾？”

当听到“婚礼”这个词语时，贝格尼娅瞬间惊得瞪大双眼，如同木头人般站在那里久久说不出一个字来。也许是注意到了闺蜜异样的表现，伊莎贝拉忙替她接过话来，只见公主面带微笑地冲格利恩点了点头：

“是的，格利恩先生，我们也是来参加安东尼奥－德帕斯奎斯先生的婚礼的。”

“真是幸会啊……那么请随我一起到大厅去等待吧，我想伯爵大人现在恐怕繁忙到完全抽不出身来接待宾客呢！”

格利恩说罢，恭敬地打开宅邸的大门请二位姑娘进入。这时，贝格尼娅显得有些害怕地扯了扯闺蜜的衣角：

“萨拉……别……”

“怕什么？我倒要看看那小子能找到一个怎样的婆娘，我偏不信了，她能比姐姐你还漂亮……哼！”

相对于贝格尼娅的犹豫和胆怯，此时的伊莎贝拉却表现出前所未有的强势，不由分说地拉着闺蜜随格利恩进入大厅。大厅中熙熙攘攘地站着很多正在等待婚礼的宾客，其中也不乏一些身着红黑衫的海军军官，甚至还有些是贝格尼娅所认识的同僚。见女上校也来“参加”婚宴，熟识的军官都热情地上前打招呼，这反而令其更觉得尴尬和拘束。伊莎贝拉的身份很快也被一些曾在马德里与之见过面的将军和大贵族们所识出，立即在大厅中引起了轰动。权贵们以为这是帕斯奎斯伯爵影响力的体现（在国王卡洛斯三世时代，贵族结婚时皇室都不会派代表参加婚宴），不禁对其家族刮目相看。正在这时，帕斯奎斯家族首席管家米利亚诺那洪亮的声音在大厅中响起：

“诸位贵宾，安东尼奥－德帕斯奎斯公子与海伦娜－德埃塞基耶尔小姐的婚礼仪式马上将在后花园开始，请随我一同前往吧！”

于是众人在米利亚诺的指引下井然有序地向后花园走去。伊莎贝拉紧拉着闺蜜那有些冰凉的手也随着人潮移动着脚步，贝格尼娅面色紧张地不停张望着四周，也许现在她唯一想做的就是赶紧离开这里。

“这个‘海伦娜’该不会就是埃塞基耶尔伯爵的小女儿吧，如果没记错，她应该比我小了整整5岁，啧啧……姐姐，眨眼间我俩都已不再年轻咯……”伊莎贝拉边走边感慨起来。

“海伦娜－德埃塞基耶尔小姐……是一个怎样的姑娘？”

“嘿嘿，这丫头的容貌和个头儿比姐姐你差远啦，不过呢，的确是个温柔乖巧的小姑娘……”

“愿天主庇佑海伦娜－德埃塞基耶尔小姐能为安东尼奥带来幸福美满的人生……”听了闺蜜的描述，贝格尼娅脸上露出一丝欣慰的笑容，随即虔诚地在胸前划了个十字。

“姐姐，你居然……为那个男人祈福……”伊莎贝拉吃惊地望着闺蜜，露出无法理解的神色。

“嗯……我为他祈福。萨拉，我想我们差不多该走了。我还必须抽身回一趟雷佐庄园……”

贝格尼娅十分肯定地点了点头，正欲转身退出前往后花园的人潮，冷不丁从身后传来一个无比熟悉的声音：

“雷佐小姐？我不会是在做梦吧……是你吗？”

“安东尼奥？……”

贝格尼娅喃喃自语着、缓慢地回过头去，只见身着精美婚宴礼服的安东尼奥正手提一只皮箱站在距离自己大约只有十步远的地方。看上去，他似乎正准备把皮箱交给负责婚礼布置的仆人，但却没想到在这里碰见了日夜思念的人。激动的伯爵儿子立即丢下皮箱走到贝格尼娅面前。在人潮的中央，两人面对面相视着，仿佛时间也在这一刻暂停了……

“恭喜你，安东尼奥……还有，感谢你的那封信……”在停顿了良久后，贝格尼娅用略带羞涩的声音先开了口。

“雷佐小姐……那封信请别放在心上，我只是做了我觉得自己应该做的事而已。话说……我真的做梦也没想到你会来参加婚宴，这真是天主给予我的恩赐啊！”

安东尼奥终于抑制不住自己激动的心情，“勇敢”地握住了贝格尼娅的手，然而贝格尼娅却如触电般迅速将手缩了回去：

“安东尼奥……看见你过得很好，我就放心了。抱歉，我现在就要离开了，我想这恐怕是我们最后一次见面了。”

“为什么？你要去哪里……”安东尼奥的脸上立刻露出疑惑和失望的神色。

“我将要航行到一个很远很远的地方……总之我们不会再见面了。安东尼奥，我真心祝愿你和海伦娜－德埃塞基耶尔小姐能够在天主的庇佑下白头偕老……”

贝格尼娅的脸上掠过少许笑意，于是她在对安东尼奥表示祝福后，转身准备与闺蜜一同离去。不过安东尼奥显然不愿意就这样让贝格尼娅离去，他以最快的速度挡在了雷佐家姑娘的面前、单膝跪下用无比诚恳的语气叫道：

“雷佐小姐……看在天主的份上，我恳求你带我一起走吧！”

安东尼奥突如其来的举动和言语不仅令贝格尼娅本人，甚至周围所有的宾客都目瞪口呆。时间在此刻再度凝结……

“安东尼奥……你疯了吗？今天是你的大喜之日呀！”贝格尼娅用颤抖的声音回应道。

“我根本不在乎这些！但是……我没法再忍受没有你出现在眼前的日子了！哪怕只是让我做个普通水手也好，求你了，雷佐小姐……”

“抱歉，我实在没法做到。萨拉，我们走……”

望着跪在自己面前的安东尼奥，犹豫片刻后，贝格尼娅敏捷地绕开他、拉着伊莎贝拉继续快步离去。不过伯爵儿子似乎并未就此放弃，甚至一直尾随两位姑娘直到庄园的入口处。忍耐不住的贝格尼娅终于停住了脚步：

“安东尼奥，你现在这样子真的令我很失望。既然已经找到了属于自己的幸福，你究竟还想怎样呢？”

“那不是我想要的生活，海伦娜是父亲强行安排给我的‘妻子’，我与她之间根本没有任何感情可言！雷佐小姐，我……”

“哟……安东尼奥，听你这口气，难道你自认为与安妮姐之间有感情可言？这可真是个天大的笑话！”

未等贝格尼娅对安东尼奥的话语做出回应，伊莎贝拉已经抢先用充满挖苦的语气堵住了伯爵儿子的嘴巴。眼见场面有点儿火药味儿，贝格尼娅忙边制止闺蜜的“言语攻击”，边好言再次劝说安东尼奥回去；不过伯爵儿子却执意不肯。就在双方陷入僵持时，伊莎贝拉的眼角余光瞟到了正向这边急匆匆跑来的老伯爵：

“喂……别闹了，你爹来了，快乖乖回家去吧！”

公主立即洋洋得意地叫嚷起来。安东尼奥下意识地回过头去，只见年近60的老父亲一路气喘吁吁地小跑过来。当发现自己的儿子正在与自己深恶痛绝的姑娘交谈时，老伯爵的脸上立即露出了不快：

“安东尼奥，你究竟在搞什么？大家都在等你，你却在和这个当年毫不留情将你一脚踹开的黄毛丫头浪费时间！”

眼见帕斯奎斯伯爵出口便对闺蜜进行人身攻击，怒火上冲的伊莎贝拉竟“嗖”地拔出了腰间的佩剑，这可吓坏了贝格尼娅，她慌忙地一面将闺蜜劝停，一面向老伯爵解释自己只是碰巧路过这里，并没有与安东尼奥再纠缠的意思。然而安东尼奥却出人意料地将矛头指向了自己的父亲：

“我不想回去！那不是我想要的生活，我宁可作一名普通水手追随雷佐小姐出海远航、吃尽苦难、哪怕最终死去，也不愿回去迎娶海伦娜过富贵的生活！”

“你……你这个不孝之子！那个黄毛丫头无情地拒绝了与你的婚约，你居然……还热脸贴她的冷屁股！做出这种损害光荣的帕斯奎斯家族的事，难道你没有一丁点儿羞耻之心吗？”

帕斯奎斯伯爵说着，便举起手杖做出要抽打安东尼奥的动作，眼见伯爵父子如此狼狈，伊莎贝拉不禁暗笑起来。但与闺蜜的“幸灾乐祸”形成对比的是，贝格尼娅却毫不犹豫地冲上前去替安东尼奥挡住了手杖，老伯爵用尽全力的一击结结实实地打在了雷佐家姑娘的右肩上，发出“啪”的一声脆响。刹那间，只见贝格尼娅头上戴的三角帽飞了出去，而她本人也因站立不稳向后倒去。这可吓坏了伊莎贝拉和安东尼奥，两人忙联手将险些摔倒的贝格尼娅扶住。见自己竟失手打中了雷佐家的姑娘，帕斯奎斯伯爵也是大吃一惊。

“够了，父亲，你竟然攻击雷佐小姐！好吧，今天无论怎样我都不会回去了，若你再逼，我就和你断绝关系！！”

安东尼奥扶起贝格尼娅，冲自己的父亲毫不留情地咆哮起来。一时间，面露尴尬之色的老伯爵也显得手足无措。也许是觉得还不够宣泄自己心中的愤慨，安东尼奥甚至想上前对父亲进行进一步的指责，却被贝格尼娅用胳膊挡了下来。只见雷佐家的姑娘揉了揉自己的肩头，对“冒犯自己”的老伯爵依然以十分尊敬的语气说道：

“帕斯奎斯伯爵，若您同意，我愿带走您的儿子并为他在船上安排一个合适的职务，同时尽我所能保证他的生命安全。”

“姐姐，你疯了嘛！这怎么可以……”

未等帕斯奎斯伯爵父子做出反应，伊莎贝拉已经在第一时间对闺蜜的决定发出抗议之声。不过她的反对并没有起到什么作用，贝格尼娅示意闺蜜安静并仍旧将决定权交给了老伯爵，而安东尼奥也满怀希望地将目光投向自己的父亲。只见帕斯奎斯伯爵低头思考着，不住地摇头、叹气甚至跺脚，看得出，这对于他来说相当难以抉择。在犹豫了良久之后，只见老伯爵紧绷的面部肌肉终于放松下来：

“好吧……尽管你做出了让我很伤心的决定，但你毕竟是我的儿子，你就随雷佐小姐出去锻炼锻炼吧！”

在得到父亲的许可后，安东尼奥欣喜万分；而贝格尼娅与帕斯奎斯伯爵的脸上也先后对他露出鼓励的笑容。当然，此时只有一个人相当不开心，那就是一直对安东尼奥心存厌恶的伊莎贝拉。在她看来，闺蜜没有任何理由将这样一个争议人物带上船去；而这个“草率”的决定很可能在日后为自己带来麻烦……

于是帕斯奎斯伯爵挑选了 3 匹快马交给贝格尼娅，以便他们能够尽快返回埃尔费罗尔港。不过离开了帕斯奎斯庄园的三人却马不停蹄地继续向东奔去，原来，贝格尼娅还记挂着一件必须要回家才能完成的心事……

从阿维莱斯乘坐马车到帕萨赫斯大约有两天的路程；但若换成骑马，只需大半天即可到达。当天晚上，贝格尼娅一行三人便抵达了帕萨赫斯市。由于时间已经很晚，并且此次行动无须遮掩，贝格尼娅决定在帕萨赫斯市暂住一晚，等明早再前往雷佐庄园。在进入客房后，伊莎贝拉到底还是为白天的事发出了抱怨：

“姐姐，我不明白，为何你会突然改变主意同意带安东尼奥上船？先前你不是一直口口声声地说对他没有感情的嘛，为什么……”

“唉……萨拉，我……实在不忍心看着安东尼奥就那样委屈自己；当然，也是为了那封信，这样做我也算是偿还了那个人情了……”贝格尼娅略带伤感地低头轻语道。

“姐姐，我发现你变了。自从上次重伤康复后，你失去了原有的霸气，仿佛一夜之间从以前那个‘坚强的姐姐’变成了‘柔弱的姑娘’，能告诉我这是为什么吗?”

“萨拉……说真的我也不知道这是为什么。也许……是我到了该有一些改变的时候了吧……”贝格尼娅失神地望着自己的双手答道。

“姐姐，你实话告诉我，你是不是真的爱上安东尼奥了?”

“亲爱的萨拉妹妹！我已经说了多少遍了，根本没那回事，我……只是觉得他看起来真的好可怜，所以才……”贝格尼娅红着脸为自己辩解道。

“唉呀呀……我的好姐姐，你这善良的心肠迟早会把自己害死的！让一个不喜欢的男人上船，整天低头不见抬头见，这不是委屈自己嘛！仅仅为了让安东尼奥心里好受些就委屈自己？姐姐你对自己还真是够体贴的……”

见闺蜜服了软，伊莎贝拉立即用如“连珠炮”般的语速“攻击”起来。在被“狠狠教训”了一顿后，“认罪”态度良好的贝格尼娅没有像以往那样与闺蜜发生激烈争辩；只是不住地点头和保持沉默。牢骚发完了，眼见事已至此，深知无法做出改变的伊莎贝拉只能叮嘱闺蜜，等上船之后千万不可再对安东尼奥“心慈手软”。对此，贝格尼娅倒是毫不犹豫地答应下来。

天亮后，在旅店用过早餐的贝格尼娅一行三人便早早上路了。在经过约两小时的骑马慢行后，雷佐庄园那熟悉的影子映入贝格尼娅的眼帘。贝格尼娅嘱咐闺蜜和安东尼奥在庄园门口耐心等待，自己则策马缓行至宅邸大门前翻身下马。得到仆人禀报的卡塔丽娜已经站在那里等待她了。

“早安，卡塔丽娜姑妈，很高兴我们又见面了。”

贝格尼娅主动而热情地向姑妈打起招呼，然而等待她的却是冷若冰霜的回复：

“我不是说过不允许你再踏进雷佐家的大门了么？”

“您放心……我很快就走，并且保证至少两年内不会再出现。今天来这里，我只是想将曾经贴身服侍过我的女仆艾玛带走……”贝格尼娅将三角帽摘下放在胸前，恭敬地说道。

“带走艾玛？为什么……”卡塔丽娜的脸上露出不解的神色。

“因为对于我来说，接下来遥远而漫长的航行身边需要有个贴心的女仆，而我认为艾玛是最合适的人选。卡塔丽娜姑妈，请您一定要答应我，我向天主发誓一定保证艾玛的生命安全。”

贝格尼娅恳切地说道。卡塔丽娜注视着侄女那蔚蓝的双眼，犹豫了好一会儿后微微点了点头：

“艾玛她……正在后花园和其他女仆一起劳动，你现在就可以去找她了。”

原本以为这可能会是一场“拉锯战”的贝格尼娅面对姑妈的许可显得有些喜出望外，在向卡塔丽娜表示感谢后便飞一般地直奔后花园而去。花园中，艾玛正跟随几名年长的女仆刷洗床单、被套等大件床上用品。也许是工作得过于专心，在贝格尼娅连呼其三遍名字之后，摩尔族姑娘才回过神来，昔日的女主人已经跑到了眼前。

“雷佐小姐?!”

“艾玛！总算与你再见面了！一眨眼已经半年啦，你还好吧？”

激动的贝格尼娅一把便将身材娇小的摩尔族姑娘搂在怀里，在场的其余女仆都看得惊呆了。扑在贝格尼娅温暖的怀抱里，艾玛顿时泣不成声：

“小姐……呜呜，我总算把您盼回来了……”

“艾玛……放松点，已经没事了。我答应过要带你离开这里，现在就是实现这个约定的时候了。”

“小姐，您是认真的嘛！可以带我离开这里了吗？”

当听到贝格尼娅说要将其带走时，艾玛拭去眼泪，抬头望向女主人的眼睛，露出惊喜和疑惑的神色。只见贝格尼娅十分肯定地点了点头：

“当然是认真的！你将随我的冒险舰队一起远航。别担心，在航行途中我一定会照顾好你的。”

“小姐……真不知该如何感谢您！遇到您这样的主人，真是艾玛一辈子的幸运！”

在自己心中的疑惑得到贝格尼娅的肯定后，艾玛再度喜极而泣。为了这一天，她已经等待了太长时间。而如今，她的等待终于得到了回报。于是贝格尼娅拉着艾玛的手回到宅邸门口，卡塔丽娜仍旧站在那里。不过与刚才不同的是，她的眼里已经没有了冷酷的寒光。

“卡塔丽娜姑妈，谢谢您成全我带走艾玛。愿天主保佑您和这里的每个人都幸福平安！”

望着姑妈，贝格尼娅露出感激的笑容；而此时，卡塔丽娜的面部表情也变得温和了许多。只见她轻轻上前一步，主动握住侄女的双手，动情地说道：

“孩子，虽然不知道你将要远航去哪里，但是……姑妈希望你能平安回到帕萨赫斯，回到这个雷佐家族人世世代代栖居的地方。愿天主与你和你的伙伴们同在……”

“卡塔丽娜姑妈……”

面对出乎自己意料般和蔼的长辈，贝格尼娅竟一时间哽咽了，两行依依不舍的热泪夺眶而出。多少年来，她还是头一次有这样的感觉：这里是自己的家……

庄园门口，伊莎贝拉和安东尼奥仍旧在等待着贝格尼娅的消息。虽然雷佐家姑娘进去的时间不长，但对于形同陌路、不得不在此独处的二位来说，每一分、每一秒似乎都是难熬的。终于，在门栅栏旁不知踱了多少圈的伊莎贝拉终究还是对安东尼奥开了口：

“喂……安东尼奥，我说你，虽然安妮姐同意你随船同行，但我可要警告你，别想打安妮姐的主意；若敢耍什么滑头，我决不饶你！”

“公主殿下，请您放心，我怎敢打雷佐小姐的主意？我只不过是想离开那个令我受够了的家，并且能时常见到雷佐小姐而已，绝无其他不切实际的想法。”安东尼奥一听，慌忙毕恭毕敬地做了回答。

“像你这样的花花公子我也是见多了，啥本事都没有，成天却做着‘吃天鹅肉的美梦’。哼……居然还在我面前说‘受够了家里’？我倒要看看离开家长庇护的你能混成什么样子。”

在伊莎贝拉的训斥下，安东尼奥低头不语，伯爵儿子“咬牙煎熬”着贝格尼娅不在时自己所遭受的“最艰苦时期”。好在这一时期不算太长，当看见贝格尼娅骑马载着艾玛在田野中出现时，安东尼奥高兴地跳着向她挥起了手。看到闺蜜回来的伊莎贝拉也不得不暂时管住自己的嘴巴。

“抱歉让二位久等了！这位是艾玛－伊斯梅尔小姐，从今天起，她也将成为我们的同伴!”

贝格尼娅将艾玛抱下马，并介绍给伊莎贝拉与安东尼奥。对于伊莎贝拉来说，艾玛并不陌生，因为在童年时她曾多次见过这位摩尔族的小姑娘。见又有一位女性将加入到远航冒险中去，伊莎贝拉自然也是相当兴奋，于是便将注意力转移到与艾玛的谈笑风生上去。这令安东尼奥总算舒了口气。于是伯爵儿子走到贝格尼娅的身旁轻声问道：

“雷佐小姐，您能否告诉我，此次我们远航的目的地是……”

“这是一次没有目的地的远航。我们将沿大西洋东岸绕过非洲、抵达印度洋，然后拜访神秘的东方国度；在这之后我们将横跨太平洋、绕过美洲，沿大西洋西岸北上返回西班牙。”

贝格尼娅一连串语速极快的答案令安东尼奥简直不敢相信自己的耳朵，这分明就是一次看似天方夜谭的环球之旅（在18世纪，尽管库克船长已经完成了环球航行，但在绝大多数人看来，这仍是一件几乎不可能完成的艰巨任务)！也许是注意到了他那异常的神色，贝格尼娅面露微笑地补充了一句：

“如果你害怕了，现在回家还来得及哦!”

“怎么会有那种事！我是绝不会临阵脱逃的，我安东尼奥在这里向天主起誓，一定追随雷佐小姐完成这次征服全球的壮举！”

望着安东尼奥那股认真劲儿，贝格尼娅忍不住捂嘴笑出声来。于是在她的催促下，四人一起上马，向着埃尔费罗尔港的方向快马加鞭而去。对于贝格尼娅来说，环球航行的冒险之旅终于要从她那“红黑衫之梦的起点”（即指埃尔费罗尔港，当年贝格尼娅加入海军的地方）真正开始了……

【二】“海狮子”旗

从埃尔费罗尔港出发后，贝格尼娅的小舰队开始一路向南前进。尽管女上校临时决定北上的举动令舰队耽搁了将近半个月的时间，但对于很可能要在海上漂泊两年的他们来说，这点时间的损失几乎是微不足道的。面对即将到来的“非洲之旅”，每个人都充满了期待。

相较于伊莎贝拉，同样几乎从未出过海的安东尼奥对远航的适应能力却强得令贝格尼娅都十分惊叹，在最初一周的航行中他竟没有表现出任何不适的症状。在“圣佩德罗”号上，这位帕斯奎斯家族的公子以一名普通水手的身份尽心尽力去完成女上校为其所布置的任务，得到了大伙儿的一致好评，甚至让一直将其视为“敌人”的伊莎贝拉也稍稍改变了先前对他的看法和态度……

在离开西班牙西南沿岸后，贝格尼娅将舰队的航向由南调整至西南方向。按照航海图上所标识的位置，照目前的状况大约再航行 3 ~ 4 天可抵达葡萄牙殖民地马德拉群岛；而越过这里没多久便可抵达西班牙在非洲海岸最重要的据点之一——加那利群岛。按照贝格尼娅的计划，舰队将在加那利群岛进行环球航行中的第一次补给。对于“圣佩德罗”和“圣洛伦佐”号上的大部分人来说，这个地处北非西海岸外的群岛自然是个陌生的地方；不过贝格尼娅的脑海里却清晰地映现出 8 年前叔父冈萨雷斯带自己来到这里时的情形，当然这其中也有一些令人不愉快的记忆，例如冈萨雷斯曾与当地总督巴尔加斯男爵发生的争执……想到这里，贝格尼娅不禁担心起自己舰队的补给是否能正常进行。

3 月 2 日上午，贝格尼娅一如既往地为自己曾在法国留学时的好友玛丽恩向天主做最虔诚的祷告（1773 年的这一天是玛丽恩病逝的日子）。深知闺蜜这一习惯（通常贝格尼娅在这一天的祷告会持续数小时甚至半天时间）的伊莎贝拉自觉地把守在舰长室的门口、不允许任何人进屋干扰。然而不巧的是，大约在上午10时许，海面上出现了一些状况……

“东北偏东方向有帆影！”瞭望员扯着嗓子喊道。

“能辨认出旗帜嘛？”暂时代理贝格尼娅实行舰长职责的大副安斯瓦尔多边反问边拿起望远镜观察。

“奇怪的旗帜……无法辨认！”

瞭望员的回答令安斯瓦尔多心生疑问，连忙抓紧时间搜索那艘出现于海平面上的帆船。不多时，或许是捕捉到了目标，安斯瓦尔多的目光认真起来，并且很快便演变成惊讶和迷惑。在犹豫片刻后，他把望远镜递给了站在舰长室门口的伊莎贝拉：

“公主殿下，请您看一下那艘帆船……”

伊莎贝拉带着满满的疑惑接过望远镜，几秒之后，她所露出的表情几乎与刚才安斯瓦尔多如出一辙：

“一头在浪花中张牙舞爪的狮子，这是什么国家？”

“据我所知并没有打着这种旗帜的国家！公主殿下，我们是否应该把这件事立即报告给雷佐小姐？”安斯瓦尔多露出不安的神色。

“不……现在不可以打扰她，再观察观察吧，如果对方没有敌意，我们也没必要去招惹它。”

对于安斯瓦尔多的提议，伊莎贝拉未加思索便予以拒绝。年轻少校不得不集中注意力继续观察那艘飘扬着怪异旗帜的帆船。随着双方距离的拉近，安斯瓦尔多辨认出来者是一艘大约拥有20多门火炮的轻型巡航舰，并且似乎有意在向己方靠近，于是他把这一情形再度汇报给伊莎贝拉。在寻思无计、拿不定主意的情况下，公主只得同意将此事汇报给闺蜜……

舰长室的门被轻轻推开，伊莎贝拉蹑手蹑脚地走了进去，却见贝格尼娅仍旧跪在舰窗前、面向着玻璃做着虔诚的祷告。在站在闺蜜身后数分钟后，伊莎贝拉轻声开口道：

“姐姐……抱歉打扰你祷告了，海面上出现了一艘正在靠近我们的不明帆船……”

听到闺蜜的话语后，贝格尼娅立即停止了祷告。只见她捋了捋披散下来的金发，面露温和之色地起立并转过身来：

“没关系，萨拉。来者悬挂着哪国旗帜，是海盗吗？”

“旗帜上的图案是‘一头在浪花中张牙舞爪的狮子’。我和安斯瓦尔多都没有见过这样的旗帜，因此……”

“明白了，我这就去看看。”

贝格尼娅点点头，随伊莎贝拉走出舰长室。此时，那艘飘扬着怪异旗帜的轻型巡航舰距离“圣佩德罗”号已经只有大约一链的距离了，在注意到对方旗帜上的图案后，女上校的脸色突然变得认真起来：

“那是巴巴里海盗！安斯瓦尔多，请立即向敌舰鸣炮警示！”

“遵命！舰艏炮准备……开火！”

在安斯瓦尔多的指挥下，“圣佩德罗”号艉楼左侧的 8 磅加农炮向那艘轻型巡航舰喷出火舌；而在鸣炮警示后没多久，对方便改变航向转而向北驶去。注视着敌舰的离去，贝格尼娅紧锁的眉头逐渐舒展开来，这时，伊莎贝拉走上前来问道：

“姐姐，你怎么能认定那就是巴巴里海盗？”

“巴巴里海盗喜欢使用浪花配上某种动物做自己的旗帜。在地中海服役时我曾见过两种印有此类图案的巴巴里海盗旗帜，而今天这个算是第三种了。因此……我猜测旗帜上不同的动物恐怕代表着不同的海盗首领。”

“可是这个‘在浪花中张牙舞爪的狮子’会是谁的图案呢……”

“有可能是哈坎-伊兹密尔……”贝格尼娅喃喃自语着，双眉再度紧锁起来，“我曾听过关于被世人称为‘海狮子王’的巴巴里著名海盗首领哈坎-伊兹密尔的传闻，这‘在浪花中张牙舞爪的狮子’恐怕正是他的旗帜……”

“‘海狮子王’哈坎-伊兹密尔？听起来有点耳熟呐……”

“嗯……据传闻伊兹密尔是个年过半百、经验丰富、狡诈且凶残无比的老海盗，令尊大人曾亲自下令通缉他……”

“天哪，我想起来了！没错，就是那个因为在地中海制造惨案而闻名的海盗首领！”伊莎贝拉在思索片刻后露出恍然大悟的神情。

望着逐渐消失在海天相接处的那艘巴巴里海盗船，贝格尼娅露出一丝期待的神色。历史上，加那利群岛也在巴巴里海盗的活动范围之内，并曾遭遇过数次劫难。倘若这次在航途中碰见这些强盗，也许是一个替同胞复仇的好机会。想到这里，暗暗下定决心的女上校攥紧了拳头……

两天后，贝格尼娅的小舰队路过马德拉群岛。由于这里处于葡萄牙的统治之下，女上校并不打算入港停歇；不过就在她下令舰队继续向南航行时，瞭望员却提示她有3艘悬挂“海狮子”旗的小型战船正在追逐2艘悬挂葡萄牙旗帜准备入港的商船。在确认了这一情形后，贝格尼娅立即决定插手此事。“圣佩德罗”和“圣洛伦佐”号随即转舵向海盗和商船的行进方向驶去。相比灵巧的海盗船，笨重的战列舰显然不适合执行这样的追击任务，不过它们的威慑作用却是不容小觑的。果然，也许是发现有军舰跟踪，3艘海盗船分散了队形，其中一艘竟掉头迎着贝格尼娅的舰队驶来。面对冲来的海盗船，贝格尼娅吃惊不已，她不敢相信，一艘小小的双桅帆船竟敢向战列舰发起冲击……

“这是想自杀么……”

“姐姐，我不认为这预示着敌人想要与我们作战，多半是想分散我们的注意力而已。”

贝格尼娅身旁的伊莎贝拉倒显得十分镇定，她提醒闺蜜无须理会这艘海盗船，应保持航向继续追击其余两艘。于是女上校下令两舰继续前进，甚至没有下令炮手做好迎战准备。然而当双方擦肩而过时，令包括伊莎贝拉在内的所有人惊愕的一幕发生了：那艘海盗船竟主动向“圣佩德罗”号进行了炮击！当海盗船射来的炮弹落在海中溅起浪花时，再也忍耐不住这种挑衅行为的贝格尼娅下令还击：

“露天甲板炮准备……开火！”

随着女上校的一声令下，“圣佩德罗”号舷侧位于艏艉楼炮位中的9门8磅轻型加农炮一齐向海盗船射击；不过由于距离过远，炮弹也纷纷落入海中。此时此刻，机敏的伊莎贝拉觉察到对方开炮的目的仅仅是为了进一步分散己方的注意力，于是竭力阻止闺蜜进行新的炮击。只见那艘海盗船在驶过“圣佩德罗”号的船尾后，在海面划出一道美丽的弧线掉头继续冲来。眼见自己的军舰竟被小小的双桅帆船“戏耍”，贝格尼娅已是恼怒万分：

“该死的……我要把它撕成碎片!!”

“姐姐，请别激动！敌人这样做不过是想激怒我们罢了，千万别上了他们的当呀!”

在闺蜜的劝慰下，贝格尼娅只得暂时压住胸中的怒火，继续指挥军舰按照海盗追击商船的路线行驶。果如伊莎贝拉所料，这艘挑衅的海盗船并不敢真的驶入战列舰的射程之内，仅仅是在外围虚放几炮而已。眼见西班牙战列舰不为所动地尾随而来，那两艘正在追逐商船的海盗船“经过激烈的思想斗争”后终于放弃了对“猎物”的追捕，与先前那艘挑衅的海盗船一起逃之夭夭了……

望着逐渐远去的海盗，贝格尼娅稍稍松了口气。由于海盗对商船的威胁已暂时解除，再加上不愿意与葡萄牙人有过多接触，女上校决定不进入港口停歇，继续南下前往加那利群岛。

站在舰长室的艉窗前，贝格尼娅习惯性地俯视着船尾掀起的浪花发起愣来。不多时，门口响起了清脆的敲门声，在得到女上校的应允后，艾玛将门推开，小心翼翼地端着一盘热气腾腾的食物走进屋来：

“小姐……这是您的午餐，请慢用!”

面带甜美笑容的艾玛弓着腰、十分恭敬地将餐盘放在桌上，而后转身准备离去。不过就在她将要迈出门时，贝格尼娅却喊住了她：

“艾玛，谢谢。我差点忘记问你了，这两天你好一些了吗？还会因晕船而呕吐吗?”

“小姐，我想……我已经好多了。真的十分感谢您的关心!”

“那就好。若有困难请尽管找我和伊莎贝拉便可，千万别委屈了自己。另外……麻烦请帮我再拿两瓶朗姆酒来吧！小心点，别让伊莎贝拉看到哦……”

贝格尼娅说着，面带微笑地晃了晃自己手中的空酒瓶。深知女主人嗜酒的艾玛会心地笑了笑，点头退出屋去。不多时，摩尔族姑娘便兴致勃勃地端来两瓶盛得满满的朗姆酒。不过就在她将酒瓶放在贝格尼娅的桌上时，伊莎贝拉推门走了进来。眼见闺蜜正伸手去拿酒瓶，公主突然加快脚步冲上来按住了她：

“姐姐，你不能再喝了！你一天究竟要喝几瓶酒呀，再这样子，我要给你限量供应啦!”

“嘿嘿……萨拉，我今天还没有喝酒呢！这个空瓶子可是昨晚喝的哟，所以刚刚让艾玛拿了两瓶新酒来……”

贝格尼娅嘻嘻哈哈地想要蒙混过去，不过伊莎贝拉可不是那么好糊弄的，只见她“面带怒容”地边吩咐艾玛把两瓶朗姆酒中的一瓶端出去，边用严厉的语气对闺蜜说道：

“不行，今天只允许喝一瓶！姐姐，你若再偷偷让艾玛送酒来，我可要生气了啊!”

“没问题……没问题……我保证今天只喝这一瓶。萨拉，姐姐我知错啦，你可千万别生气呀!”

见闺蜜动了怒容，“深感不妙”的贝格尼娅立即服了软，只见她以最快的速度丢下酒瓶，双手抚在气呼呼的闺蜜的脸蛋上，好言安抚了一番。一向耳根子软的伊莎贝拉见此情形很快便消了气。于是没过几分钟，闺蜜俩又说笑起来……

在此后两天的航途中，再无飘扬着“海狮子”旗的巴巴里海盗船出现。贝格尼娅的小舰队如期平安抵达加那利群岛的首府拉斯帕尔玛斯。见是西班牙自己的军舰，港口总督很快许可贝格尼娅一行人入港。在入港时，贝格尼娅注意到码头堆场上有 5 艘商船正在装货。曾经来过这里的女上校知道加那利群岛每年都会派出商船队前往西班牙本土输送新鲜果蔬等当地特产。除了商船，在码头还停泊着外形过时、油漆斑驳的一艘小型战列舰和两艘轻型巡航舰。难道这些老旧船只就是这些商船的护航军舰？仅凭这些破船真能敌得过实力不容小觑的巴巴里海盗么。贝格尼娅这样想着，怀着忐忑不安的心情踏上了码头。而一位身材笔直、面色俊朗、看上去30岁出头的殖民地上校已经站在那里等着她了。

“请问这位高贵的小姐莫不是贝格尼娅－德雷佐上校?”走在路上，那位迎接自己的殖民地上校彬彬有礼地开口问道。

“正是。很荣幸您竟然知道在下的名字，请问阁下是……”贝格尼娅也十分礼貌地做了回应。

“在下是海军上校弗洛里安－豪尔赫，港口上这些军舰的总指挥。大概在一周之内，我将护送运输船队返回西班牙本土。”

“那是您的旗舰么?”贝格尼娅听着，伸手指了指停泊在不远处的那艘小型战列舰。

“是的，那是皇家海军战列舰‘圣马丁’号（1733年服役，装备60门火炮。此时搭载有24门18磅、24门12磅和12门6磅加农炮）。尽管它的舰龄甚至超过我们每个人，但我想对付海盗还是绰绰有余的。”

“如果是普通海盗当然绰绰有余，但……倘若是碰见装备精良的巴巴里海盗的话，豪尔赫先生，我觉得……”

面对豪尔赫的回答，贝格尼娅却露出担忧的神色。不过她的担心却令身旁的豪尔赫显得更加自信了。只见这位殖民地上校竟忍不住大笑起来：

“哈哈哈……雷佐小姐恐怕是多虑了。本人也曾在地中海与巴巴里海盗进行过战斗，对那些徒有其表的乌合之众是再了解不过的了。请雷佐小姐放心，我堂堂皇家海军是无论如何也不会被区区海盗击败的!”

当听说对方也曾与巴巴里海盗“打过交道”后，贝格尼娅稍微安心些，于是闭口不再提护航舰队的事。很快，一行人来到了总督府下。贝格尼娅心中猛然间想到了什么，连忙问道：

“豪尔赫先生，请问现在加那利群岛总督还是巴尔加斯男爵吗?”

“当然。据我所知，男爵大人在这个位置上已经任职有十多年的时间了吧……"

在得到豪尔赫肯定的回复后，贝格尼娅不禁在想两人见面时是否会发生尴尬，叔父冈萨雷斯与巴尔加斯男爵发生争执时，自己冲上前去想要"以拳相敬"的场面依稀出现在眼前。如今不知不觉已经过去8年光阴，巴尔加斯男爵是否还会记恨自己呢……

正在纠结着，豪尔赫已经推开了总督办公室的房门，那个40岁上下、身材矮小的秃顶男爵的熟悉身影出现在贝格尼娅的面前……

"雷佐小姐，欢迎您时隔8年再度光临加那利群岛。在下巴尔加斯男爵乐意为您效劳。"

"巴尔加斯男爵……我也很高兴能再见到您。此次前来，我……希望能得到您的补给，为完成环球航行而……"面对男爵，贝格尼娅竟然有些口吃了。

"哦，环球航行？听起来是个十分有趣的计划啊！那么具体需要我怎样帮助您呢?"

巴尔加斯男爵听罢，脸上掠过一丝惊讶，不过很快便露出如同刚才般和蔼的笑容。于是贝格尼娅也不再拘束，从兜里掏出一本补给登记手册递交给男爵。男爵接过小册子仔细翻阅了片刻，脸上露出不以为然的神色：

"清单上所列的大部分补给物品对于我们物产丰富的加那利群岛来说都不是问题，哈哈哈……除了36磅和24磅炮弹，其余都可以满足雷佐小姐您的要求。"

"那么……实在是太麻烦您了，男爵大人!"

也许是没有料到补给请求竟如此迅速就被答应，贝格尼娅的脸上露出了喜出望外的神色，她慌忙脱帽鞠躬向男爵的"热心"致以"最崇高"的敬意。不过，由于需要保障商船队能如期出港，巴尔加斯男爵告知贝格尼娅她的补给可能需要迟至下周才能完成。不过对于在这里耽搁些时日，女上校并不在意。临别时，男爵还吩咐手下替贝格尼娅和她手下的主要军官们在港市安排了客房。

离开总督办公室后，贝格尼娅一行人先是去客房安置下行李，随后便走上拉斯帕尔玛斯的大街体验这里的热带海岛风情。对于女上校来说，抵达加那利群岛的第一天无疑是美妙的，而美妙的日子自然少不了美酒。在贝格尼娅的软磨硬泡下，伊莎贝拉总算同意陪她去酒馆畅饮一次，于是闺蜜俩结伴来到位于拉斯帕尔玛斯城北拉赫那大街上的马塞利诺酒馆，这是当地一家“历史悠久”的著名老店，也曾是当年她和叔父冈萨雷斯在与巴尔加斯男爵争吵后“解闷”的地方……

贝格尼娅带着伊莎贝拉走到一个靠窗通风的桌子旁坐下。由于时间尚早，酒馆里显得很冷清。女上校唤来一个伙计，向他要了两杯啤酒和一些点心。对于闺蜜选择啤酒而不是朗姆酒，伊莎贝拉颇感意外；不过贝格尼娅对此的解释却是“啤酒酒精度数小，更适合不擅长饮酒的伊莎贝拉饮用”。望着眼前“硕大”的酒杯（容量约为 1L），伊莎贝拉不禁想起了 6 年前在法国布雷斯特的那个夜晚……

“让我们姐妹俩为美好的明天干杯吧！”举起酒杯，贝格尼娅激动地说道。

“为姐姐能早日与苏特 - 德兰德沃克先生重逢干杯！”

面带狡黠笑容的伊莎贝拉却出乎意料地提到了苏特的名字。她的话语令坐在对面的闺蜜先是一愣，紧接着贝格尼娅的脸上便泛起了红晕：

“萨拉！真讨厌……为何突然提到他嘛！既然你这么说，那么我也祝愿可爱的萨拉妹妹能早日找到她的另一半哦……”

“哈哈哈……姐姐你真可爱！不过我对另一半的要求可是很高的哦。其实我一直很好奇，冈萨雷斯叔叔怎么会允许身为女孩子的姐姐你饮酒呢？”伊莎贝拉被闺蜜那认真的模样逗得合不拢嘴，同时又问起新的问题来。

“其实饮酒的习惯正是叔父给我培养起来的呢！记得那是刚上船的时候，有一次冬季航行，天气异常寒冷，叔父告诉我喝酒能暖身子，我试着喝了一些。果真如他所说，打那时起我就开始喜欢上饮酒了，而且随着时间的推移，我发现我的酒量竟然超出了自己的想象……”

“哇……没想到冈萨雷斯叔叔居然对姐姐这么开明！”

伊莎贝拉立即露出羡慕的神色并发出感叹。见此情形，贝格尼娅显得更加得意了，脸上的笑容如鲜花般绽放：

“那是当然啦！对于我的个人习性，除了抽烟以外，叔父都是十分包容的呢！”

“唉？抽烟！姐姐你居然抽烟……”当听到“抽烟”这个词时，伊莎贝拉立即如触电般瞪大了眼睛。

“啊……没……没那回事，我只是想说……嘿嘿，萨拉，你误解我的意思啦！”自知说漏了嘴的贝格尼娅立即露出无比尴尬的神情。

“姐姐！别再装啦……你可是什么都瞒不过我哦！说吧，从何时开始偷偷抽烟的？”看到闺蜜慌忙为自己辩解的这幅模样，伊莎贝拉暗暗得意，于是继续质问起来。

“唉……其实这已经是十多年前的事了。”贝格尼娅只得无奈地耸了耸肩，开始讲述那个故事，“你还记得 1768 年发生在‘三叉戟’号战列舰上的那次火灾吗？在那次成功扑灭大火、我被晋级为海军少尉后，为了庆祝‘胜利’，我在同僚们的怂恿下抽了第一根香烟。后来，叔父曾为这事狠狠教训了我一顿，导致我以后再也不敢在明处抽烟。不过也许是对抽烟抱有好感吧，这么多年来我一直偷偷躲在暗处‘过烟瘾’……”

“哇……我很好奇，抽烟究竟是一种什么样的感觉呢……”

伊莎贝拉听得入了迷，甚至从她那蔚蓝色的双眸中也射出了期盼的光芒。贝格尼娅脸上掠过一丝神秘的笑容，向伙计要了一包加那利群岛当地流行的“拉斯帕尔玛斯香烟”。于是在闺蜜的注视下，女上校轻轻拆开烟纸袋，将一支烟取出叼在嘴里，随即娴熟地用火柴点燃了烟头。刹那间，烟雾缭绕。伊莎贝拉下意识地用手去驱散这股令她喉咙感到有些难受的气体，望着闺蜜频频“扇风”的模样，贝格尼娅忍不住笑出声来：

“嘿嘿……是不是觉得很呛人？我第一次抽烟时也有相同的感受。不过没关系，过一会儿就好了……”

“可是姐姐……这味道实在……”

不等伊莎贝拉把话说完，贝格尼娅突然将那支点燃的香烟小心翼翼地塞进了闺蜜的嘴里。公主用极度吃惊的目光注视着自己嘴中那正在冒着烟雾且被烟卷纸紧紧包裹着的烟丝，竟下意识地深吸了一口气，紧接着便将香烟从嘴里取出，不断咳嗽起来：

“天哪……咳咳咳……我要被呛死了！”

“哈哈哈……萨拉，第一次抽烟都是这样的。你仔细品味，有没有感觉到一种特别的‘香味’呢？”

在得到贝格尼娅的“提示”后，伊莎贝拉闭上双眼用心去体会了一下那残留在口腔中的香烟的味道。不出数秒，只见她的脸上露出了赏心悦目的笑意：

“经姐姐你这么一说，确实有一种特别的味道呢！这种感觉，天哪！简直无法用语言来形容……”

说罢，伊莎贝拉立即从闺蜜手中抢过那支尚未燃烧完的香烟，放入嘴里又深深地吸了几口，同时不住地品味那股烟香的味道；就这样在接下来的不足一分钟里，伊莎贝拉竟独自将那支烟抽尽。望着闺蜜那陶醉的模样，贝格尼娅心里乐开了花，看来以后自己抽烟再也不用像做贼似的躲躲藏藏了。想到这里，女上校也取出一支烟叼在嘴里。

正在这时，冷清的酒馆大门由于被推开而发出清脆的“咯吱”声，两位姑娘不约而同地回过头去，只见从外面走进一位身材较瘦、面相清秀、留着一头浓密棕色卷发的青年。尽管脸上略显稚嫩，但青年俊俏的外表还是引起了两位姑娘的好奇。伊莎贝拉甚至一直注视着他走到酒保面前点餐。也许是害怕引起对方的注意，贝格尼娅连忙扯了扯闺蜜的袖子：

“萨拉……别总盯着人家看，这样不太礼貌哦……”

“姐姐……你瞧这小伙子，虽然个头儿矮了点，但却是我喜欢的那种类型呢！若还是个土生土长的西班牙人的话……嘿嘿……”伊莎贝拉移开目光，捂嘴偷笑道。

“哟……难得我可爱的萨拉妹妹能说出这样的话，看来今天横竖是要和人家认识一下咯？可是……为何我感觉他的年龄似乎比我们要小呢……”

“嘿嘿，妹妹我还不满25岁哦！姐姐你是在说自己老嘛……”

“讨厌的萨拉……我也不过刚刚27岁而已呐！”

见伊莎贝拉竟“调侃”自己的年龄，贝格尼娅又好气、又好笑，立即伸出双手捏住对方细嫩的脸蛋以示“惩戒”，于是闺蜜二人嬉笑打闹起来，而就在这时，两人的耳旁突然响起一个文质彬彬的、用一口流利的西班牙语讲述的声音：

“抱歉打扰一下……请问这位身着红黑衫的尊贵小姐是西班牙皇家海军的军官吗？”

正在嬉笑打闹得“热火朝天”的闺蜜二人闻声后，惊讶无比地同时停下手中的动作并扭头望去，只见她们刚才谈论的那位青年竟已笑容可掬地站在了自己的桌前……

【三】何塞·弗洛伦西奥船长

“是的……我是西班牙皇家海军上校贝格尼娅－德雷佐，请问您找我有事么?”贝格尼娅慌忙整了整自己的领子，摆出一副一本正经的模样站了起来。

“没想到您竟然是鼎鼎大名的雷佐小姐！能在这里与您见面真是三生有幸呀！不知旁边这位同样迷人的小姐是……”

“本小姐是国王卡洛斯的小女儿伊莎贝拉。有幸见到公主本人，还不赶快跪下?”

伊莎贝拉来劲儿了，不等青年的话音落下便面带自豪笑容地站起身，并伸出大拇指“趾高气昂”地指了指自己。望着眼前与自己身高相近的公主，青年脸上露出惊恐的神色并迅速跪了下去。眼见闺蜜“开玩笑”开得有些过头了，贝格尼娅慌忙将青年扶起并请他与她俩同坐在一张桌边；而当对方安定下来后，女上校用女性特有的温和语气开口问道：

“您还没有告诉我们名字呢，请问您尊姓大名?”

“啊……真是失礼，我竟然忘记‘自报家门’了！在下何塞－弗洛伦西奥，是一名船长……”青年有些羞愧地答道。

“天哪……果真是一名西班牙人呐!”

当听到青年报出自己的姓名时，伊莎贝拉情不自禁地尖叫起来。贝格尼娅赶忙安抚激动的闺蜜，自己接过话继续说道：

“那么……从姓名来看，弗洛伦西奥先生也是一名西班牙人咯?”

“是的，我出生于桑坦德，今年24岁。我的父亲是一名海军水手，30岁时因伤残而退役。我没有在海军服役过，但12岁就随商船出海、20岁时已经成为一艘小型商船的船长了。”弗洛伦西奥点头答道。

“哇……弗洛伦西奥先生真是厉害，才20岁就做了船长!”伊莎贝拉聚精会神地听着弗洛伦西奥的自我介绍，不由得捂嘴再次尖叫起来。

“公主殿下真是过奖了。其实……商船船长并不是多么了不起的职业。倒是雷佐小姐作为一名上校战列舰舰长，这可是拥有无上荣誉的皇家海军高级军官呐！”

弗洛伦西奥说着，将话题巧妙地转移到贝格尼娅身上，他的话语令女上校的双颊顿时因害羞而变得通红。于是三人又愉快地闲谈了许久，伊莎贝拉甚至热情地主动要求为弗洛伦西奥先前点的那一份酒水和餐点买单，但还是被青年好言婉拒。看得出，弗洛伦西奥船长的幽默和绅士风度已经深深吸引了公主。直到太阳落山、酒馆里逐渐客满为患时，三人才结伴离开了这里。走到酒馆门外的大街上，弗洛伦西奥向两位美女告别。这时，也许是猛然想起了一个问题，贝格尼娅用急促的语气问道：

“弗洛伦西奥先生，请问您的商船是即将开赴西班牙本土的那 5 艘运输船中的一艘吗？”

“不，事实上……现在的我已经不再是一名船长了……”

“为什么!?”对于年轻船长的回答，两位美女异口同声地发出惊叹。

“那是因为……我曾因涉嫌杀害商船雇主而遭到起诉，当然那真的不是我所为！尽管如此，我的莫须有的罪名还是被法院确立。后来……借助一个偶然的机会，我逃到了加那利群岛……”

“天哪！好可怜……”贝格尼娅听着，不禁用双手捂住了嘴。

“弗洛伦西奥先生当然是被冤枉的了。我相信像您这样的绅士是绝不可能干出那种卑劣之事的!”

就连伊莎贝拉也气愤地攥起拳头为弗洛伦西奥鸣不平。贝格尼娅趁势提出邀请弗洛伦西奥加入自己的舰队一同航行。伊莎贝拉用充满期待的目光投向青年，然而她却得到了否定的答案：

“谢谢二位的好意，不过……我想现在还不是时候。如果有困难请到桑坦德大街 18 号来找我吧，那里是我在这儿的住所。那么……弗洛伦西奥就先行告辞了！预祝二位能度过美好的一晚……”

弗洛伦西奥说罢，如孩子般地冲贝格尼娅和伊莎贝拉眨眼招手以示告别，紧接着便转身奔跑离去。闺蜜二人呆呆地站在那里注视着青年船长的背影，直到其完全消失在黑暗之中……

“这真是个神奇的下午……”伊莎贝拉失神地喃喃自语道。

“萨拉……我已经尽力帮你挽留他了，不过结果却令人遗憾呐……”

“没关系，姐姐，嘿嘿……放心吧，这仅仅是初次见面而已，我是不会对他有太多兴趣的啦！话说回来，姐姐，再给我一支烟吧！那喷云吐雾的感觉可真舒服！”

“萨拉……我可真是没有想到你第一次抽烟就上瘾了。不过抽烟太多可是会伤身的，所以这是今天最后一支哦！”

贝格尼娅边用劝诫的语气说着，边从烟纸袋中抽出一根香烟递向伊莎贝拉。接过烟后的闺蜜认真地点头应允下来，随即点燃香烟，模仿在酒馆中贝格尼娅抽烟的样子含进嘴里深吸一口……

回到客房后，安斯瓦尔多敲门前来告知贝格尼娅，巴尔加斯男爵整个下午都在找她，并且看起来面色慌张，似乎是有什么急事。心中疑惑的女上校打算晚上就去找男爵，却被闺蜜一把拦住：

“都这么晚了……万一那个秃驴对姐姐别有用心呢？还是明早再做打算吧。”

“不……萨拉，我有强烈的预感，恐怕将要有紧急的事情发生！所以我必须立刻去见巴尔加斯男爵。”

“既然如此，姐姐，我陪你一起去。”见无法改变闺蜜的想法，伊莎贝拉一把搀住她的胳膊说道。

“也算上我一个吧！我可以以护卫的身份跟在二位小姐身后。”

安斯瓦尔多也表态愿意一同前往，贝格尼娅在思索片刻后答应了两人的请求，于是三人即刻动身前往总督府。由于总督府距离贝格尼娅等人所住的客房只有很短的距离，因此三人很快便抵达了总督办公室。见屋内还亮着烛光，在得到门卫的允许后，贝格尼娅等人走入了房间。正在烛光下批示公文的男爵立即站起身来：

“没想到雷佐小姐和公主殿下竟然夜晚来访！请恕在下失礼了……”

“男爵大人，我的部下说您下午曾经来找过我，请问是什么事呢?”贝格尼娅摘下三角帽边回礼边开门见山地问道。

“是这样的……就在今天下午，我收到了一封来自巴巴里海盗的恐吓信。”面色凝重的巴尔加斯男爵深吸了一口气说道。

“恐吓信！您能给我瞅瞅吗?”

面对贝格尼娅的请求，男爵未加思索便从办公桌上将那封恐吓信拾起递交给对方。贝格尼娅接过信，迅速将其打开并认真阅读。只见她的面色瞬间变得严峻起来：

“这封信的落款是‘海狮子王’，那一定就是哈坎－伊兹密尔了！男爵大人，伊兹密尔绝非普通海盗，据我所知他手上甚至有一支‘海盗舰队’！倘若倾巢出动的话，以目前拉斯帕尔马斯的军力……恐怕多半是守不住的。”

“仁慈的天主啊！这……这该如何是好！”

巴尔加斯男爵一听，立刻急得六神无主。对于身为总督的他来说，一旦港口失手，那便意味着他的仕途也将就此终止。而与之如同热锅上的蚂蚁形成鲜明对比的是，此时的贝格尼娅倒显得十分平静。只见她低头沉思片刻后对男爵说道：

“请男爵大人不必过于担心。我贝格尼娅－德雷佐在此向您宣誓：将以自己的生命保卫拉斯帕尔马斯的安全。我与我手下的 2 艘战列舰和 1100 名官兵随时愿为皇家海军的荣耀而浴血奋战！”

当贝格尼娅的话音落下时，屋内陷入一片宁静。但这短暂的宁静很快便被男爵充满赞赏和钦佩的掌声所打破：

“雷佐小姐，您真不愧是皇家海军的骄傲！我代表加那利群岛的皇室子民们向您英勇的决定致以最高的敬意！”

于是在相互行礼致敬后，贝格尼娅的小小舰队停留在拉斯帕尔玛斯协助港口防御一事便定了下来。热心的女上校甚至当场便与男爵研究起港口的防御策略来。对此并无兴趣的伊莎贝拉则与安斯瓦尔多站在一旁一直未曾吭声。看得出，公主对闺蜜“头脑一热”许下的承诺显露出相当的不满。不过她也十分清楚，这也不是贝格尼娅第一次干这种事了……

当贝格尼娅一行人从总督办公室返回客房时，夜已经很深了。走在路上，一直憋着没说话的伊莎贝拉终于忍不住对晚上发生的事抱怨起来：

“姐姐，你怎么可以就这样‘引火烧身’呢？我们的任务是为冈萨雷斯叔叔报仇、寻回十字架并完成环球航行。为什么要在这个破烂小岛上浪费时间呀？”

“萨拉，你错了。作为光荣的西班牙军人，我们无时无刻不承载着皇家海军的荣耀。现在拉斯帕尔玛斯有难，我们理所应当要留下来与他们并肩作战。”

“可是姐姐，请允许我说句难听话……倘若你在接下来与巴巴里海盗的战斗中不幸阵亡，难道你觉得死在这里值得吗？”伊莎贝拉急了，继续争辩道。

“无论何时何地何事，只要我贝格尼娅是为了祖国的利益而死，那么……在我看来都是值得的。”

听到闺蜜的回答，伊莎贝拉不禁闭口陷入沉默。的确，对于贝格尼娅来说，祖国的利益永远是高于一切的，甚至孩提时的她就曾表现出这种甘愿为国家牺牲的精神，而这也正是父王卡洛斯欣赏她的最主要原因……

回到客房，疲态尽现的贝格尼娅径直钻进被窝准备就寝，不过伊莎贝拉却拉着她的胳膊想要知道其当年与叔父冈萨雷斯来到拉斯帕尔玛斯的见闻和经历。拗不过闺蜜的贝格尼娅只得强忍着困倦，将当年的故事用含糊不清的声音说了出来……

1771 年 1 月，冈萨雷斯指挥一支小规模舰队执行由西班牙本土往加那利群岛输送物资的护航任务。按照海军部先前的安排，执行此次护航任务的指挥官应为胡安－德兰加拉。但不巧的是他在出航前几天生病了，作为他的好友，冈萨雷斯自愿接过了任务。时为海军上尉的贝格尼娅在旗舰“圣洛伦佐”号上担任战列舰的二副。当舰队抵达拉斯帕尔玛斯后，冈萨雷斯将物资卸在货物堆场时，亲自前来清点物品的总督巴尔加斯男爵却面露不满之色。回到总督办公室后，男爵果然对冈萨雷斯大发雷霆：

“雷佐先生，我在给陛下的奏折中提到的最重要的补给是淡水，然而在堆场的货物里总共只清点出 87 桶淡水，你这是在开玩笑吗?”

“男爵大人，这就是按照海军部给我的货物清单所配送的。至于您给陛下的奏折中提到的数目……抱歉，我并没有看到。”

“这是绝对不可能发生的事！我在这里担任总督已经 6 年了，6 年来，由本土发来的每一次补给都是按照我的奏折一件不少地来执行的，为何唯独这次会出现如此大的偏差？雷佐先生，你该不会是拿了回扣了吧?”巴尔加斯男爵说着，压低了声音。

“男爵大人，您怎么能说出这样的话？我冈萨雷斯－德雷佐以人格担保绝不会做出这种事来!”

“以人格担保？哼……那么我想请问，阁下的人格又能值多少比索呢?”

巴尔加斯男爵将脸凑近了些，话语中明显带有一些侮辱的成分。不过未等冈萨雷斯予以回应，站在他身旁、早已按捺不住怒火的贝格尼娅伸手指向男爵咆哮起来：

“请收回你刚才说出的话!”

“这个金发女上尉是谁？脾气不小嘛……”男爵一惊，向后退了两步，紧接着反问道。

“这是我的侄女贝格尼娅－德雷佐。安妮，不得对男爵大人如此无礼！这里没你的事了，先出去吧!”

“我不走！巴尔加斯男爵，我要求你立即向我叔父道歉!”

面对冈萨雷斯的训斥，贝格尼娅竟予以顶撞并坚持要求巴尔加斯男爵道歉，这可激怒了根本没把她放在眼里的男爵。只见男爵立刻以更为凶狠的语气答道：

“你这黄毛丫头算个什么东西？我看你们叔侄俩是想造反了！拿了回扣还血口喷人……”

未等男爵话音落下，令冈萨雷斯更意想不到的事情发生了：贝格尼娅竟然举起拳头向男爵面部狠狠打去，幸好反应迅速的冈萨雷斯在第一时间抓住了侄女的胳膊才未导致“意外”发生。在制止住贝格尼娅后，冈萨雷斯毫不留情地扇了她一个耳光，并高声呵斥她立即从屋内滚出去。于是女孩掩面哭泣着跑了出去……

“天哪！冈萨雷斯叔叔……竟然打了你?”听到这里，伊莎贝拉露出不敢相信的神色。

“嗯……叔父对我一向态度温和，当然，倘若我做出了相当过分的事，叔父也会毫不留情的……”

“然后呢？冈萨雷斯叔叔事后责骂过你吗?”

“萨拉……我真的连眼皮都快睁不开了，能明天再说嘛吗?”

“不行不行！故事哪有留一半到明天再讲的道理？今天若不讲完，姐姐你就别想睡觉!”

面对困得几乎眼泪都快要流出来的闺蜜的请求，伊莎贝拉却“蛮横”地予以拒绝，并揪住对方的金发使其疼得差点儿翻下床去。无奈之下，贝格尼娅只得以“超凡脱俗”的毅力抵御着困意的袭扰继续说下去。

在贝格尼娅被赶出总督办公室后，没过多久，冈萨雷斯也走了出来。见侄女还在走廊里抽泣，冈萨雷斯连忙对其安慰一番，并拉着她的手快步离开总督府。路上，冈萨雷斯告知侄女，明天他们就会离开这里并许诺再也不会来了。对此，女孩心里十分安慰，期盼着明天快些到来，然而……

当天晚上，就在冈萨雷斯与贝格尼娅从马塞利诺酒馆“借酒消愁”后准备回到客房休息时，却见巴尔加斯男爵慌不择路地从远处跑来，并且边跑嘴里边喊道：

“雷佐先生，不好啦！有海盗袭击了港湾，并且点燃了堆场!”

冈萨雷斯闻声大吃一惊，同样吃惊的自然还有站在他身后的贝格尼娅。两人慌忙跟随男爵跑出客房大楼，来到一块空地上。顺着男爵手指的方向，冈萨雷斯看见了明显的火光……

“雷佐先生！请您派出您的战列舰驱逐海盗吧！单凭我手下的几艘小船，这座港口恐怕很快就要被海盗给……”

“哟，巴尔加斯男爵，白天你说话时的口气可不是这个样子的呀！如果我没记错的话，‘秃驴大人’不是还指责我们拿了回扣吗?”心中有所不甘的贝格尼娅立即抢在叔父之前羞辱男爵。

“雷佐小姐……唔，也许是我搞错了吧……”为了能得到冈萨雷斯的支持，尴尬无比的巴尔加斯男爵只得忍气吞声。

“够了，安妮！男爵大人，我可以派出战列舰替你驱逐海盗，但我也有个要求：击退海盗后，我希望您能够给我的舰队提供足够的补给。这个要求不过分吧?”

为了不使气氛过于紧张，冈萨雷斯忙呵斥贝格尼娅，表示愿意协助男爵击退海盗。同时，他也提出了一个小小的交换条件。对此，巴尔加斯男爵连连点头表示答应，不过贝格尼娅却对男爵的话表现出极大的不信任：

“凭什么让我们相信你?巴尔加斯男爵，我要求你现在就为白天的事向我叔父赔礼道歉，否则休想让我们出手相助！”

“安妮，不得胡闹！”

冈萨雷斯急了，欲上前阻止，却被侄女用力按压住，只见年轻女上尉怒目圆睁着提高了嗓门：

“叔父，原谅我现在不能听您的话！我可是认真的，今晚在这里，男爵必须向我们叔侄俩道歉！”

不仅是巴尔加斯男爵，就连冈萨雷斯也被女孩的气场怔住了。停顿数秒之后，早已羞得满脸通红的男爵只得向冈萨雷斯低下头去：

“我……为白天的不愉快向雷佐先生和您的侄女道歉，还请二位摒弃前嫌，同我齐心协力赶走海盗。多谢二位了！”

“天哪……姐姐你真是太霸气了，萨拉佩服得五体投地呢！”

听到这里，伊莎贝拉不禁满心钦佩地尖叫起来。然而贝格尼娅对于闺蜜的称赞却没有任何反应，当公主低下头去看时，却发现闺蜜已经双目紧闭，呼吸也变得十分缓和。原来，她竟然睡着了……

睡梦中，贝格尼娅回到了 8 年前的拉斯帕尔玛斯港。隐约中，她看见自己正与叔父一起向烈焰滚滚的码头飞奔而去……

“叔父，我不明白，为何要帮男爵这个忙呢？我们已经完成了护送商船抵达拉斯帕尔玛斯的任务，并没有义务要……”贝格尼娅边跑边问道。

“安妮……你可知道，我并非是为了保卫拉斯帕尔玛斯港、更不是为了保护男爵大人才答应留下来协助他与海盗作战的，这一切都是为了西班牙皇家海军的荣耀……”

“可是叔父，请恕安妮直言，倘若您在接下来与海盗的作战中不幸阵亡，难道您觉得死在这种地方是一件值得的事吗？”贝格尼娅露出了不解的神色。

“无论何时何地何事，只要我冈萨雷斯是为了祖国利益而死，那么在我看来都是值得的。”冈萨雷斯微笑着回头望了望侄女。只见他的眼睛里充满了坚毅的光芒……

8 年前的那一幕逐渐远去，而睡梦中贝格尼娅那舒展的脸上竟也露出了一丝温暖的笑意……

次日清晨，贝格尼娅在伊莎贝拉的陪伴下再度前往总督府，打算与巴尔加斯男爵进一步细化针对海盗袭击的防御策略。不过走在路上，脑海里浮现出弗洛伦西奥的伊莎贝拉突然停住了脚步：

“姐姐，既然就要与海盗开战了，我们为何不去请弗洛伦西奥先生‘出山’呢？我觉得他一定不是一个普通角色……”

“嗯，这倒是个不错的主意。萨拉，这个艰巨的任务就交给你好了！”贝格尼娅一听，立即露出会心的笑容。

“诶？姐姐你让我一个人去找弗洛伦西奥先生？你这是在开玩笑嘛！我一个女孩子去找他……”

“怎么了，萨拉，你不是说自己挺喜欢弗洛伦西奥先生那样的男孩子的嘛，姐姐我给妹妹你一个能与他独处的机会，岂不妙哉？”

贝格尼娅说着，捂嘴偷笑起来，而瞬间红了脸的伊莎贝拉则慌忙为自己辩解起来：

“姐姐你讨厌！我只是随便说说而已啦！你真以为我堂堂一国公主能看上一个平凡无奇的船长？”

“嘿嘿……萨拉，你可别嘴硬，先去把这个任务完成再说吧！完不成可别回来见我。”

“既然姐姐这么说了，那妹妹我当然不能推辞。不过……还请姐姐把佩剑借给我。”

“佩剑？你要剑做什么……”

“当然是防身啦！姐姐，难道你就那么放心让赤手空拳的我去见一个仅有一面之交的男人？”

伊莎贝拉伸手指指自己，故作娇态地露出一副可怜的模样。很快明白了对方意思的贝格尼娅乖乖解下了腰间佩剑递交过去；伊莎贝拉接过剑，兴高采烈地将其挂在腰间，俏皮地冲闺蜜眨眨眼，然后便一溜烟儿跑没了踪影……

不过，要想找到弗洛伦西奥的住处对于伊莎贝拉来说也绝非易事，向来没有方向感的她在陌生的城市里甚至连东南西北都分不清楚。走在拉斯帕尔玛斯的街道上，伊莎贝拉频频向路人打听桑坦德大街 18 号的位置，在花费了将近半天时间后，公主按照路人的指点终于来到了一座破旧的三层小楼前，只见门牌上“桑坦德#18”的字样清晰可见。应该就是这里了吧，伊莎贝拉暗想着，她推开了木门，然而屋内的景象却令她大吃一惊：这分明就是个客栈！

“您好，欢迎光临拉雷利客栈！请问小姐您需要入住吗？”掌柜老板娘十分礼貌地向伊莎贝拉打招呼道。

“抱歉，我是来找一个人的。请问您这里有没有一位名叫何塞－弗洛伦西奥先生的年轻房客？”

“弗洛伦西奥先生？当然，他住在三楼左手第一个房间。不过他一大早就出去了，所以现在肯定不在房间。”

“请问他一般都会去哪里呢？”伊莎贝拉追问道。

“这个属于个人隐私吧，我就不太清楚了。但是通常他午餐和晚餐时间是会回来的。因为他喜欢吃我做的牛排加煎蛋，嘿嘿！”

听了老板娘的话，伊莎贝拉下意识地掏出自己的怀表看了下时间，似乎离午餐时间也不太远了，于是她打算就在一楼饭厅里静候弗洛伦西奥的归来。时间一分一秒地过去，东张西望的伊莎贝拉显得有些浮躁，不过她的决定显然没有令她后悔，大约等待了半小时后，手提编织袋的弗洛伦西奥推门从外走入：

“阿玛蒂亚太太！今天正好路过肉市场，挑了几块上好的牛肩肉，给您做牛排用吧，哈哈哈……”

“天哪，弗洛伦西奥先生，您真是太客气了！没问题，马上就给您献上最鲜嫩多汁的牛排！”老板娘高兴极了，接过编织袋笑得合不拢嘴。不过嬉笑之余，老板娘伸手指了指远处正坐在饭厅望着窗外发呆的伊莎贝拉，“那儿似乎有一位小姐正在等你呢，是你女朋友吗？真是标致的美人儿呐！”

弗洛伦西奥惊讶无比地顺着老板娘手指的方向望去，当发现等待自己的“美人儿”竟然是公主时，这位青年宛若一尊石像般更加手足无措。无独有偶，伊莎贝拉恰好也回过头来，两人就这样在空气中对视了数秒……

“弗洛伦西奥先生，太好了，您终于回来了！”还是伊莎贝拉先露出高兴的表情，并主动向对方打起招呼。

“公主……殿下？”

弗洛伦西奥嘴里发出的模糊不清的声音令老板娘也露出惊恐的神色。就在青年发愣的时候，公主已经快步走到了他的面前：

“弗洛伦西奥先生，能去你的房间里聊聊吗？我有件事情想要拜托你……”

“当……当然！非常乐意为公主殿下效劳。”

回过神来的弗洛伦西奥慌忙答应下来，于是辞别老板娘，带着伊莎贝拉匆匆上楼而去。望着两人的背影，老板娘似乎仍然没有明白究竟发生了什么……

走进弗洛伦西奥的房间，伊莎贝拉注意到这是一个被布置得井井有条的小天地，看起来这位青年一定是常住在此。由于房间较小，弗洛伦西奥不得不请伊莎贝拉坐在自己整理干净的床边；而自己则坐在屋内唯一一个又破又小的板凳上。望着满面微笑的公主，弗洛伦西奥只得硬着头皮开口问道：

“那么公主殿下找我究竟是什么事呢？”

“弗洛伦西奥先生，您知道吗，也许这里很快就要变成战场了！”

“战场？敢问公主殿下此话怎讲……”弗洛伦西奥的脸上露出一丝惊讶。

“昨天巴尔加斯男爵收到了一封来自海盗的……咳咳，算是挑战书吧。我姐姐辨认出信尾是巴巴里著名海盗头目哈坎－伊兹密尔的落款，据传闻，这个海盗头目拥有一支精良的海盗舰队，所以……”

听闻伊莎贝拉提到“伊兹密尔”的名字，弗洛伦西奥的脸上掠过一丝短暂的惊恐，不过这微小的变化却没有逃过公主锐利的眼睛：

“您认识哈坎－伊兹密尔？”

“啊……这怎么可能。我只是觉得好奇，一个势力如此强大的海盗头目怎么会对拉斯帕尔玛斯感兴趣呢？”

“是呀，我也觉得奇怪。可是姐姐执意要留下来协助男爵大人抵御海盗的攻击，所以……我想请弗洛伦西奥先生您也来助我们一臂之力。”

“公主殿下的意思是要我参加战斗？您不会是在开玩笑吧，我只不过是个名不见经传、对战斗一无所知的商船船长，能帮得上你们什么忙呢？”

“弗洛伦西奥先生！请您注视着我的眼睛，我认为您不是一名普通的商船船长。您的气质，还有您的谈吐言表，从我们昨天初次见面开始我就有这种感觉……”

伊莎贝拉说着，睁着她那蔚蓝色的迷人双眼，以极为认真的神态注视着弗洛伦西奥，这让青年立刻如坐如针毡般紧张并霎时间涨红了脸。在对视了数秒后，弗洛伦西奥用手揪住自己前额的头发，露出为难的神色：

“很抱歉，公主殿下，我……恐怕不是您想象中的那个人。”

对于弗洛伦西奥的回答，伊莎贝拉显然相当失望。只见眉头紧锁的公主立即站起身背着手走到窗口，向外眺望片刻后转身走到青年面前，以相当严肃的口吻和很低的声音问道：

“我最后问你一遍，弗洛伦西奥先生，你究竟是来还是不来？”

弗洛伦西奥咬着嘴唇，半晌后边摇头叹气边也站起身与伊莎贝拉面对面站着，从嘴里挤出语速快而简短的答案：

“抱歉让您失望了……”

未等他话音落下，伊莎贝拉已经头也不回地重重甩门离开了这里。望着那扇仍旧在惯性下晃动着的破房门，弗洛伦西奥不禁沉默了……

【四】拉斯帕尔马斯保卫战

伊莎贝拉离开拉雷利客栈后，一路怒气冲冲地跑回巴尔加斯男爵为她和闺蜜安排的住处。碰巧的是，与男爵会面完的贝格尼娅也正在客房里午休。见公主独自一人回来，女上校显然感到有些意外，她原本以为闺蜜劝说弗洛伦西奥的行动应该是十拿九稳的……

“萨拉，发生什么事了吗……”

“姐姐，这回算是妹妹我看错人了。弗洛伦西奥先生根本就是个胆小鬼，他不配成为我们的同伴!”

“萨拉，也许弗洛伦西奥先生有他自己的想法，终究我们不是一条路上的人呐！所以别放在心上了……”

见闺蜜言语之中充满了愤怒，贝格尼娅只能好言劝其把心放宽些。于是在继续发了一番牢骚后，伊莎贝拉终于冷静下来，岔开话题询问上午闺蜜与男爵之间商讨的结果，这时，门外响起了敲门声：

“雷佐小姐，您方便出来一下吗？戈丁上校有急事想要见您!”

分辨出那是安斯瓦尔多声音的贝格尼娅忙穿戴整齐、开门走出屋去。在安斯瓦尔多的指引下，女上校来到一楼大厅。戈丁与“圣洛伦佐”号的大副巴尔德斯正在这里等待着她。

“请问二位找我有何贵干?”贝格尼娅摘下三角帽夹在腋下，先入为主地开口问道。

“听闻雷佐小姐您决定参加巴尔加斯男爵对巴巴里海盗的战争，这是真的吗?”戈丁用急切的语气接过话来。

“是的。抱歉没有第一时间通知你们，主要是因为我必须与男爵大人尽快确定好作战方针……”

“可是小姐，卷入一场本可以避免的战争，您觉得这样做真的妥当吗？我们并没有义务要保卫这个港口呀!”戈丁一听，露出焦急的神态。

“同胞有难，我贝格尼娅－德雷佐绝不能坐视不管！戈丁先生，我意已决，你不必多说。如果你不想参战，请把‘圣洛伦佐’号的指挥权交出来，我会安排合适的人选来接替你。”

面对戈丁的“发难”，贝格尼娅显得镇定无比。她板着脸，以上级特有的严厉口吻回答了对方的质疑。见顶头上司稍稍动了怒容，戈丁只能极不情愿地点了点头：

“我明白了。您说得很对，我若奥－戈丁愿意服从您的安排。”

“既然明白了就快些去执行吧。由于海盗的恐吓信上写着‘一周之内会拿下港口’，所以我要求你在明晚之前做好‘圣佩德罗’和‘圣洛伦佐’号的备战工作，不得有误。”

见戈丁向自己许诺参战，贝格尼娅的内心十分高兴，立即对他进行了进一步指示。不过在戈丁与巴尔德斯领命离去后，伊莎贝拉却对二人产生了质疑：

“我觉得戈丁上校和巴尔德斯少校并不是我们所能倚重的人。姐姐，你最好对他俩多加防范哟……”

“萨拉，既然我认可戈丁上校作为我的同伴完成这次环球之旅，那么我就不会对他无故产生猜疑，我绝不会怀疑一个被我所认可的人。”

“话虽没错，不过姐姐，我建议将安斯瓦尔多与巴尔德斯的职务对调一下，以方便对戈丁上校的行为……”

“不，萨拉，我想没这个必要。好啦，别再为这事纠结了！我提议我们三个不如去放松一下，为什么不是现在呢?”

不等闺蜜说完，贝格尼娅已经“简单粗暴”地打断了她的话。不过，女上校的脸上迅速由阴转晴，张开双臂搭着伊莎贝拉和安斯瓦尔多的肩膀走出客房大楼，直奔马塞利诺酒馆而去。在路上，贝格尼娅甚至还让安斯瓦尔多去把罗德里格斯、格拉迪诺与安东尼奥也一同叫来。见闺蜜竟然想喊安东尼奥也来喝酒，伊莎贝拉的脸上不禁露出不快，不过在贝格尼娅向闺蜜解释这仅仅是对安东尼奥在航行中的良好表现给予的奖赏后，也没有再多说什么。于是先后赶到马塞利诺酒馆的6个人在欢快中畅饮了整整一下午。对于即将到来的与海盗的战斗，安斯瓦尔多等人都充满了信心，尤其是安东尼奥，伯爵儿子期待着能以一次优异的表现来为自己在贝格尼娅的心目中加分……

晚饭后，贝格尼娅和酩酊大醉的伙伴们回到客房，也许谁都没有料到，危险在当晚就悄然逼近了。漆黑而宁静的拉斯帕尔玛斯外海上，一支悬挂着“海狮子”旗的船队正以缓慢的速度向港口接近。不用多说，这便是贝格尼娅口中所说的伊兹密尔的“海盗舰队”了。站在旗舰“阿扎比”号的舰桥上，一脸阴沉的伊兹密尔正关注着远处已经能看到模糊轮廓的拉斯帕尔玛斯……这时，一名穿着特殊的海盗急匆匆跑来：

“头儿！据最新得到的消息，拉斯帕尔玛斯港内停泊着两艘昨天早些时候刚到的西班牙新式战列舰。我们是否还按照原计划行事？”

“新式战列舰？昨天的报告不是说对方只有一艘老掉牙的破船嘛！”

“计划不如变化呀！头儿，依我看我们是不是应该……”

“哼……穆罕默德，这么多年了，你的胆子还是那么小啊！传我的命令，各舰放下交通艇，搭载干草准备出击！”

伊兹密尔的用意已经十分明显了，选择使用搭载干草的交通艇出击预示着他将首先用火船攻击港口中的西班牙战列舰。在消除掉这些“眼中钉、肉中刺”后，夺下“门户大开”的拉斯帕尔玛斯几乎易如反掌。

在将喝得东倒西歪的同伴们送回客房后，虽然没有醉酒但头脑也已经不很清醒的贝格尼娅独自来到后院吹着海风“透透气”。恍惚中，将目光投向远方港口的她发现漆黑的海面上有一些光亮的小型物体正向码头移动。女上校立即如被泼了盆冷水般完全清醒过来，并不顾一切地撒腿向码头跑去。经验告诉她，这是火船在攻击港口……

总督办公室里，巴尔加斯男爵正像往常那样批阅白天未能来不及处理的文件。突然，大汗淋漓的豪尔赫匆匆忙忙地从门外跑进来，从他脸上慌张的神色不难看出，似乎是出了什么事。

“男爵大人，有不明敌人出动火船攻击港内军舰！”

“什么！是巴巴里海盗吗？”男爵一听，立即神情紧张地站了起来。

“目前还不能确定敌人是否是巴巴里海盗。但可以肯定的是，火船的目标是摧毁港内的军舰！”

“雷佐小姐知道这事了吗？请速速把她请来迎战！”

“男爵大人……雷佐小姐已经在她的岗位上了，事实上，是我俩在路上偶遇后，雷佐小姐告诉我有火船袭击港口军舰，并让我第一时间来通知您的。”

听了豪尔赫的话，巴尔加斯男爵的脸上露出相当吃惊的神色。恐怕他连做梦也没有想到贝格尼娅对于保卫拉斯帕尔玛斯竟是如此的“尽心尽职”。在心中对女上校称赞之余，男爵决定亲自出马，于是即刻与豪尔赫一起奔赴港口……

码头外的“圣佩德罗”号上，早已就位的贝格尼娅正从容不迫地指挥军舰对火船进行规避。由于当时海上风速较小，火船速度较慢且难于控制方向，伊兹密尔所释放的 11 艘火船（分别来自他麾下的 11 艘战船）有 7 艘在抵达目标之前便已烧毁；“幸存”的 4 艘火船有 2 艘撞上了港中的小型驳船“同归于尽”，而最后 2 艘中有一艘驶向豪尔赫麾下的一艘巡航舰，另一艘的目标便是“圣佩德罗”号。

“哈维尔先生，请向右，再向右一点！”站在舰桥上，紧张注视着火船的贝格尼娅扯着嗓子喊道。

“小姐，恐怕来不及了！我们的船身太长了！”

“在左舷放下交通艇！快，马上！”

焦急万分的女上校突然灵光乍现，想出了另一个办法。于是在她的指挥下，水手们像上了发条的机器般将位于舰体中部的舰载艇中最大的交通艇从船舷边放下水去。这一举动无疑十分及时，就在交通艇下水不到一分钟，那艘火船便结实地撞中了它。然而正是因为交通艇的“牺牲”，“圣佩德罗”号得以“死里逃生”……

“圣佩德罗”号躲过一劫，不过远处的轻型巡航舰就没有这么幸运了。由于舰长并未就位，仅有少数水手执勤的这艘倒霉的军舰被火船“撞了个满怀”，火焰顿时在甲板上腾起，不多时便将整艘军舰吞噬。刚刚赶到码头、尚未来得及登上“圣马丁”号的豪尔赫目睹着这艘倒霉的护卫舰在烈焰中化为灰烬，惊得目瞪口呆。不过在惊吓之余，他也暗自庆幸宝贵的战列舰仍旧毫发无损。

见海面上已没有仍在前进的火船，贝格尼娅心中的石头也稍稍落地。不过女上校的心中十分清楚，保卫港口的战斗毫无疑问才刚刚开始。火船的出现意味着海盗一定就在港外不远的地方，而浓浓的夜色正是掩护他们进攻的最佳时机……

港外，伊兹密尔遥望见港内有一艘火船成功烧毁一艘军舰后，心中十分高兴，遂下令舰队起锚准备强突港口。不过与刚才火船奇袭时所不同的是，此时港内的大部分西班牙将士已经在女上校与男爵的号召下做好了迎敌准备。拥有3艘战列舰、1艘巡航舰和若干辅助船只的他们绝不会束手就擒。

伊兹密尔的麾下同样拥有3艘战列舰，不过大小却与贝格尼娅麾下的“圣佩德罗”和“圣洛伦佐”号相去甚远。旗舰“阿扎比”号是一艘建造于那不勒斯的、舰龄不超过5年的64门炮新式战列舰，同时也是“巴巴里海盗王国”的最强装备之一。除此之外，一艘舰型较老的60门炮，以及由重型巡航舰升级改造而来的50门炮战列舰也是伊兹密尔手中的“王牌”。尽管没有单舰实力像“圣佩德罗”和“圣洛伦佐”号那样超强的军舰，但由于舰队数量占据绝对优势，因此对于贝格尼娅来说，与伊兹密尔的战斗将是无比艰苦的。

站在舰桥上，贝格尼娅瞪大了警惕的双眼，她注意到远处海天相接处逐渐出现了一个又一个模糊的帆影。期待已久的敌人终于显露“真身”了，女上校心中这样暗想着，立即下令瞭望员将“敌舰出现、火炮准备”的消息通知“圣洛伦佐”和“圣马丁”号。不过由于夜晚视线受阻和三舰之间的距离并不太近，尽管瞭望员喊破了嗓子，但对方似乎并无反应。焦急之下，贝格尼娅决定先做好己舰的备战工作。她下令舰上当值和临时归位的350名水手中的300人都去操控军舰一侧的火炮。在水手们的吆喝声中，一门门黑洞洞的大炮被推出炮门，做好了射击准备。这时候，敌方舰队的“魅影”已经完全展现在贝格尼娅的眼前。“一、二、三……十、十一！”，当发现敌方拥有11艘帆船时，女上校不禁倒吸了一口凉气……

“小姐，我们是否要先开炮呢？”临时客串火炮指挥官的海军陆战队指挥官布鲁诺-贝内迪克托上尉走到贝格尼娅身旁问道。

“再等一等，还没到时候……”

贝格尼娅一面摇手一面续手继持望远镜仔细观察。只见敌方舰队呈两条纵列向码头驶来。女上校心里清楚，尽管已经驶入射程，但倘若在此时炮击，敌舰受弹面积小，炮击效果很不理想。然而正在她彷徨的时候，从约一百码外的“圣马丁”号处却传来了隆隆炮声。很显然，那是豪尔赫下令开火了。

“见鬼，豪尔赫先生到底在搞什么!”望见是“圣马丁”号在向海盗舰队开火后，贝格尼娅气愤地用拳头捶着船舷栏杆叫道。

“小姐，事到如今我们……”贝内迪克托用怯懦的声音问道。

“没办法了。传我的命令，上层和露天甲板火炮齐射!”

“遵命!上层和露天甲板火炮准备……开火!!”

在贝内迪克托的怒吼下，从“圣佩德罗”号的舷侧喷吐出火舌和白烟。半分钟后，“圣洛伦佐”号也做出了同样的举措。然而果不出贝格尼娅所料，这些炮击统统都是徒劳的，仅仅在迎头驶来的海盗船左右激起了阵阵浪花。不过就在第一轮炮击停止、第二轮炮击尚未开始之际，贝格尼娅注意到海盗船们纷纷呈“U”字形掉头离开了港湾。诧异的女上校有些吃惊地放下手中的望远镜并揉了揉眼睛：

“敌人都撤退了?这……是我的幻觉么?”

“是真的，小姐，他们都撤退了!”贝内迪克托激动地叫道。

当贝格尼娅再次拿起望远镜进行观察时，11艘海盗船已经全部完成转向、有条不紊地背道而驰，没过多久便完全消失在视野中。见敌人已经离去，甲板上的水手们都欢呼起来。然而贝格尼娅的心里却依旧保持着怀疑。她知道，事情应该不会就这么简单结束了……

由于担心海盗随时会发动反扑，贝格尼娅不敢回客房休息，于是便趴在舰长室的书桌上简单小憩一下。不知不觉，天亮了。当女上校睁开困倦的眼睛时，却发现闺蜜站在自己的身旁。

“萨拉?你来了……”

“姐姐，昨晚是发生战斗了吗?抱歉我们都喝醉了，没能帮上你的忙……”

“萨拉，没关系，应该道歉的是我。我……又把你们给灌醉了……”贝格尼娅站起身，红着脸说道。

“哈哈哈!姐姐，别放在心上了。来，抽一根提提神吧!”

伊莎贝拉爽朗地笑着，从兜里掏出一包“拉斯帕尔玛斯香烟”，娴熟地撕开袋口，抽出一支烟递到闺蜜的手中。望着手中这“突如其来”的香烟，贝格尼娅惊得目瞪口呆：

“萨拉，这包烟……”

“嘿嘿，姐姐，这包烟是昨天下午在酒馆时趁着上厕所的空隙，我在酒保那里买的哦！当然，还没来得及过把瘾就……”

“萨拉，我不反对你抽烟，但是需要有节制哦！这东西抽多了可是伤身体的。而且最好别在船员面前抽烟，因为我规定过不得在舰上抽烟（有引起火灾的隐患）。”贝格尼娅将烟叼在嘴里，微笑着边点着烟边说道。

“放心吧，姐姐，我保证只会在与你独处的情况下抽烟。如果是在船上的话就仅限于这里吧……”伊莎贝拉点点头，为自己也点上一支烟后岔开了话题，“话说……姐姐你该不会真的认为伊兹密尔就这样走了吧？”

“当然不会，伊兹密尔肯定会回来的。我猜他们暂时退避是因为不清楚港内究竟有多少军舰。从这个角度来看，昨晚的那次齐射也算是有点效果。”

贝格尼娅坚定地点点头支持闺蜜的观点。就在这时，舰长室门外传来了敲门声，两位姑娘慌忙不约而同地将手中尚未抽完的香烟熄灭。不一会儿，门开了，安斯瓦尔多出现在门口：

“雷佐小姐，豪尔赫先生乘小艇前来，据说有事要和您商量！”

听着安斯瓦尔多的报告，贝格尼娅慌忙戴好假发和军帽，并将着装整理整齐后跟随年轻少校走出门去，伊莎贝拉也尾随在后。站在中部甲板上的豪尔赫在望见贝格尼娅向自己走来时热情地向她挥手致意。脸上微微泛红的女上校也向豪尔赫打了招呼并快步走到他面前。

“早安，雷佐小姐！据我派出的侦查艇传来的情报，伊兹密尔的舰队在距港口一定距离的外海停泊，并没有离开。小姐，您认为敌人的意图是什么？”在与贝格尼娅握手后，豪尔赫恭敬地问道。

“和我猜测的结果一样，敌人果然没有善罢甘休。我想他们一定是在考虑再次进攻的时机和方式，不过我建议在敌人展开下一轮进攻之前先下手为强，利用我方战列舰火力的优势对敌人进行反击。”

“姐姐，你在说什么！现在敌人正在港外等着我方送上门去，此时主动出击岂不是自投罗网！”对于闺蜜主动出击的提议，伊莎贝拉立即予以质疑。

“萨拉，没学过战术可别瞎说哦！这叫以攻代守、攻敌不备，怎么能被说成是自投罗网呢！豪尔赫先生，请问您的意下如何?”

不过贝格尼娅显然不打算听取伊莎贝拉的劝诫，她一面回击闺蜜的话语，一面把目光投向豪尔赫。出于对女上校勇气的钦佩，再加上自己确实没有什么更好的办法，豪尔赫只得点了点头：

“雷佐小姐说得有理。一味龟缩在港口恐怕是行不通的。那么……我们何时发起攻击?”

“就趁现在吧！请阁下指挥‘圣马丁’号尾随在我麾下两舰之后冲出港去。”

见豪尔赫认同了自己的观点，贝格尼娅兴致勃勃地要求立即发起进攻。对此，殖民地上校表示将完全听从她的指挥，于是离去准备行动。港口外，对于伊兹密尔将舰队停滞在海面上的举动，他的部下们也是疑虑重重。随着时间一分一秒地过去，伊兹密尔的心腹穆罕默德终于忍不住开口问道：

“头儿……为何我们要在这里浪费时间？究竟是战是撤请您给个准信儿吧!”

“当然是不战也不撤。哼……我们要在这里等待猎物自己送上门来。”伊兹密尔叉腰望着远方，嘴角边露出一丝狞笑。

“‘等待猎物自己送上门来’，这……是什么意思?”穆罕默德听得完全摸不着头脑。

“穆罕默德哟，这么多年了你还是一点长进都没有，这样子怎么接我的班？给我竖起耳朵听好了！我们现在停留在这里，本身就是为了给敌人制造出一种假象。”伊兹密尔轻抚着自己浓密的胡须，胸有成竹地说道，“只要我们在这里不走，敌人多半会误以为我们这是在为发动新的攻击做准备；在这种情况下，为了能打乱我们的战前部署，倘若我是港内西班牙舰队的指挥官，那么我会选择主动出击。”

“为何一定要主动出击，在港湾中易守难攻岂不更好?”穆罕默德的脸上依旧挂着不解的神色。

“咳咳……你真是蠢到家了！如果他们不主动出击、我们也不主动撤离的话，运输船队还能离开港口么？要想打开出海口，他们必须主动求战！并且根据昨晚敌舰齐射时的场面来看，那 3 艘战列舰应该都还安然无恙，有这样的实力握在手中，即便换成是我，也会毫不犹豫地选择出港拼死一搏！”

“原来是这样！头儿您可真是料事如神呐！可怜那群西班牙人的失败已经是板上钉钉了，哈哈哈!”

“老大，港口方向出现帆影!!”

正说着，“阿扎比”号的瞭望员向伊兹密尔发出警告。“海狮子王”连忙拿起望远镜进行观察，只见他的嘴角逐渐咧出令人畏惧的笑容……

在贝格尼娅的指挥下，“圣佩德罗”“圣洛伦佐”和“圣马丁”号 3 艘战列舰排成“一字型”向港外冲去。豪尔赫麾下幸存的巡航舰“圣母玛利亚”号（装备22门火炮）则以一定的角度和距离跟随在主舰队斜后方。在此次行动中，贝格尼娅罕见地站在船艏楼最前端的位置、以无比坚毅的神色等待着即将出现的海盗舰队。面露忧郁的伊莎贝拉偎依在闺蜜身旁，她的心里很清楚，等待自己的将会是一场前所未有的战斗……

“姐姐，我们……真的没有退路了吗?”

“萨拉，刚才我已经对你说过，如果我们仍在港中畏缩不前，那就只能坐以待毙。当然，我知道主动出击也不能保证一定获胜，但这总比坐以待毙要好些吧。”

“可是，如果一定要那样做的话，我们这里的每个人都……都会死吧……”伊莎贝拉说着，竟哽咽了。

“萨拉，真对不起，我让你卷入了这样一场险恶的战斗。但是我向你保证，倘若这支舰队最后只有一人能生还，那么这个人一定会是你。我将拼尽全力保护你的生命！”

“不，我不要！如果姐姐你死了，我一个人活着还有什么意思呢！姐姐你真的好自私，满脑子只想着所谓的‘为国尽忠’，却从来都不理会妹妹我的感受。呜呜……”

伊莎贝拉说着，边哭边撒娇般地捶打起闺蜜的胸脯来。此时此刻，将闺蜜搂在怀里的贝格尼娅感受到了前所未有的愧疚，刹那间，她的眼泪也悄然而下……

“雷佐小姐！前方出现敌方舰队，似乎处于静止中！”

几乎在同一时间，桅杆上的瞭望员向贝格尼娅报告发现了目标。女上校慌忙拭去泪水，举起望远镜进行观察。由于白天视线较好，伊兹密尔舰队中3艘醒目的双层甲板战舰很快便映入她的眼帘。也许贝格尼娅已经有了心理准备，像伊兹密尔这样实力强大的海盗可能会拥有一艘战列舰作为旗舰，然而3艘战列舰却大大超出了女上校的心理预期。这就意味着己方不再拥有战列舰数量上的优势。如此一来，这场战斗恐怕真的是凶多吉少……

“萨拉，船尾有一艘军官用的小艇，我希望你现在乘坐那艘小艇回港口去……”放下手中望远镜的贝格尼娅用平静的声音对身旁的闺蜜说道。

“姐姐，你这是想让我背上逃兵的骂名么？抱歉，今天我会与你并肩战斗到最后一刻，绝不临阵退缩！”

“萨拉……”望着意志坚决的闺蜜，贝格尼娅感觉自己的嗓子似乎被什么东西堵住了，一阵难受。

“倘若天主安排今天真的是生命的终点，姐姐……请让我们姐妹俩就这样亲密无间地死在一起吧！”

说罢，伊莎贝拉坦然地抽出佩剑握在手中，同时走到闺蜜的身后与她背靠背紧紧贴在一起。霎时间，贝格尼娅感到一股暖流从后背窜上心头，温暖内心的同时也给予了她无穷的力量……

随着距离愈加接近，贝格尼娅高声下令做好战斗准备。与昨晚略有不同的是，此时的11艘海盗船呈单列停泊。见贝格尼娅指挥的3艘战列舰驶来，海盗船立即起锚、呈两列向两边散去。女上校见状大喜过望，这样一来她便能最大限度地利用战列舰两舷的重火力对海盗船进行打击。在向身后两舰发出“左右舷炮门同时打开”的命令后，贝格尼娅回到舰桥上准备亲自指挥战斗。随着距离的一步步缩短，贝格尼娅甚至已经能望得见临近海盗船上海盗们狰狞的面目，不过就在她准备下达开火命令时，两旁的海盗船突然转向、一艘接一艘地向外侧驶去。如此一来，战列舰侧舷火炮将不能完全发挥实力。贝格尼娅随即下令终止炮击准备。

“该死的伊兹密尔，他这是在玩哪出戏呢！”双眉紧锁的贝格尼娅左右张望着两旁海盗船航行的势态，脸上露出焦虑烦躁的神情。

“姐姐，请冷静些！这是敌人的诡计，恐怕他们从一开始就没有打算与我们进行炮战。”

“可是他们究竟想干什么呢……”

听着伊莎贝拉的话，贝格尼娅显得有些摸不着头脑。彷徨中，瞭望员却告诉她“圣洛伦佐”号正在脱离队列，似乎想要调头返回港口。而海盗舰队中两艘较大的战列舰趁机利用这个机会插入空档，拦在“圣佩德罗”号与“圣马丁”号之间。其余9艘海盗船也逐渐靠拢过来，呈“8”字状将这两舰围在核心。望着逐渐远去的“圣洛伦佐”号和四周多起来的海盗船，贝格尼娅气得差点昏过去：

“该死的戈丁，他到底在干什么！”

“姐姐，我早就说过不能信任他。不过事已至此，我们只能指望自己了。现在的当务之急是与豪尔赫先生汇合……”

伊莎贝拉的话音未落，绕到“圣佩德罗”号舰尾的海盗战列舰已经率先开火！在一阵震耳欲聋的炮声后，海盗战列舰的炮弹精准地命中了“圣佩德罗”号下层艉楼舱室，将整排玻璃轰得粉碎。由于中弹而产生的冲击波，整条军舰都开始晃动，甚至让站立不稳的两位姑娘一齐摔倒在甲板上。由于倒地惯性太大，贝格尼娅的军帽和假发均落进海里；凌乱的金发使她看上去狼狈不堪。

“安斯瓦尔多，请立刻汇报船尾伤势！”倒在地上的贝格尼娅来不及爬起便高呼起安斯瓦尔多的名字来。

“小姐！下层艉楼舱室损伤严重，但尾舵正常！”远处趴在船尾栏杆上观察的安斯瓦尔多扯着嗓子应声道。

“哈维尔先生，请立即转向！”

“向哪里转?”

“向左……哦不，向右，该死的！向左向右都行，总之立即给我转向!!”

危急时刻，贝格尼娅的话语中充满了焦躁和不确定性。不过就在她刚刚从左右摇晃的甲板上爬起时，一个持续时间更长的、几乎要将耳膜贯穿的剧烈爆炸将她震得再次重重撞在甲板上，甚至连额头都磕出了血。当她强忍着疼痛向后望去时，却见远处的“圣马丁”号竟被炸成了一团橘红色的火球，那骇人的浓烟像蘑菇云一样高高升起，伴随着火光直窜云霄……

【五】上天的眷顾

望着眼前惨烈无比的爆炸情景，目瞪口呆的贝格尼娅不知所措地站起身来。这股超乎想象的爆炸威力竟将一些碎屑吹到了距离100码外的“圣佩德罗”号的尾甲板上。茫然中，贝格尼娅似乎感到有什么东西飞到了自己的脸上。当她伸手将其取下时，发现那竟是一张连着血肉的死皮……

“天哪！！”

未等贝格尼娅有所反应，她身旁的伊莎贝拉已经尖叫起来。相对于闺蜜的夸张情绪，贝格尼娅却面无表情地摘下那块死皮扔在甲板上，同时嘴里小声地喃喃自语道：

“豪尔赫先生……死了。我们也……都会死吧……”

“姐姐，你怎么了？不可以放弃啊！”

见贝格尼娅的神情有些恍惚，伊莎贝拉慌忙上前揪住她的领子使劲儿摇晃。几秒钟之后，闺蜜才回过神来：

“萨拉，对不起，刚才我有些失态了。你说的没错，战斗才刚刚开始，让我们奋力一搏吧！”

“嗯！”

伊莎贝拉认真地点点头，随即在她那苍白的脸上露出充满信心的笑容，闺蜜俩紧紧拥抱在一起互相勉励，准备迎接挑战。远处，站在“阿扎比”号舰桥上的伊兹密尔望见战场上突变的情况，心中暗暗高兴，于是把穆罕默德喊道身旁：

“炸了一艘，逃了一艘，看来今天真主是站在我们这边的呀！听着，最后那艘从今天起就是我的‘新旗舰’了，一定要抓活的！”

“放心吧，头儿，这事儿包在我身上了。等会儿我带兄弟们登船，把上面的西班牙士兵杀个精光，哈哈哈……”

穆罕默德使劲儿拍了拍自己的胸脯，狂妄地仰天大笑起来。此时的伊兹密尔也是无比得意，于是在勉励了下属几句后便下令所有海盗船围攻“圣佩德罗”号。见情况不妙，先前一直跟随在后的“圣母玛利亚”号巡航舰也在虚放了几炮后调转船头逃回港去。这下，“圣佩德罗”号真正沦为了一头“困兽”。

“连巡航舰都逃走了么……”望着远去的“圣母玛利亚”号，贝格尼娅不禁感慨起来。

“姐姐，现在我们是1对11，处于绝对劣势，因此我猜他们一定想要俘虏我们的船。在这种情况下，我们绝不能让他们轻易靠近，最好利用两层炮甲板实现交替射击，以组成更为密集的火力网！”伊莎贝拉凑近些，向闺蜜提出了自己的建议。

“说得对。传我的命令，下层与上层甲板的重型火炮做好交替射击的准备！”

这一次，贝格尼娅虚心采纳了闺蜜的建议，随即予以实施。大难临头，“圣佩德罗”号上的将士们依旧保持着沉着冷静的头脑，认真执行着女上校的命令。望着这些对于自己和祖国依旧忠诚的男儿，贝格尼娅不禁眼眶湿润，然而此时不是落泪的时候。女上校强忍着心中的感激向前走去，当走到正在认真备战的安东尼奥的身旁时，她停住了脚步：

“安东尼奥，方便的话请随我来一下。”

这是出航以来贝格尼娅第一次主动与安东尼奥搭话。伯爵儿子显得十分激动，立即丢下手中的事随女上校而去。走在路上，贝格尼娅用十分温和的语气对安东尼奥说道：

“不出意外的话，在一小时之内这里就会变成一片血海。我想交给你一项任务，不知你……”

“只要是雷佐小姐的指令，即便赴汤蹈火我安东尼奥也在所不辞！”

“谢谢你，安东尼奥，有你这句话我就放心了。任务是这样的：我想让你带10名水手前往底舱去保护躲藏在那里的艾玛，以及神父和厨师们的安全……”

“什么！这……这岂不是要我临阵逃脱？”安东尼奥一听，立刻露出焦急的神色，“我想要在甲板上与雷佐小姐并肩战斗啊！！”

“不行，安东尼奥，甲板上太危险了。而且我曾答应过你父亲要保证你的安全……”

“抱歉，我拒绝接受这项任务。”不等贝格尼娅把话说完，安东尼奥已经坚定地打断了她，“雷佐小姐，也许您从未把我放在眼里，但我是个男人，我宁可像军人一样死在战场上也不愿和侍女躲在一起逃过一劫！”

“安东尼奥……你是个真正的男子汉，我佩服你，你的父亲也会为你而感到骄傲的！好，现在回到你自己的岗位上去吧！”

望着双眼中透露出无比坚毅光芒的伯爵儿子，贝格尼娅没有再强迫对方执行自己的命令；相反，她面带钦佩笑容地伸手拍了拍安东尼奥的肩膀以示鼓励。见得到了倾慕对象的肯定，安东尼奥感到自己的心仿佛在燃烧，信心百倍地迅速跑回自己的岗位上。而望着他离开的身影，贝格尼娅的脸上竟露出一丝惆怅。

“姐姐，左舷有一艘双层甲板的海盗船正试图靠近我们！”

伊莎贝拉的声音将愣在那里的贝格尼娅从短暂的虚幻世界拉回现实。女上校慌忙顺着闺蜜手指的方向望去，在确认了对方想要接舷后，她果断下令以左舷全部火力对其进行齐射。几乎在同一时间，“圣佩德罗”号与那艘海盗战列舰的舷侧都吐出火舌，两舰之间的海域上顿时弥漫起白茫茫的烟雾。一阵齐射过后，海盗战列舰的主桅杆轰然倒下，“圣佩德罗”号甲板上的船员们都欢呼起来。

“头儿，这艘西班牙战列舰看起来挺厉害的，我们的‘伊尔坎’号（指装备50门炮的那艘战列舰）被摧毁了！”穆罕默德用颤抖的声音对伊兹密尔说道。

“见鬼，这恐怕是一艘‘74炮’（指设计拥有74门炮的战列舰，后面同理），不，似乎还要大一些，难道是‘80炮’？”就连这位阅历丰富的海盗头目也不禁露出栗然的神色，“让弟兄们小心点，没有我的命令不得贸然靠近，只需远远地堵住它的去路即可。”

穆罕默德领命而去。伊兹密尔不安地望着远处的“圣佩德罗”号，并来回踱着步子似乎在思考着什么。不多时，这位老奸巨猾的海盗头目脸上掠过一丝醒悟的神色，他似乎盘算出了另一条计谋……

在将伊兹密尔麾下50门炮的“伊尔坎”号摧毁后，贝格尼娅发现海盗船们距离己舰的距离正逐渐拉远，不过仍呈环形在外围徘徊。女上校很快便意识到这是个突围的好机会，遂召集伙伴们在后甲板商讨突围事宜。对于如何突围，贝格尼娅和罗德里格斯倾向于在突围中与阻拦的海盗进行接舷作战；但伊莎贝拉和安斯瓦尔多却仍旧坚持以炮战为主。对此，安斯瓦尔多的解释是只有以炮火驱赶海盗致使其不敢靠近才能顺利突围，任何一种拖沓的行为都是极其危险的。经过他的“开导”，包括贝格尼娅本人在内的所有反对派都不再有异议了。不过还未等突围正式开始，伊莎贝拉却发现了新的问题：

“姐姐你看，有一艘海盗战列舰和两艘巡航舰往港口驶去了！”

“3艘海盗船去港口？糟了……”

在闺蜜的提示下，贝格尼娅猛然醒悟，慌忙下令“圣佩德罗”号原地调头，打算对敌舰进行追击。不过指望身躯修长的战列舰完成调头谈何容易？没过多久，有两艘看穿西班牙人意图的海盗船也贴上前来零星开炮，试图对“圣佩德罗”号的调头造成干扰。不过对于敌人的这些干扰，贝格尼娅丝毫没有放在心上。她下令哈维尔不必在意海盗船的位置，只需按照自己刚才的命令调头便可。看到有一艘海盗双桅帆船距离己舰已经相当近，贝格尼娅突然下令侧舷开火。在一阵急促而连贯的炮击声中，这艘“倒霉蛋”瞬间被打成了筛子……

望着缓缓下沉的敌舰，“圣佩德罗”号的甲板上再度沸腾起来。不过心中惦记着港口势态的贝格尼娅却高兴不起来。已经半小时了，笨重的“圣佩德罗”号仍未完成转向；而前往港口的3艘海盗船却早已没了踪影……

“姐姐，如果伊兹密尔的目标是港内尚未出发的商船队的话，恐怕我们确实来不及追上了。除非指望先前逃跑的戈丁上校能够良心发现……”伊莎贝拉摇摇头一脸无奈地说道。

“指望他？与其如此，我还不如去祈祷天主恩赐一个奇迹呢！”贝格尼娅面色铁青地答道。看得出，她已经对戈丁失望透顶了。

“奇迹吗？可是谈何容易呢……”听着闺蜜的话，伊莎贝拉也露出严峻的神色。也许此时真的只能听天由命了……

拉斯帕尔玛斯港外，伊兹密尔指挥的3艘海盗船已经迫近了码头。果不出贝格尼娅所料，先前逃回港口的戈丁对于海盗的来袭非但未做出抵抗的意思，反而指挥“圣洛伦佐”号向港口西边回避，为海盗们的到来让开一条“阳光大道”。眼见强大的战列舰无意交战，巡航舰“圣母玛利亚”号也尾随其后灰溜溜地逃走了。在失去了“圣洛伦佐”和“圣母玛利亚”号的保护后，伊兹密尔意识到港口已是“唾手可得”。

“头儿，这下我们可发财啦！”穆罕穆德也激动得两眼放光。

“还不能高兴得太早。传我的命令，现在炮轰岸边的炮台，只有清除一切障碍后我们才能登陆。”

一向严谨的伊兹密尔迅速抑制住自己内心的高兴之情，仍旧下令先将港口最后的防御设施击毁后再实施登陆抢夺。在他的指挥下，“阿扎比”号与2艘海盗巡航舰开始炮击拉斯帕尔玛斯沿岸的炮台，隆隆的炮声很快便传遍了大街小巷。刚从菜市场买了新鲜蔬果准备返回拉雷利客栈的弗洛伦西奥在听闻炮声后也不由自主地停住脚步，犹豫几秒后拔腿向港口奔去。

由于拉斯帕尔玛斯沿岸炮台上总共也只有10余门8磅轻型加农炮，因此在伊兹密尔麾下海盗船18磅和24磅炮的炮击下很快便被统统打哑。由于失去了最后的防御手段，港口的命运已到了千钧一发之际。站在码头上的巴尔加斯男爵正高声呵斥手下的殖民地士兵赶紧就位。然而仅仅凭借这200多名缺乏训练的士兵怎能抵挡得了彪悍如牛、烧杀成性的海盗？男爵深知这一点，但作为这里的总督，他决不允许为自己留下港口失陷后的后路。

一路狂奔到港口的弗洛伦西奥发现海盗已经开始蠢蠢欲动，于是马不停蹄地奔到商船停靠的堆场码头。由于海盗的威慑，很多商人和水手都已逃命，码头竟已变成了荒无人烟的地方。弗洛伦西奥在码头找到一艘无人的小型商船后将干草和树枝搬上船去，随即独自驾驶这艘商船离开码头，径直向海盗船驶去。在如此险恶的关头下，这位年轻船长这样做的用意究竟是什么呢……

港口外，费了九牛二虎之力后的“圣佩德罗”号终于将航向调转为正对着港口的方向。心急如焚的贝格尼娅迫不及待地下令张满帆全速前进。由于惧怕“圣佩德罗”号的火炮威力，海盗船们只得在外围远远炮击而并未敢真正上前阻拦其行动。逐渐地，贝格尼娅望见了港口码头和停泊在那里的海盗船，然而眼前的情形却足以令她惊愕万分：一艘燃烧着熊熊烈火的商船正直直地撞向其中一艘最大的海盗船（即伊兹密尔的旗舰“阿扎比”号）！

同样惊得目瞪口呆的自然还有站在“阿扎比”号舰桥上的伊兹密尔。这位海盗头目简直怀疑自己是否是在做梦，因为就在数十秒之前，这还是一艘被他和部下们讥笑为“前来自投罗网的愚蠢商船”。然而就像是上天戏弄凡人一般，“商船”刹那间变成“火船”并直冲过来，势不可挡。在穆罕默德的提醒下，意识到大事不妙的伊兹密尔慌忙高叫“全员撤舰”，并带头纵身跳下海去。说时迟那时快，就在海盗头目落水的一刹那，燃烧着熊熊烈火的商船撞中了“阿扎比”号并引发了火灾。

“这真的是天主恩赐的奇迹么!”目睹着眼前发生的一切，贝格尼娅情不自禁地感慨道。

“可是，那位操纵火船的勇士会是谁呢?”女上校身旁的伊莎贝拉也喃喃自语起来。

就在商船与“阿扎比”号相撞的那一刹那，弗洛伦西奥也及时向海中跳去。不过还未等落海，笑容已经在年轻船长的脸上绽开，因为他已经清楚意识到自己“完成了任务”。数分钟后，燃烧的“阿扎比”号发生了一次类似“圣马丁”号那样的剧烈爆炸，将那些还未来得及逃离的海盗炸得粉身碎骨……

狼狈不堪的伊兹密尔在穆罕默德的救助下爬上一艘他麾下的海盗巡航舰。在遭到这样一次“无厘头”的攻击后，海盗头目显得恼羞成怒，下令部下们立即登陆，将整个港市血洗一番。不过就在这时，一名部下却告诉他，那艘西班牙战列舰（指“圣佩德罗”号）回来了。惊疑不定的伊兹密尔拿起望远镜观察，很快，从他的口中涌出了谩骂之词：

“真见鬼，我的部下全都是一群饭桶么！不，简直比饭桶还不如!!”

“老大，事到如今，我们是不是该……”

那名最先发现“圣佩德罗”号的海盗面露畏惧之色地对伊兹密尔说道。然而未等他话音落下，海盗头目已经以最快的速度拔出弯刀狠狠地捅进了他的腹部。那可怜虫当即满口喷血地倒毙在甲板上。伊兹密尔随即挥舞着沾有血污的弯刀咆哮起来：

“谁敢再提出逃跑，这就是下场！今天我哈坎－伊兹密尔誓率尔等与西班牙人决一死战!!”

海盗们你看看我、我看看你，却没有发出伊兹密尔所期盼的充满高昂斗志的回应声。这下，海盗头目更加生气了，手持弯刀大踏步走上前去揪住一名年轻海盗的领子，问他究竟愿不愿意拼死一战。小伙子被吓得面如土色，但仍旧支支吾吾着不愿表态。就在伊兹密尔准备也一刀把这小伙子也给杀了的时候，穆罕默德突然从后面拉住了他的胳膊：

“头儿，事已至此，我们还有必要逞能么？弟兄们是来赚钱的，又不是来送命的……”

“什么，连你也想背叛我？”

“头儿，您是知道我的为人的。我穆罕默德对您一直都是忠心不二，可是您在做出决定之前也得替弟兄们考虑考虑吧！目前的状况就是，如果我们仍然留在这儿的话毫无疑问会……”

“住口！你敢说这话就是赤裸裸的背叛行为，我伊兹密尔决不允许叛徒的存在！”

伊兹密尔如疯狗般打断穆罕穆德的谏言，并不由分说地将手中的弯刀转而对准了自己的爱将。穆罕默德显然没有打算就这样就范，只见他灵敏地侧身让过头目的攻击，并将其推搡开。不过他的这一自卫举动却反而增加了伊兹密尔的敌意，促使其做出了更为疯狂的反扑。眼见局面已经失控，穆罕默德只能横下心来认真对付自己所一直敬重的上司了。在经过一番较量后，更加年轻力壮的穆罕默德逐渐占据了上风。事实上，直至此时穆罕默德依然没有取下伊兹密尔性命的打算，然而那“不依不饶”的老家伙却毫无放过“爱将”的意思。在身上受了几处伤后，穆罕穆德不得不“痛下杀手”以求自保。在躲过一次伊兹密尔的攻击后，穆罕默德不再心软，精准地一刀插进了对方的胸膛。老家伙张牙舞爪地想要掐住“爱将”的喉咙，但很快便无力地倒在了甲板上。这场海盗之间的“内斗”就此结束。

在杀死了伊兹密尔后，穆罕默德被海盗们拥戴为新的头目。而这位“识时务”的新头目在上任之后的第一件事便是宣布放弃先前的捕猎商船计划并离开拉斯帕尔玛斯港，以避免接下来胜算渺茫的战斗。

因此在“圣佩德罗”号赶到港口时，这两艘海盗巡航舰特意保持较远的距离，小心谨慎地驶走。见对方并无战意，身心俱疲的贝格尼娅也没有去主动“惹事”，拉斯帕尔玛斯港的保卫战也就在这样颇具戏剧性的结尾中画上了句号。

码头上，巴尔加斯男爵和手下早已在等待着女上校的归来。而在男爵身旁站着的浑身湿透了的弗洛伦西奥却吸引住了两位姑娘的眼球。这位曾“拒绝参战”的年轻船长此刻为何会出现在这里呢?

“雷佐小姐，感谢您拯救了这里，我代表拉斯帕尔玛斯的人民向您的英勇行为致以崇高的敬意!”巴尔加斯用颤抖的双手握住了贝格尼娅的手，激动之情溢于言表。

“男爵大人过奖了。其实……我个人认为以火船将伊兹密尔旗舰击毁的那位勇士才配得上这份殊荣。”

“嗯，这位勇士就站在您的面前呐!”

巴尔加斯男爵微笑着点点头，向后退一步并把手指向正因为浑身湿透而瑟瑟发抖的弗洛伦西奥。原来这位曾被伊莎贝拉视为“胆小鬼”的年轻船长竟是那位决定这场港口保卫战命运的“关键先生”!贝格尼娅不由得大吃一惊。当然，更为吃惊的要数站在她身后、一直以疑惑的目光注视着弗洛伦西奥的伊莎贝拉了，从公主那美丽的蔚蓝双眸中发出不可思议的光芒……

“雷佐小姐，您头部的伤似乎不轻呐，需要我去请医生来为您疗伤么?”

停顿了一会儿，见两位姑娘依然盯着弗洛伦西奥在发愣，巴尔加斯男爵巧妙地岔开了话题。贝格尼娅下意识地摸了摸自己额头伤口处已经凝固的血块，忙露出尴尬的笑容：

“感谢男爵大人的关心，我想这样的小伤就不必劳烦您了。如果方便的话，能让我和伊莎贝拉与弗洛伦西奥先生单独聊聊吗?”

“当然!如果弗洛伦西奥先生乐意的话……”

“弗洛伦西奥先生当然是不会拒绝来自姑娘的盛情邀请的，我没说错吧?”

不等男爵话音落下，伊莎贝拉已经抢先冲弗洛伦西奥露出了令人“难以抵御”的笑容。只见年轻船长的脸上霎时浮现出羞涩的红晕，并情不自禁地点头表示同意。贝格尼娅提议一同去马塞利诺酒馆聊天，闺蜜与弗洛伦西奥都表示这是个好主意。不过正当三人准备出发时，贝格尼娅眼角的余光恰好瞟到远处正向这边走来的戈丁上校。女上校的脸色立刻变得难看了许多，并用急促的语气对闺蜜说道：

“萨拉，你们俩先去吧。我还有点事需要处理一下，一会儿就来与你们汇合。”

“姐姐，你是指戈丁上校吧，需要我陪你一起吗？”伊莎贝拉显然也注意到了戈丁的到来，低声问道。

“没关系，我一个人应付得来。”

贝格尼娅用平静的语气答道。尽管心中对闺蜜目前疲惫的状态有些担心，但欲言又止的伊莎贝拉还是服从了她的安排，带着弗洛伦西奥先行往马塞利诺酒馆而去。见闺蜜离去，贝格尼娅用手捂住自己的额头并悄悄叹了口气，她看上去似乎真的是累了……

“雷佐小姐，男爵大人，抱歉我来晚了……”走到贝格尼娅和巴尔加斯男爵面前的戈丁摘下帽子露出愧疚的神色。

“戈丁先生，请随我来总督办公室吧。有几个问题我与雷佐小姐想要找你确认一下。”

“哦，当然没问题。”

或许戈丁心中已经能猜到等待自己的将会是什么，但他却仍故意露出惊讶的表情。贝格尼娅以充满敌意的目光瞟了戈丁一眼后与男爵走在前面，引导着这位上校前往总督府。也许是注意到了女上校冷峻的表情，戈丁的脸上也不由得掠过了一丝慌张。

很快，三人在几名卫兵的护送下来到了位于总督府二楼的总督办公室。进入办公室后，戈丁立即感受到一股无形的压力。面无表情的贝格尼娅在稍微整理了下自己稍显凌乱的金发后开口问道：

“戈丁先生，我问你，在与伊兹密尔的舰队接触后你指挥的‘圣洛伦佐’号突然撤离战场，是出于什么缘由？”

“雷佐小姐，我……我是因为看到港口方向似乎有海盗船驶去，所以想要去……”戈丁的回答有些支支吾吾。

“是吗，你确定在那个位置能看得到港口？”贝格尼娅迅速打断了他的话。

“虽然看不清楚，但是……”

“够了，戈丁，不要再撒谎了！我现在只想知道你‘临阵脱逃’的真正理由。若你能给我一个合适的理由，也许我会从轻发落你！”

“从轻发落？哼……你有什么资格这么对我说话？我若奥－戈丁本来就是由海军部任命、取代你这位无能之辈的合法的‘圣洛伦佐’号的舰长，不过因为家里出了些小事没能及时到岗，竟被你偷走了军舰！如今让我这个无论服役年限还是作战经验均在你之上的优秀舰长听从你一个黄毛丫头的命令，这简直是天大的耻辱！”

“住口!! 戈丁，我警告你，不管你过去如何，现在既然是我的部下，你就必须听从我的命令！否则我可以立即把你绞死!!”

戈丁那充满蔑视的言论似乎彻底激怒了贝格尼娅，只见她咆哮着伸手指向对方的脖子。不过望着眼前气得浑身发抖、满面通红的上级，戈丁反而仰面大笑起来：

“哈哈哈……连海军部律法都没读懂的家伙也配来领导我？海军部明文规定：在海外殖民地执行任务时，军衔相同的军官不能以职务高低为由而直接处决一方，需要回国后交给军事法庭处理。雷佐小姐，既然你这么不待见我，不如现在我们就返回西班牙吧。在此之前你不仅无权把我绞死，甚至也不能剥夺我舰长的职务……”

“戈丁，你别欺人太甚！信不信我现在就砍下你的脑袋!!”

已经无法抑制自己暴怒心情的贝格尼娅“嗖”地抽出明晃晃的佩剑架在了戈丁的脖子上，这可吓坏了一直站在旁边默然不语的巴尔加斯男爵。男爵只得上前好言劝阻双方别做出过激的事，就在这时，那柄架在戈丁脖子上的佩剑突然掉落在地。男爵回过头时，却发现贝格尼娅脚一歪、整个人像是被抽空了般无力地倒在地板上。男爵忙上前将女上校扶起，却见她双目紧闭、嘴角甚至流出鲜血。难道是被气得吐血昏迷了？心中万分焦急的男爵慌忙高声呼唤医生，而戈丁则趁着这个机会溜了出去……

马塞利诺酒馆里，伊莎贝拉与弗洛伦西奥已经各自两杯酒下肚、欢快地聊起天来。对于弗洛伦西奥在关键时刻操纵火船烧毁海盗旗舰的壮举，伊莎贝拉可以说是佩服得五体投地。在聊天中，公主对于先前自己在客栈里甩门的“粗暴态度”向年轻船长做了诚恳的道歉；而年轻船长也十分大度地表示当时确因未曾考虑好“自己的未来”而拒绝了公主的好意。听了这话后，伊莎贝拉抓住机会再度向弗洛伦西奥“抛出橄榄枝”：

“那么弗洛伦西奥先生，您现在可以答应我的请求了吗？”

“当然，很荣幸能与公主殿下和雷佐小姐成为同伴。不过我有一个小小的请求：倘若公主殿下能直呼我的名字何塞，也许我在与您对话时会更加自然一些……”

“没问题啦，何塞，嘿嘿，这样叫起来觉得更亲切呢！对了，何塞，我一直很好奇，作为一个没有在军队服役过的商船船长，你为何会有勇气和经验去操纵火船呢？”

喜笑颜开的伊莎贝拉看似不经意间提出的一个问题却令弗洛伦西奥脸上掠过一丝慌张，在犹豫许久后，年轻船长才以很轻的声音结结巴巴地答道：

“其实……咳咳……该怎么说呢，其实我……我当过海盗。”

果不出其所料，弗洛伦西奥在说完这句话后，伊莎贝拉的脸上瞬间显露出不可思议的神色。或许公主做梦也不会把眼前这位英俊的帅小伙与海盗扯上关系，然而对方口里却传达出了这条令她无法想象的信息。

“何塞……你的意思是你的真实身份是海盗，那么……商船船长的身份难道只是个谎言？”

“不不，我的确是商船船长，不过在逃到加那利群岛之前，为了谋生我曾经加入过海盗，干过一段时间，但是很快便……”

“何塞，你应该认识哈坎－伊兹密尔吧？当时在与你说话时你的脸上曾经闪现过异样的神情，别以为我看不出来哦！”伊莎贝拉将脸凑近些，用神秘的口吻问道。

“公主殿下真是火眼金睛呐！的确，我加入的海盗组织就是伊兹密尔麾下的‘海狮子团’，不过这并不代表我就与他们是一丘之貉。在伊兹密尔那里待了不足半年，我便厌倦了杀人越货的生活，于是离开地中海来到了加那利群岛。”

“何塞，虽然你曾经做过海盗，但是我绝不会像看待普通海盗那样看待你，相信姐姐亦会如此。我们一定能成为朋友的！”

在听完弗洛伦西奥对自己“海盗生涯”的描述后，伊莎贝拉并未露出任何异样的神色；相反，她却毫不见外地伸手握住了对方以示激励，然而就在这时，酒馆的木门被粗鲁地撞开，满身是汗的安斯瓦尔多出现在门口。年轻少校在环顾四周后跑到伊莎贝拉与弗洛伦西奥的桌前，上气不接下气地说道：

“公主殿下，不好了！雷佐小姐她……”

“姐姐她怎么了？”

“雷佐小姐她……突然吐血昏倒，正在总督府接受急救。请公主殿下速速随我前往！”

听完安斯瓦尔多的这番急促言语，刚刚还兴高采烈的伊莎贝拉顿时被吓得脸色惨白……

【六】叛　乱

不止伊莎贝拉，甚至连弗洛伦西奥也流露出对贝格尼娅的担心之色。于是年轻船长随公主与年轻少校一起以最快的速度赶往总督府。怀着急切的心情，伊莎贝拉来到了男爵为闺蜜安排作为病房的屋门口，只见包括巴尔加斯男爵、罗德里格斯、格拉迪诺甚至安东尼奥在内，已经有很多人围站在一张大床前。伊莎贝拉推开门卫不顾一切边喊边跑了上去：

“姐姐她现在怎么样了?!”

“雷佐小姐是在与戈丁上校的争吵中昏倒的，那时候我也在场。”巴尔加斯男爵用低沉的声音应道。

伊莎贝拉飞奔到床边，闺蜜那被披散的金发半遮着的面色惨白、双目紧闭、嘴角还带有一丝血痕的憔悴模样映入眼帘。泪水立刻从公主的眼中夺眶而出。幸得一旁的格拉迪诺及时提醒她，贝格尼娅暂时并无生命危险，这才让伊莎贝拉的心稍稍安了些。

“雷佐小姐目前呼吸平稳。从呼吸的声音来判断，我认为她咳出的血应该不是来自肺部，这样看来，很有可能是在极度愤怒下导致体内某个部位的旧伤复发而……”格拉迪诺继续说道。

“姐姐她需要多久才能苏醒?”

“这个……”

面对伊莎贝拉的问题，格拉迪诺一时答不上来。正在这时，弗洛伦西奥快步上前，弯下腰贴着贝格尼娅的嘴旁倾听片刻，接着又认真地听了听她的心跳。在完成这些后，他微笑着向伊莎贝拉点了点头：

“从目前的状况来看，我预测雷佐小姐最迟明早就能苏醒。她的这次昏倒兴许也与最近太过疲劳有关。”

“何塞，你……竟然也懂医术?”

“我的母亲是一名医生，孩提时我曾向母亲学习过一些医学常识，因此对某些简单的病症略知一二。”

“真了不起！那么何塞，我能请你与格拉迪诺医生一起照顾姐姐吗？请让她快些苏醒吧！”

弗洛伦西奥与格拉迪诺不约而同地点头答应下来。见自己的请求已经被接受，伊莎贝拉拿起倚放在床边的闺蜜的佩剑系在腰间，随后大踏步地向屋外走去。不明白她要去做什么的安斯瓦尔多慌忙拦在了她的面前：

“公主殿下，您这是……”

“我要去找戈丁，我绝不会放过胆敢伤害我姐姐的人！”伊莎贝拉用眼角余光瞟了眼安斯瓦尔多，用无比坚定的声音答道。

“那么请允许我也追随您一同前往吧！”

“多一个人就多一份力量，我也去！”安斯瓦尔多身后传来了罗德里格斯粗犷的声音。

“请公主殿下也带上我吧！就算拼上性命，我也要替雷佐小姐出了这口恶气！”

不仅仅是安斯瓦尔多与罗德里格斯，就连安东尼奥也走到伊莎贝拉的身边愤愤不平地攥紧了拳头。扭头望着眼前这三位摩拳擦掌、准备为闺蜜而大干一场的汉子，眼眶湿润的伊莎贝拉瞬间感到一股热血涌上心头……

在将贝格尼娅气倒、趁乱逃离总督府后，戈丁一路狂奔回到了停靠在码头的“圣洛伦佐”号上。大副巴尔德斯正指挥水手擦洗军舰甲板，见舰长匆匆回来，不免心生疑惑。不过未等他发问，戈丁已经抢在前面开了口：

“升帆启航，我们必须马上离开这里！”

“离开这里？您……不会是在开玩笑吧！”巴尔德斯惊讶地问道。

“雷佐小姐死了，男爵大人正准备追究早上因为我们退却而导致雷佐小姐阵亡的罪过，所以如果想活命的话我们必须现在就走！”

“等等，我没听明白。您说‘雷佐小姐死了’，难道您的意思是在刚才的海战中海盗打死了她？”巴尔德斯顿时大惊失色，“这怎么可能！雷佐小姐怎么会被这种实力的敌人给……”

“大胆！你竟然敢质疑我的话？好，既然你不愿意走，那就滚下船去等待男爵的处刑吧！我要立即指挥‘圣洛伦佐’号离开这里!!”见巴尔德斯犹豫不决，戈丁不禁露出怒容。

“不，我当然是服从您的。您是舰长。”

戈丁的威逼使巴尔德斯只得就范。“圣洛伦佐”号的大副随即下令升帆启航。“圣洛伦佐”号在一艘小艇的引导下离开了码头，不一会儿，获得了航速的军舰在甲板上水手们的吆喝和忙碌中将一面面巨大的帆从桅杆上放下，开始航行。而恰在此时，一路狂奔的伊莎贝拉等人赶到了原先“圣洛伦佐”号的锚地。望着已经驶离的军舰，伊莎贝拉气得直咬牙跺脚：

“该死的戈丁，最好别让我抓到你!!”

“公主殿下切莫着急！我建议动用‘圣佩德罗’号对其进行追击，绝不能让那家伙逃了!”

见伊莎贝拉有些抓狂，罗德里格斯连忙建议动用另一艘军舰追击“圣洛伦佐”号，他的提议立刻得到包括公主在内的其他三人的一致赞同，于是四人又马不停蹄地奔到“圣佩德罗”号的锚地，伊莎贝拉以“临时舰长”的身份，下令军舰即刻起锚追击“圣洛伦佐”号。于是在“圣洛伦佐”号离开泊位大约20分钟后，“圣佩德罗”号也出发了。由于海上风浪较小，两舰之间的距离并不是那么遥不可及。很快，“圣洛伦佐”号上的巴尔德斯发现了尾随在后的“圣佩德罗”号，便立即将这一状况告诉戈丁：

“戈丁先生，‘圣佩德罗’号似乎在我们的后面!”

“什么，他们追上来了！传我的命令，挂上所有帆全速前进!”

“他们？您是指哪些人……”

“当然是指男爵大人他们了。难道你想被抓住后送上绞刑架吗?”

“不不，我明白了。升满帆、全速前进!”

一听要被送上绞刑架，巴尔德斯自然惊慌地边连连摇头边高声呵斥水手按照戈丁的要求升帆。尾随在“圣洛伦佐”号之后的“圣佩德罗”号上的伊莎贝拉远远望见对方升帆，也忙下令全速追击。在两舰均为满帆的情况下，采用法式设计、船体流线更好的“圣佩德罗”号逐渐缩小了双方的差距。眼看距离已经差不多进入了火炮射程，伊莎贝拉打算使用艏炮对“圣洛伦佐”号的尾部进行轰击，不过她的这一想法立即遭到安斯瓦尔多的反对：

“公主殿下，尽管‘圣洛伦佐’号被叛徒戈丁所控制，但毕竟对方乘坐的也是我们的军舰，因此我认为向同为皇家海军军舰的‘圣洛伦佐’号开炮是不妥当的。”

“安斯瓦尔多先生，你这是在说笑吗？现在当务之急是干掉戈丁，我管他乘坐的是什么军舰呢！”伊莎贝拉一听，立即面露不快。

“公主殿下，作为军人我们要讲究作战守则！除非万不得已，我们不能向己方军舰开火！”

“不行！我才不管你什么军人的作战守则呢，今天横竖都得开火！炮手准备……”

面对安斯瓦尔多的苦谏，伊莎贝拉毫不留情地予以拒绝并依旧高声命令炮手准备开火。在这种情况下，炮手不得不按照公主的吩咐将火炮装填好并推至射击的位置。然而在点火之际，忐忑不安的炮手再次把目光投向了公主：

“公主殿下，您确定要开火吗？正如安斯瓦尔多先生所言，此举确实……”

“怎么……你们大家究竟怎么了？战斗时如此畏首畏尾，这样子也配称得上是男子汉吗？”

见炮手也犹豫不决，伊莎贝拉胸中的怒气像导火索一样被点燃了。只见她在挨个儿痛批身边的战友后夺过炮手手中的烧火棍（火炮的专用的点火道具），就要点燃火炮尾部的引线。此刻，对伊莎贝拉如此“任性之举”无法坐视不管的安斯瓦尔多不顾一切地冲上去抓住了对方想要点火的胳膊，两人也因此发生了争执。慌乱中，伊莎贝拉手中的烧火棍还是碰到了火炮的引线，随着一声巨响，火炮吐出了火舌和浓浓的白烟……

在场的所有人都惊得魂飞魄散！当然也包括因火炮后坐力被冲倒在地、手中仍旧持着烧火棍的伊莎贝拉……

更戏剧性的是，这枚在仓促中发射的炮弹竟然精准地命中了前方“圣洛伦佐”号的艉楼。尽管是一枚较轻型的8磅炮弹，但还是令“圣洛伦佐”号的舰身产生了一定的震颤。意识到危险降临的戈丁也如伊莎贝拉那样要求用艉炮进行回击，但同样的，他也遭到了大副巴尔德斯的拒绝：

“戈丁先生，按照作战守则，我们不能……”

“现在他们就是我们的敌人！快开炮，我命令你立即开炮！”

“戈丁先生，这么做的话，我们就真的没有回头之路了！还请您三思啊……”

未等恳求的巴尔德斯话音落下，失去控制的戈丁已经一拳将其打翻在地，同时亲自冲下甲板去操纵艉炮。数分钟后，当倒在地上的巴尔德斯恢复神智时，从他的脚下（即艉炮所在的部位）传来一声低沉的轰鸣，这显然是戈丁所操纵的艉炮发射出了炮弹。不过幸运女神显然没有站在戈丁这一边，艉炮沉重的36磅炮弹落入水中，并没有命中目标。也许是突然想起了什么，巴尔德斯迅速起身，拿起望远镜向不远处的“圣佩德罗”号张望，当看到对面舰桥上一张张熟悉的脸孔时，这位少校的脸上不由得露出如梦初醒的神色。

“该死的，居然没有命中！快，再装填准备射击！”

在下层甲板上，从炮孔中观察到炮弹落入海中的戈丁气急败坏地下令炮手再开第二炮，不过就在炮组完成装填作业时，从上校的背后传来了巴尔德斯的声音：

“戈丁先生，我想闹剧差不多该结束了吧？抱歉令您失望了，前来追击我们的并不是男爵大人。”

“什么，难道雷佐小姐她还活着？不可能，我亲眼目睹她吐血倒下的呀！”戈丁一听，大惊失色。

“是吗？那么可就奇怪了呀！如果我没记错的话，似乎您刚才对我说过‘小姐是被海盗打死的’吧？既然如此，没有参战的您又是怎么

‘亲眼目睹’小姐吐血倒下的呢?”

巴尔德斯的反问令圆睁着双眼的戈丁哑口无言。不等他再为自己做出任何辩解，巴尔德斯已经命令手下将其绑了起来。这位试图逃命的叛徒就这样被束手就擒了。

“圣佩德罗”号的舰桥上，就在伊莎贝拉与安斯瓦尔多就是否该继续开炮而激烈争辩时，瞭望员告知甲板上的指挥官们，前方的“圣洛伦佐”号的艉楼升起白旗并开始转向。瞭望员的话犹如一记闪电穿过了争执中的伊莎贝拉等人的耳膜。公主与安斯瓦尔多不约而同地举起望远镜进行观察，并露出了惊讶的神色。

“难道是投降了?在‘圣洛伦佐’号上究竟发生了什么……”惊讶之余，伊莎贝拉喃喃自语道。

“不管怎样我们都不可以放松警惕。公主殿下，我们要小心这是否是戈丁使出的诡计。”

面对对方的投降举动，安斯瓦尔多的脸上并未露出轻松的神色，他低声嘱咐伊莎贝拉要小心应对。公主点点头，下令“圣佩德罗”号前去迎接已经横过船身、看似准备调头的“圣洛伦佐”号。于是在大约经过了半小时后，两舰成功地靠在了一起。伊莎贝拉下令全舰戒备并铺设木板等待对方过来。不多时，巴尔德斯带着一些士兵押着被“五花大绑”并用毛巾堵住嘴的戈丁踏上了“圣佩德罗”号的甲板。

“巴尔德斯先生，怎么会是你?”见竟然是巴尔德斯擒住了戈丁，伊莎贝拉的脸上写满了疑惑。

“公主殿下，抱歉给你们添麻烦了。戈丁上校已经被我逮捕，现交予公主殿下听候发落。”

听到巴尔德斯的解释，伊莎贝拉先前阴沉着的脸犹如拨开乌云见晴天般露出一丝轻松的笑容。不过笑容并未在她的脸上停留太长时间。在众目睽睽之下，公主抽出佩剑，大踏步地走到垂头丧气的戈丁面前，一把摘下堵在他嘴中的毛巾喝问道：

“戈丁先生，你有想过自己这么快便束手就擒吗?”

“公主殿下，我……”

“啪!!……”

随着清脆的声响，未等戈丁将话说出口，伊莎贝拉已经伸手狠狠地抽了他一记耳光，这记耳光的力度如此之大，以致于上校的嘴角立刻便破裂出血。

“你把我姐姐气得吐血昏倒了，作为对你此举的惩罚，我伊莎贝拉要让你永远闭上那张臭嘴!”

伊莎贝拉将脸凑近到戈丁面前，以很轻微但十分愤恨的语调说着，并举起手中佩剑准备照着对方的颈子砍去。不过就在她抬起的手臂将要落下的一刹那，安斯瓦尔多却再度抓住了她的胳膊：

“公主殿下，我认为在这里处决戈丁上校是不合时宜的，我们应该把他押送回去接受正义的审判。”

“嗯，你说的也有道理。在这里杀了这个人渣简直是便宜了他！好吧，我要把这人渣交给我姐姐，让她决定如何处置。”

经由安斯瓦尔多的劝说，伊莎贝拉很快改变了主意，于是停住了手，下令将戈丁暂时关进船上的监狱，待将其押回港口后再做处置。就这样，由戈丁所导致的一场小小的叛乱在数小时之内便被平息了……

在总督府贝格尼娅的“病房”中，可怜的女上校仍处于昏迷中，弗洛伦西奥与格拉迪诺也仍在尽心尽职地陪伴在床头，并随时观察着病床上可能出现的动静。时间一分一秒地过去，窗外原本活力四射的艳阳逐渐变成日落西山的残阳，就在格拉迪诺因犯困而禁不住打起哈欠的时候，艾玛轻轻推门走了进来：

“请问……格拉迪诺医生，我可以正常为雷佐小姐准备晚餐吗?”

“晚餐？可是小姐她还……”

“没关系，请您为雷佐小姐正常准备晚餐吧!”弗洛伦西奥立刻用他那充满自信的声音取代了格拉迪诺颤颤巍巍的话语。

“您是当真的吗?”艾玛的脸上露出惊喜的神色。

“当然。我认为雷佐小姐现在随时都会苏醒。”

弗洛伦西奥面带温和的笑容且十分肯定地点了点头。巧合的是，就在他说出这番话的时候，从床头处传来时断时续、模糊不清的呻吟。正是贝格尼娅那令人熟悉的声音！三人不由得一齐将惊喜的目光投向床头，只见贝格尼娅的眉头伴随着整个头部稍微动了动，露出一丝微弱的痛苦表情。

“雷佐小姐!!”三人发出异口同声的呼唤声。

“天……天黑了吗……”从表情痛苦的贝格尼娅的嘴里挤出了几个字，不过此时她仍未睁开眼睛。

“雷佐小姐，现在太阳还未落山呢，请您努力睁开眼睛看看窗外吧……”弗洛伦西奥趁势将嘴附在贝格尼娅耳边轻语道。

“弗洛伦西奥先生？是……您在我身边吗？”也许是辩出弗洛伦西奥的声音，贝格尼娅做出了回应。

“是的，雷佐小姐，请睁开您那如大海般蔚蓝清澈的双眼吧……”弗洛伦西奥耐心地继续为贝格尼娅打气。

“弗洛伦西奥先生，我……我现在感觉好累，连睁开眼睛的力量都没有……对不起，也许我真的……不行了……”贝格尼娅的表情却变得更加痛苦了，同时以微弱的动作摇了摇头。

“别说丧气话，雷佐小姐，请您坚强些，您的身体并没有虚弱到那个地步，所以……请您睁开眼睛吧!”

面对为自己打退堂鼓的贝格尼娅，弗洛伦西奥依然不屈不挠地鼓励着她。于是，紧锁双眉的贝格尼娅开始鼓足勇气尝试睁开自己那“如千斤般沉重”的眼皮。在经历数次“失败”后，终于，贝格尼娅睁开了她那虽显得黯淡无光但依旧迷人的眼睛。在这一刻，屋内的三人都鼓起掌来。

“谢谢，弗洛伦西奥先生、格拉迪诺医生还有艾玛，谢谢你们对我无微不至的关心和照顾……”睁开双眼的贝格尼娅望着身边的伙伴，很快便感激得眼里噙满了泪水。

“太好了，雷佐小姐！等公主殿下回来看见您苏醒了，一定会高兴坏了!”艾玛也激动得泪流满面。

“萨拉不在这儿么？她去哪里了……”一听到艾玛提到闺蜜，贝格尼娅的脸上不由得露出迷茫。

“公主殿下去追击戈丁了。请雷佐小姐放心，戈丁那个可耻的叛徒一定会被擒拿归来的！”格拉迪诺信心十足地攥起了拳头。

“戈丁上校吗……”当听到戈丁的名字时，贝格尼娅不禁喃喃自语着陷入了沉默。

当夕阳落下、怡人的月光在拉斯帕尔玛斯港洒下银辉时，“圣佩德罗”与“圣洛伦佐”号平安返回了港口。为了防止戈丁逃走，谨慎的伊莎贝拉将其手脚均用绳索牢牢捆住，同时命令 6 名海军陆战队员扛着他前往总督府。见过巴尔加斯男爵后，男爵告诉伊莎贝拉，贝格尼娅已经苏醒并正在用餐。得到这一消息的公主喜上眉梢，立刻抛下戈丁直奔闺蜜的“病房”。很快，坐在床头、正在艾玛服侍下用餐的贝格尼娅便映入了她的眼帘。

“姐姐，感谢天主赐福，你总算醒了！”

“萨拉，谢谢你替我去追击戈丁。你把他带回来了吗？如果可以的话我想在这儿和他说几句。”

“当然！安斯瓦尔多先生，请把戈丁带上来吧！”

伊莎贝拉点点头，回头吆喝一声，很快，被解除了束缚腿脚的绳索但双手依然被反绑的戈丁在安斯瓦尔多的推搡下走进了房间。“仇人见面分外眼红”，戈丁根本不敢抬头正视眼前这位数小时前曾被自己气得差点发生意外的女上司。然而此时贝格尼娅的脸上却看不到丝毫的仇恨，只见她以柔弱而缓慢的语气开口说道：

“戈丁先生，不必这么拘束，请抬起头来看着我吧。我知道你肯定希望我已经死了，但遗憾的是让你失望了……”

“雷佐小姐，我……我不是故意的！还请您能够……”戈丁哭丧着脸叫道。

“戈丁先生，今天看在仁慈的天主的份上，我原谅你。不过……我不允许你再随我一同出航了。你将待在这个港口等待下一支护航船队的到来，然后回国去。希望我们以后别再见面了。”

“等等，姐姐！你是认真的吗，释放这个人渣？”伊莎贝拉一听，立即露出不解的神色。

“嗯。戈丁先生现在就可以走了，请替他松绑吧。”

贝格尼娅平静地点了点头，并向安斯瓦尔多使了个眼色。在听到上司的指示后，虽心中有所不甘，但安斯瓦尔多还是很快将反绑住戈丁双手的绳索砍断。如获重生的戈丁激动万分地向贝格尼娅哭拜一通后便匆匆忙忙离开了房间。在场的人都对女上校宽广的胸怀钦佩不已，尤其是伊莎贝拉。这已经绝非是闺蜜第一次在自己面前展现出对他人的宽容了；而对仇人做出如此宽容之举对于更“年轻气盛”的伊莎贝拉来说几乎是一件不可能的事……

在平息了戈丁的“叛乱事件”后，贝格尼娅本打算继续自己的“环球之旅”；不过鉴于她的身体尚未完全康复，伊莎贝拉等人都建议她为健康着想在拉斯帕尔玛斯再多停留几日，顺便也可以有足够的时间去修复在战斗中受损的“圣佩德罗”与“圣洛伦佐”号。出乎意料的是，此次贝格尼娅不同于往常的“固执”，很爽快地便答应了大家的好意，并主动将出航时间向后推迟了一周……

在撤去戈丁的舰长职务后，“圣洛伦佐”号的新任舰长人选令贝格尼娅头痛不已。如果单单按照军衔来看，此时女上校手下已经没有适合作为舰长的人选（按照西班牙海军部的规定，只有军衔为上校的人才有资格指挥战列舰）；但身处海外的她显然不可能再去找到一位“上校军衔”的高级军官来担任新的舰长。现在唯一的办法便是在除贝格尼娅之外最高军衔的军官中进行选拔，而身为少校的巴尔德斯与安斯瓦尔多便成为了仅有的候选人。

几乎身边所有的同伴都建议贝格尼娅指派更为勇敢、忠诚的安斯瓦尔多为“圣洛伦佐”号新的“代理舰长”，然而女上校自己心里却另有想法。

“什么……姐姐你竟然打算提拔巴尔德斯担任‘圣洛伦佐’号的代理舰长!?”三天后的一个傍晚，当闺蜜俩在总督府后院散步时，伊莎贝拉在得知贝格尼娅关于舰长人选的想法后不禁大吃一惊。

“嗯，我确实是这么打算的。我认为巴尔德斯比安斯瓦尔多更适合这个位置。”贝格尼娅认真地点了点头。

“可是……安斯瓦尔多是公认的最忠于我们的男人啊！至于巴尔德斯，我甚至怀疑他是否也参与了叛乱！只是最后因为发觉形势不利才擒拿戈丁，以便为自己洗刷罪过。”

“可是萨拉，你忽略了一个最重要的因素，那就是舰长的威望。巴尔德斯在‘圣洛伦佐’号上担任大副已经很多年了，与船员们建立了良好的关系并树立了一定的威望，这时候如果指派安斯瓦尔多接替他的职务，我认为船员们未必会买账，这就为新的叛乱埋下了伏笔。”

贝格尼娅随后为自己选择巴尔德斯的理由做出了解释。经由她这么一说，伊莎贝拉倒也觉得很有道理，于是不再对舰长人选提出质疑；不过此外，她建议将一个忠诚度较高的手下安排在“圣洛伦佐”号上监视巴尔德斯的行为。对于闺蜜所提的这样一个人选，贝格尼娅第一时间想到的是罗德里格斯……

晚餐后，贝格尼娅独自来到“圣佩德罗”号上寻找当晚在舰上当值的罗德里格斯。借着皎洁的月光，女上校很快就看见了正背对着自己、面朝大海站在船舷边的罗德里格斯。面带着一丝温和的笑意，贝格尼娅加快脚步走上前去：

“罗德里格斯……”

“雷佐小姐？您怎么……”

听闻呼唤自己名字的那再熟悉不过的甜美声音，罗德里格斯诧异地转过身来，嘴中还叼着一支尚未抽完的香烟。望着对方这副模样，贝格尼娅又好气又好笑地叉腰装出一副“训斥”的模样：

“嘿嘿……罗德里格斯先生，这下可被我逮个正着吧？在军舰上违规抽烟可是要挨鞭刑的哦！”

“唔……小姐，我……实在是抱歉！”罗德里格斯尴尬地摸摸脑袋，慌忙摘下口中的香烟扔进海去。

“哈哈……我是开玩笑呢，看你紧张的样子。喏，来抽一支我的吧！”

望着双颊羞得通红的罗德里格斯，贝格尼娅不禁捂嘴笑了起来；随即从怀中掏出自己的烟盒，用手指夹出两支烟，其中一支叼进自己嘴里，另一支则递给对方。惊疑不定的罗德里格斯接过手后却不敢点烟，直到女上司亲自为他擦火点燃。

“这烟的味道真好……谢谢您，雷佐小姐。”在深深吸了一口烟后，罗德里格斯紧绷的面部肌肉才逐渐松弛下来。

“不用这么客气，罗德里格斯，感谢你加入舰队以来为我的付出。对了，有个重要的任务我想交给你去完成，不知你意下如何？”

“您这是哪儿的话！我已经说了，罗德里格斯的这条贱命已经确确实实地交到小姐您的手里了，因此无论是什么样的任务，只要您开口，我罗德里格斯都万死不辞！”罗德里格斯立即拍着胸脯答道。

“罗德里格斯，有你这样的勇士在身边真是我的幸运。是这样的，我想把你调动至‘圣洛伦佐’号上担任舰上大副，而你的任务则是监视代理舰长巴尔德斯的行为……”

“监视巴尔德斯先生？难道说他也……”罗德里格斯不禁露出惊疑的神色。

“不，我并不是说巴尔德斯就一定会有问题。但鉴于戈丁叛乱的前车之鉴，我觉得有必要派一个忠于我的人监督曾与戈丁共事过的巴尔德斯的行为，至于这个人选……我认为你是最合适不过的了。”

“感谢雷佐小姐的信任，我罗德里格斯一定不辱使命！”

“加油吧，罗德里格斯！等这次远航胜利结束后，我一定奏请国王让你正式成为我们红黑衫（即指晋级为军官）大家庭中的一员！”

贝格尼娅说着，伸手紧紧握住罗德里格斯，同时向他投去鼓励且迷人的微笑。只见壮汉的双颊再次泛起红晕，不过目光却比刚才显得更加坚定了……

又过了三天……

感觉身体已经完全康复的贝格尼娅认为是时候该与拉斯帕尔玛斯说再见了。3 月 12 日早晨，巴尔加斯男爵带着加那利群岛的官员们齐聚港口欢送贝格尼娅的小小舰队启程离港。伴随着礼炮与人群的欢呼声，修整一新的“圣佩德罗”与“圣洛伦佐”号在小艇的拖曳下缓缓驶离码头。在“圣佩德罗”号的舰桥上，贝格尼娅遥望着向自己频频挥手的男爵，心中不禁产生了些许不舍之情。相比 8 年前带着愤愤不满离开时的情形，此时眼前的一切无疑是令人感到温暖的……

当港口的一切逐渐模糊时，面带憧憬笑容的贝格尼娅不禁将目光移向一望无际的大海。环球之旅的艰辛路途依然在前方……

【七】绑　架

离开加那利群岛后，贝格尼娅的小舰队沿着非洲西海岸向南航行。随着舰队越过北回归线进入热带，愈加高的气温令船员们普遍出现脱水现象。这使得贝格尼娅不得不在葡萄牙殖民地佛得角群岛暂时停留，并将船上一些多余的物资卸除，再换上更多的淡水。即便如此，女上校仍然清楚地意识到舰队每次离港航行的时间依然不会达到预期，毕竟两艘船上有上千张嘴在等待着“甘露的哺育”。

驶过佛得角群岛后，贝格尼娅参照海图，决定将下一个舰队补给点定为法国殖民地科纳克里港。按照当前的风速，聪明的弗洛伦西奥计算出舰队能在三日之内抵达这个港口，而他的“博学”也引来两位姑娘由衷的赞叹。

“何塞，你的这些知识都是从哪里学来的，真是厉害哇!”伊莎贝拉望着弗洛伦西奥在纸上写的密密麻麻的计算公式，钦佩极了。

“呵呵，这没什么。主要是因为我小时候比较喜欢数学罢了……”弗洛伦西奥说着，脸不由自主地红了。

“何塞，我可以这样问你吗，你总共会讲几国语言呢?”一旁的贝格尼娅也插话道。

“除了母语西班牙语外，我还会说法语、英语、德语、荷兰语，以及一些其他的小语种，如葡萄牙语、意大利语、印度语和汉语等……”

未等弗洛伦西奥将话说完，两位姑娘的脸上已经堆满了不可思议的神情。贝格尼娅紧接着又问道：

“你竟然会讲汉语！是那个遥远的东方国度中国的语言吗?”

“嗯，我曾在一次经商远航中到达过那里。中国真的是个神奇的国度，并且那里也是我去过的最远的地方。在抵达中国的路上我也去过东印度，那里似乎是英国人的地盘……”

“东印度？那么……你听说过有个叫乔治－莱顿的人吗？”贝格尼娅与伊莎贝拉几乎是异口同声地向弗洛伦西奥问出了同一个问题。

“乔治－莱顿？”年轻船长露出吃惊的神色。这表情显然在告诉二位姑娘，他并不认识。

“那么乔治－安德烈（乔治－莱顿的化名）呢？”不死心的贝格尼娅继续追问道。

“不，十分抱歉，我没有听过您说的这两个名字。”弗洛伦西奥有些尴尬地摇了摇头，脸更红了。

“好了好了，姐姐，你就别再为难人家啦。何塞，走，我们去甲板上透透气吧！”

眼见贝格尼娅似乎还想再问些什么，还是伊莎贝拉及时将弗洛伦西奥“解救”了出来。只见公主边说边拉着年轻船长的手径直离开了舰长室。呆呆地望着二人“亲密”的背影，猛然间心生孤单的贝格尼娅脸上流露出无比的羡慕之色……

第三日的下午，果如弗洛伦西奥所料，贝格尼娅的小舰队抵达了科纳克里港。不过令众人感到惊奇的是，这里的总督竟是一位风度翩翩、看上去只有20多岁的法国贵族青年。站在年轻总督面前，贝格尼娅总觉得这张脸庞有些似曾相识，然而脑海中的记忆却又突然变得那样模糊不清……

“那么，您就是赫赫有名的西班牙皇家海军唯一的女性军官雷佐小姐了？真是百闻不如一见啊……”

“抱歉，您刚才说您的名字是……”

“达特雷维尔尼－阿尔芒－德维尔潘。嘿嘿，这个名字听起来有些绕口，不过您也可以以我的笔名称我为‘苏勒’。”法国总督文质彬彬地行礼答道。

“您的笔名叫‘苏特’？”脸上露出茫然的贝格尼娅鬼使神差地脱口而出了“那个人”的名字。

“哦不，您的发音错了。是‘苏勒’而不是‘苏特’。”

“抱歉，请原谅我的冒失，苏勒先生。”

意识到自己走神的贝格尼娅慌忙鞠躬道歉，她那慌张的模样惹得一旁的伊莎贝拉忍不住捂嘴偷笑起来；而眼角余光注意到闺蜜在偷笑自己的贝格尼娅则“唰”地一下红了脸……

当晚，应苏勒的盛情邀请，贝格尼娅与伙伴们一起参加了年轻总督安排的晚宴。在伊莎贝拉的怂恿下，贝格尼娅时隔近半年再度穿上裙装出席活动。不过与前次贝格尼娅所“遭受”的境遇所不同的是，法国总督为二位姑娘提供可选的裙服可谓琳琅满目，奢华至极。望着眼前这些漂亮得令人爱不释手的裙子，先前反应冷淡的贝格尼娅瞬间来了兴趣。只见她对着镜子一条一条地仔细挑选并试穿，甚至时不时地询问身旁同样正在试衣的闺蜜的意见。由于挑选裙子花费的时间过长，晚宴也因贝格尼娅而延误了半小时才开始。不过当匆匆赶到宴会大厅的女上校以“全新的姿态”出现在宾客面前时，几乎在场的所有人都欢呼喝彩起来：

“哇！简直太美啦……”

“雷佐小姐万岁……”

众人的喝彩令贝格尼娅如含苞待放的少女般羞涩地提着裙边加快脚步入座。而当她坐下后，身旁的伊莎贝拉还不忘调侃了几句：

“姐姐，没想到在我走之后你又耽搁了半小时嘛……”

“萨拉！真讨厌……我实在没法自己做出决定啊！”

“哈哈哈……姐姐你真可爱！没事儿，以后常穿裙子就好了。”伊莎贝拉不禁大笑起来。

“可是，为何裙子的胸衣总是这样勒人呢？有点让人喘不上气的感觉……”

“这仍然是个习惯问题呀！姐姐，你把注意力分散到其他地方，一会儿就会好了。”

听着闺蜜的话，贝格尼娅努力调整自己的呼吸，并将注意力转移到与其他宾客的聊天上去。果不出伊莎贝拉所说，逐渐地，贝格尼娅变得不再那么在乎自己胸衣的松紧，谈吐中的笑容也开始多起来。晚宴开始了，厨师为各位宾客端上精致的法式大餐。望着眼前餐盘中诱人的半熟牛排，贝格尼娅尽力克制自己强烈的食欲。起初，她只以淑女般秀气的动作每次切下一小块放进嘴中慢慢品尝；然而很快，“伪装失败”的女上校便“露出本性”，用手直接将整块牛排抓起来撕咬。幸亏在座的各位此时都在“埋头苦战”，她的“不雅”举动没有引起太大的轰动……

港口，明亮的月光已经为停泊在码头泊位上的“圣佩德罗”和“圣洛伦佐”号镀上了一层美丽的银装。由于在接受苏勒的晚宴邀请后心情大好，再加上苏勒对于港口安全的保证，贝格尼娅宣布全员放假一晚，因此两艘军舰上只安排了少数人值更。即便如此，那些“不幸”被女上校选中留守军舰的水手们心中仍颇有微词。“圣洛伦佐”号上值更的一名老水手甚至违反女上校的舰规，站在船舷边偷偷抽起烟来。不过就在其喷云吐雾之时，水面上的一个暗影却引起了他的注意。

“喂……迭戈，你看，那影子是有个人在游泳吗?”

“游泳？我说胡利安，安心抽你的烟吧！那多半是条大鱼……”

那位被称为胡利安的老水手在被同伴嘲笑后便不再说话，继续抽着自己的烟。数分钟后，当老水手回头再望向迭戈所在位置时，却发现同伴不见了踪影。心中诧异的他慌忙上前察看，然而未等他迈出步子，身后一双手将其嘴猛地堵住，并迅速一刀割断了他的喉咙……

宴会大厅中，晚餐时间已经结束。在苏勒的极力倡议下，贝格尼娅同意参加接下来安排的“假面舞会”。于是法国总督吩咐仆从将餐桌撤去，将大厅迅速由“餐厅”变为“舞厅”。贝格尼娅戴上一副天鹅图案的黑色面具走上舞台；苏勒则带着一幅侠客头饰的银色面具走到女上校身旁挽起她的手。在一阵悠扬的音乐声中，舞会开始了。苏勒挽着贝格尼娅的手快步走到舞厅中央，在众目睽睽下完成了几个高难度的旋转舞步，并最后以一个优雅的仰首姿势将对方搂在怀里。在完成这一系列动作后，全场爆发出热烈的掌声。

“苏勒先生，您真是我所见过的最有气质的男人……”享受其中的贝格尼娅用她那深情的蔚蓝色眼睛注视着苏勒，轻声说道。

“雷佐小姐，您也是我见过的最迷人的女人，您的美貌令日月之辉也相形见绌，令阿弗洛狄忒也自愧不如……”

当苏勒后面的这番赞美之词脱口而出时，贝格尼娅突然感到这句话听上去是如此的“熟悉”。那埋藏在脑海深处、对“苏勒”有所印象的记忆正在迅速复苏，然而还没到揭晓答案的时刻……

在苏勒与贝格尼娅的带动下，在场的所有男女宾客都配对翩翩起舞，整个宴会大厅沉浸在一片音乐的海洋中。

“苏勒先生，不知道是否是自己的错觉，但我一直觉得曾在某个地方见过您……”跳舞中，贝格尼娅忍不住说出了自己心中的迷惑。

“哦？我也希望如此，但很遗憾您一定是认错人了。不过……也不能排除是天主在梦境中给我俩安排的福音呐……”

“呵呵……苏勒先生，您真是个伶牙俐齿的绅士。但愿真是这样吧……”

贝格尼娅听着，脸上露出羞涩的笑容。这时，苏勒松开手稍稍退后，而后迈着优雅的“猫步”半蹲在女上校的面前，托起对方细嫩的右手放在嘴边轻轻吻了一下。在这一刹那，贝格尼娅突然如梦初醒般满面惊容地叫了起来：

“我想起来了！您不是苏勒，您是在拿骚港与我相见的……”

“而雷佐小姐您就是那时候所谓的‘安斯瓦尔多夫人’咯？”

苏勒的嘴角也露出一丝神秘的笑容。见得到了对方的“肯定”答案，心头一横的贝格尼娅突然挣脱对方托着自己的手，后退几步并用锐利的声音尖叫道：

“他不是科纳克里总督苏勒，而是海盗头目约瑟夫－雷恩!!”

“哈哈……雷佐小姐，没想到外表光彩照人的您竟如此无礼！然而我却是千真万确的‘苏勒’，只不过……是约瑟夫－安德烈－苏勒!”

苏勒发出一阵狂笑，紧接着脱去外衣、捋起袖子，从自己右臂上端位置露出一个手持三叉戟、下半身浸泡在海中的武士的刺青。心中明白那是海盗徽记的贝格尼娅下意识地伸手做出拔剑动作，但很快便意识到自己穿的并非是军装。就在她心中暗忖不妙之时，苏勒已经抢先一步冲上前来，伸手勒住了她的脖子：

“都给我退后，否则我就要了雷佐小姐的性命!”

苏勒的怒吼把似乎还不明白究竟发生了什么的伊莎贝拉等人吓得面如土色，站在原地不敢动弹一步。而苏勒则趁机挟持着贝格尼娅快步撤出了大厅。

“苏勒，你究竟想把我怎样?”在双手被苏勒的部下反绑后，又气又急的贝格尼娅忍不住问道。

“别担心，雷佐小姐，我是不会把你怎样的。如果你没能识破我真实身份的话，你会在宴会结束后和你的部下们安然离去，可惜……嘿嘿，只能怪你的感觉太敏锐了。”

“苏勒，我原本以为即便身为海盗，你也是个绅士，但是看来我是想错了!”贝格尼娅的脸上立即露出鄙夷的神态。

“哼……雷佐小姐，您可别过早就下结论。我苏勒做事一向光明磊落，不然也不会得到‘海王子’的称号了。”

“‘海王子’?!”

“正是。不过正如您所了解到的，‘海王子’的称号仅限于欧洲，在加勒比海地区我的假名是‘约瑟夫－雷恩’。关于这个称号……”

“请直说吧，你要带我去哪里?”对苏勒的外号并不感兴趣的贝格尼娅很快便打断了他的话。

“我要带您去见一个人。别着急，谜底很快便会揭晓……”

面带着神秘的笑容，苏勒加快了脚步。而负责押送贝格尼娅的海盗们也推搡着女上校，迫使其跟上苏勒的步伐。离开总督府后，贝格尼娅被押上一辆漆黑的大型马车驶往港口。当回过神来的伊莎贝拉等人追到总督府门口时，马车早已消失得无影无踪。

“公主殿下，我们该怎么办?”站在伊莎贝拉身后的安斯瓦尔多面露担忧地问道。

“真见鬼，姐姐竟然被一个海盗冒充的官员绑架了……”

“现在不是埋怨的时候。公主殿下，我建议先回到船上去再做打算。”公主身旁的弗洛伦西奥插口道。

“为何要回到船上，难道我们不应该立即去追击绑匪么?”

“公主殿下，请您设身处地地思考一下：假设您是绑匪，绑架像雷佐小姐这样的海军军官，究竟是为了赎金还是为了得到船呢?”

弗洛伦西奥的这番话不仅仅令伊莎贝拉，甚至连她身后的安斯瓦尔多与罗德里格斯都露出恍然大悟的神情。于是大家不再浪费时间，紧随在公主身后向港口狂奔而去……

马车中，在低头沉寂了片刻后，贝格尼娅到底还是忍不住再次主动开口问道：

“难道你是准备带我去见乔治－莱顿?”

“乔治－莱顿?哈哈……很抱歉您想错了。我要带您去见的人可是我的‘老婆大人’哦!”

“真见鬼！你的老婆关我什么事，凭什么要我去见她?!”

一听苏勒竟是打算让自己去见其妻子，气不打一处来的贝格尼娅真想跳起来扇对方一记耳光，无奈双手被反绑，加之沉重的裙子令女上校动弹不得。见眼前的这位金发美女气得直喘气，苏勒忙似笑非笑地摆了摆手：

“啊……虽说是‘老婆大人’，但是实际上我俩还未正式成婚，嘿嘿……不过也快了呢！届时还请雷佐小姐赏个脸呀……”

怒气冲冲的贝格尼娅没有再多说什么，只管将目光移向窗外，她已不愿再多看这个令自己作呕的“伪君子”哪怕一眼。于是马车中再度陷入沉寂。不知过了多久，苏勒那令贝格尼娅感觉浑身不自在的声音再度回响在耳旁：

“雷佐小姐，我想我们已经到了……”

闻声后的贝格尼娅忙将头探出车窗张望。只见码头上，一艘帆船的巨大身影出现在视野中。很显然，这是一艘双层甲板战列舰，不，似乎有些眼熟。女上校定睛望去，很快便露出极度惊讶的面容，同时尖叫起来：

“天哪，这是‘圣洛伦佐’号！苏勒，你究竟在搞什么鬼?”

“嘿嘿，抱歉让您失望了，这艘船不再是雷佐小姐您的财产了哦，已经被我的‘老婆大人’拿下了。”

“苏勒，你口中的‘老婆’究竟是何方神圣?!”

“卡洛琳娜－塞巴斯蒂昂……”

苏勒压低声音、双眼中终于显露出一丝海盗所应具备的杀气。而贝格尼娅早已因这个“熟悉”的名字而惊得目瞪口呆……

很快，在海盗们的推搡下，满腹惊疑的贝格尼娅登上了“圣洛伦佐”号的甲板。环顾四周，女上校很快便发现甲板上值更的西班牙水手已经尽数被海盗所取代。不过从数量上来看，海盗充其量也就是数十人而已。双眉紧锁的贝格尼娅正思索着夺回自己军舰的办法，从背后的远处突然传来一个女子妩媚的声音：

“哟……约瑟夫，你果然把雷佐小姐给擒来了。看来号称‘西班牙皇家海军之花’的贝格尼娅－德雷佐的实力也不过如此嘛……”

“卡洛琳娜－塞巴斯蒂昂?”

贝格尼娅应声惊慌地转过身去。只见一名身着奇特“男女混合服饰”、头戴旧式宽边帽、身材火辣的红发女郎正向自己走来。在苏勒的示意下，一名海盗上前割断了绑着贝格尼娅双手的绳索。女上校下意识地捏了捏自己被绳索勒出血印子的手腕，而就在这时，卡洛琳娜走到了她的面前：

“哟……刚才光线昏暗没看清楚，原来雷佐小姐穿着这么漂亮的花裙子呀！那么恕我问一句：您究竟是用武器还是用‘裙底’去打仗呢?”

卡洛琳娜充满蔑视的话语差点把贝格尼娅再度气昏过去。恼羞成怒的女上校二话不说伸手便要掌掴卡洛琳娜，却被对方轻松接住并摁下。如果是平常，此时的贝格尼娅肯定早已飞起一脚将对方踹倒在地了，然而穿着裙子的她……

“你敢让我换回男装，我俩进行一次公平的决斗吗？我贝格尼娅-德雷佐瞬间让你……”

贝格尼娅咬牙切齿地向卡洛琳娜提出更换衣服并公平决斗的要求，然而未等她把话说完，只听“啪”的一声脆响，卡洛琳娜一巴掌结结实实地扇在了贝格尼娅白嫩的脸蛋上，留下了5个红红的手指印。不过这一切还没完，不等贝格尼娅做出任何反应，卡洛琳娜已经狠狠一脚踹中她的腹部，身体失去平衡的女上校立刻向后仰面倒下。不过很快，坚强的她便从地上爬了起来：

“你敢嘛，塞巴斯蒂昂小姐，你这个胆小鬼!”

“啪！……”

又是一声脆响，可怜的贝格尼娅又挨了一记耳光，而她的嘴角也留出了鲜血。不过顽强的贝格尼娅绝不会允许自己就这样向卡洛琳娜低头。只见她轻轻拭去嘴角的血痕，圆睁着双眼厉声道：

“不敢决斗吗？那么有种的话你现在就动手杀了我吧！如果做不到……请你立即从我的船上滚下去!!”

也许是被女上校这股临危不惧的气势所压倒，卡洛琳娜与苏勒的眼中竟然都多少露出了惊恐的神色。为了不使事态一开始就发展到无法控制的地步，苏勒只得上前将两位剑拔弩张的姑娘拉开：

“好了好了，初次见面何必这样。雷佐小姐，我们只是想‘借用’您的船而已，没必要伤了和气。”

“借用？真是说得比唱得都好听！那么若我不肯借呢？”贝格尼娅一听，反而更加生气了。

“不好意思，雷佐小姐，您现在没有选择的余地。鉴于目前我们已经出航，我恐怕您只能作为人质待在船上……”见贝格尼娅丝毫没有服软的意思，卡洛琳娜冷笑着说道。

“等等……你们要带我去哪里？”

“当然是去您该去的地方。试想一下，如果有钱有势的英国佬为了能得到令他们又爱又恨的‘西班牙皇家海军之花’，会开出怎样的价码呢？”

卡洛琳娜冷冰冰地答道。贝格尼娅这才反应过来，原来“西班牙皇家海军之花”这个她从未听过的“古怪”称号是英国人“做的祟”。尽管目前英西双方并未正式宣战，但若被交到堪称“世仇”的英国人手中，自己的命运几乎已经可以预见了。想到这里，焦急万分的贝格尼娅冲卡洛琳娜大吼起来：

“塞巴斯蒂昂小姐，您不能这么做！我俩同为西班牙人，您这样做是赤裸裸的叛国行为！您可以痛快地杀了我，我贝格尼娅-德雷佐绝无怨言，但是……请您不要侮辱自己的祖国！”

“叛国？哼……没错，我的确是出生在西班牙，我的父母也都是西班牙人，但是西班牙把我们当成她的‘子民’吗？一个连子民都不懂得去爱护的国家，有什么值得尊敬的？”

卡洛琳娜冰冷无情的回答令贝格尼娅瞬间惊愕，并久久说不出一句话来。停顿了片刻，卡洛琳娜笑了笑继续说道：

“不过不必担心啦，雷佐小姐，我料想英国佬是不会要了您的命的。”

贝格尼娅气得浑身发抖，然而却又无力再做出言语上的回击。

时间一分一秒地过去，赶到港口的伊莎贝拉发现“圣洛伦佐”号果然已不在港口，不禁心生焦虑。此时，弗洛伦西奥大胆推测一定是苏勒在劫持贝格尼娅后偷走该舰离开了这里。不过，这位“文质彬彬”的海盗头目究竟是如何将这样一艘庞大军舰偷到手的呢？而他劫持贝格尼娅的目的又会是怎样的呢？众人在进行了一番激烈甚至几乎争吵的商议后仍然没有得出任何答案。在这种情况下，还是公主控制住了局势：

“大家都请静一静！我认为……无论如何姐姐她都肯定已经不在这里了。所以我建议即刻启航向南继续航行，以寻找可能的线索。”

众人你看看我、我看看你，都点头表示同意。不过“圣洛伦佐”号的代理舰长巴尔德斯却露出为难的神色：

“公主殿下，‘圣洛伦佐’号被海盗夺去，可是舰上尚有数百名弟兄留在港口（当夜值更的水手只有数十人，这也导致了失守），如果全部登上‘圣佩德罗’号同行的话，我恐怕……”

巴尔德斯的担心并不是多余的。倘若“圣洛伦佐”号的水手全部登上“圣佩德罗”号的话，那么后者的载员将超过1000人，这显然超出了一艘双层甲板战列舰的极限。为了避免发生不必要的意外，伊莎贝拉决定将巴尔德斯与“圣洛伦佐”号的大部分水手暂时留在科纳克里港，而自己则指挥“圣佩德罗”号带着部分“圣洛伦佐”号的水手星夜启程向南进发……

当贝格尼娅睁开疲惫的双眼时，发现自己双手被反捆在舰长室的桌腿上；而艉窗的玻璃早已被照射进来的阳光渲染得光亮无比。女上校顺着桌腿努力使自己的身体直立起来，而就在这时，舰长室的门被打开了，卡洛琳娜端着一个普通水手用的简陋铁质餐盒走了进来：

“真巧，雷佐小姐，几分钟前您还在沉睡呢！喏，这是给您准备的午餐。”卡洛琳娜说着，俯下身子解开捆住贝格尼娅双手的绳索，并将餐盒放在她的面前。

“谢谢……”用手捧起餐盒，因金发散乱而显得失魂落魄的贝格尼娅竟露出了感激之情。

“怎么样，合胃口吗？”

卡洛琳娜指了指餐盒中那烂糊糊、不堪入目的食物，随即将好奇的目光投向贝格尼娅。然而出乎红发女海盗的意料，对方捧着餐盒便吃了起来，并且竟然是一副看上去吃得很香的样子。

“嗯，很可口。谢谢您，塞巴斯蒂昂小姐。”

“很好，既然可口那就多吃点。对了，按照现在的航速，我们预计在下午早些时候便能抵达弗里敦港，而那里也将成为您的‘新家’。”

“什么！您的意思是我将被交易给弗里敦港的英国人?”心中清楚弗里敦是英国殖民地的贝格尼娅立即露出惊慌的神色。

“嗯。弗里敦总督霍华德先生可是一位好人哦……嘿嘿，祝您能与他愉快相处。”

卡洛琳娜说罢，冲贝格尼娅露出幸灾乐祸的表情。不等对方再对此事做出反应，红发女海盗已经转身走出了舰长室。贝格尼娅目光呆滞地望着前方，只听“咣当”一声，她那颤抖着的手中的调羹滑落到餐盒中……

另一边，“圣佩德罗”号也已在伊莎贝拉的指挥下出海向南。尽管并不知道贝格尼娅与“圣洛伦佐”号的具体下落，但公主判断出的向南的航向却幸运地与卡洛琳娜和苏勒如出一辙。在航海图上，公主发现沿着现在的航向航行不久后将抵达一座名为弗里敦的港口。当弗洛伦西奥告诉她这是一块英国殖民地时，伊莎贝拉不禁犹豫起来：

“是个英国港口吗，那我们究竟该不该去那里?”

“抵达那里时我们可以注意观察一下港口的情况再做打算。当然，我也估计英国人是不会允许我们进入的。”

面对伊莎贝拉的犹豫不决，弗洛伦西奥发表了自己的看法。而他的看法也得到了包括安斯瓦尔多、罗德里格斯在内的舰上骨干们的一致认同。在众人的鼓励下，伊莎贝拉终于下定决心驶往弗里敦港，期待着在那里能够有所斩获……

“圣洛伦佐”号舰长室里，贝格尼娅独自一人背靠着桌腿坐在地板上，不住地用手捶打着自己的胸脯。她的面前摆放着空空如也的餐盒。不多时，只见女上校突然“哇”的一声将刚吃进去的食物统统吐在了餐盒里。望着眼前餐盒中自己“物归原主”的呕吐物，贝格尼娅不禁落下了委屈的泪水：

“天主啊……如果您真的怜爱我、支持我的复仇行动，为何还要让我屡屡遭受磨难呢……”

女上校将双拳合拢在胸前摆出祈祷姿势自言自语道。这时，神情恍惚的她仿佛听到了一个熟悉的声音：

“安妮……安妮……振作一些！真正的考验才刚刚开始，怎能在此时萌生退意？这可不是叔父所认识的那个坚强的安妮啊！”

“叔父？您……在哪里……”贝格尼娅闻声立即站了起来，并充满困惑地东张西望。

“我一直与你同在。安妮，不要再迷茫了，靠自己的力量去走出困境吧！”

“可是叔父……现在的我手无寸铁，同时还穿着这条该死的裙子，这样怎么能够战胜敌人呢？”贝格尼娅说着，掩面而泣。

“别哭了，安妮，我相信你能挺过这次难关。这只是你环球航行的第一步而已。记住，无论何时都不要放弃希望，因为胜利很可能就在眼前……”

冈萨雷斯的声音逐渐从耳旁远去，而贝格尼娅先前迷茫的脸上也很快恢复了她一贯拥有的自信表情。没错，一味地悲伤不会使现状得到任何改变，更不能将自己从危难之中解救出来；要想扼住命运的咽喉唯有依靠自己的双手……

又过了一会儿，舰长室的门被轻轻推开，卡洛琳娜那凹凸有致的身段映衬着午后炫目的日光再度出现在门口：

“快到弗里敦了。雷佐小姐，请您做好下船的准备。”

“嗯，我已经准备好了。”

贝格尼娅面带温和笑容地点了点头，显现出一副轻松愉悦的样子。望着眼前宛若变戏法般精神振作起来的女上校，卡洛琳娜反倒露出了惊讶的神色……

【八】营 救

站在船舷边的贝格尼娅平静地注视着远处逐渐由模糊变为清晰的港口码头，突然，她的耳边响起了海盗的吆喝声：

“换上英国海军旗!!”

贝格尼娅循声望去，只见桅杆上巨大的西班牙海军旗被利落地降下，在不到一分钟内便被更换为英国旗帜。目睹着头顶的西班牙海军旗被替换，贝格尼娅心中不由得一阵酸楚……

“雷佐小姐，请与我和约瑟夫一同上小艇吧。”

不知何时，贝格尼娅的身后传来了卡洛琳娜的声音。于是女上校点点头，十分配合地跟随两位海盗头目登上了前往码头的小艇。在几名海盗卖力地划桨下，小艇很快便靠了岸。码头的栈桥上站着一位身材矮小、皮肤黝黑、穿着得体的绅士服饰的英国中年人和一些仆人，见卡洛琳娜前来，英国绅士的脸上笑得相当灿烂：

“塞巴斯蒂昂小姐，您总算又来了！这次为我带来了什么样的惊喜呢?”

“嘿嘿，霍华德先生，这次我给您带来了一位您连做梦都想得到的美人儿，请看……”

顺着卡洛琳娜手指的方向，被其称为“霍华德”的英国绅士看见了面露羞涩的贝格尼娅，顿时，笑容在绅士的脸上绽放开来：

“天哪，真是个标致的美人儿！塞巴斯蒂昂小姐，知我者真是非您莫属呀，哈哈哈!”

“别急嘛，如果知道了这位小姐的来头，我敢肯定您一定会更加感兴趣。请让我们去总督府详谈吧!”

对于卡洛琳娜的提议，霍华德急不可待地点头表示同意，于是将卡洛琳娜、苏勒与贝格尼娅接上自己的豪华马车，前往总督府。坐在马车中，贝格尼娅强忍着因对英国人的极度厌恶所导致的反胃、头晕等身体不适，一言不发地望着窗外。其间卡洛琳娜曾主动找她聊天，但女上校只是笑笑，并不愿开口说话。很快，马车驶抵总督府。霍华德想要搀扶贝格尼娅下车却遭到拒绝，女上校自己提着裙子轻巧地迈下马车。而对此，英国总督也只能尴尬一笑……

在总督府的总督办公室里，卡洛琳娜说出了贝格尼娅的身份和来历。当得知站在眼前的这位金发碧眼的“贵妇”竟然就是那个在整个英国都传得沸沸扬扬的“西班牙皇家海军之花”后，霍华德的脸上刹时露出极度不可思议的表情。

“怎么样，霍华德先生，您现在是不是可以开个价码了？”在霍华德仔细品味了贝格尼娅的美貌后，卡洛琳娜开始步入正题。

“5000 英镑（这在 18 世纪已经绝对够得上是一笔巨款了）如何？”霍华德边说边伸出 5 个手指。

“才 5000 英镑，您觉得堂堂‘西班牙皇家海军之花’只值这个价吗？那么不好意思，我只有告辞咯……”

卡洛琳娜说着，故作可惜状地叹了口气，转身准备离去。不过就在这时，霍华德冲上前去拦住了她的去路：

“6000……我出 6000 英镑……”

“还是太少，我要这个数……”卡洛琳娜说着，用手摆出了个“10”的手势。

“10000 英镑？这太夸张了！您看 8000 行不行，我也是诚心想要得到这个超人气的美人儿……”

霍华德竟开始求起情来。望着对方的模样，卡洛琳娜不禁露出一丝得意的笑容：

“好吧，看在我们是老朋友的份上……我可是要现金的哦，给你两个小时，把 8000 英镑全部运送到我的船上去。”

霍华德点头应允，于是立即吩咐手下去准备钱款，而卡洛琳娜则吩咐苏勒全程监视。贝格尼娅面无表情地注视着眼前为了自己的“身价”而扯皮的两人，始终一言不发。大约过了将近一小时，苏勒回来告诉卡洛琳娜，霍华德许诺的金额已经如数运送到“圣洛伦佐”号的船舱里了。心中欢喜的卡洛琳娜立即起身向霍华德告辞：

“这样咱们的交易就算完成了。霍华德先生，请慢慢享用哦，期待我们的下一次见面！”

“恕不远送啦！”

霍华德站起身，边与卡洛琳娜假模假样地客气着，边垂涎欲滴地把目光投向一旁低头不语的贝格尼娅。见总督这副色眯眯的模样，卡洛琳娜“知趣”地带着苏勒迅速离开，房间里很快便只剩下霍华德与贝格尼娅二人……

“我很好奇，您真的是被称为‘西班牙皇家海军之花’的贝格尼娅-德雷佐小姐吗？怎么看您都不像是个军人呐……”

“如果我穿着红黑衫，您认为您还能站着和我说话吗？”贝格尼娅冰冷地答道。

“没想到您的声音也如同容貌一般充满了不可抗拒的魔力，这真是上天赐给我的大礼啊！虽然这个老婆贵了点，不过完全值得！嘿嘿……”

“抱歉……我贝格尼娅是西班牙皇家海军军官，不是你的老婆。”

“哈哈……小美人儿的嘴倒是挺硬的！依我看，你还是更适合给人做老婆，可别浪费了这张漂亮脸蛋呐！”霍华德上下仔细打量着贝格尼娅，露出一副爱不释手的表情，“虽然身材有些消瘦，但这张小脸蛋还真是无可挑剔呢！”

然而就在这时却传来一阵敲门声：

“总督大人，詹姆斯先生有急事找您！”

“是急事吗？该死的……真是个不识趣的家伙……”

霍华德满口抱怨着，只得离开了房间。见危机暂时解除，贝格尼娅不禁松了口气，不过她心里也十分清楚，霍华德随时会回来，必须在他回来之前找到逃跑或对付他的办法！于是女上校起身走至窗台前进行观察，由于总督卧室的楼层较高，加之自己穿着累赘的裙子，要想从窗户逃出去几乎是一件不可能的事。既然逃跑不可能，摆在贝格尼娅面前的路只剩一条：那就是与这个好色的总督拼个鱼死网破！不过在室内仔细搜索后，女上校并未发现既隐蔽又能置人于死地的武器。究竟该怎么办呢……

焦急的贝格尼娅一面努力使自己保持冷静，一面坐在床边习惯性地翘起了一条腿进行思考。不多时，她猛然露出醒悟的神色，于是立即像上了发条的机器般掀起自己的裙边将腿上穿着的长筒袜脱下；而后又将两条长筒袜拧成一股结实的“绳索”。就在这一系列动作刚刚完成时，霍华德推门走了进来，贝格尼娅慌忙将长筒袜藏在自己的身后。

“抱歉，让小美人儿久等啦……我这就来陪你咯！”

进屋后的霍华德满脸堆笑着匆匆跑到床边，而女上校突然将背后藏着的长筒袜拿出，以迅雷不及掩耳之势套在总督的脖子上并使出浑身解数将袜筒勒紧。等霍华德反应过来为时已晚，只见那倒霉蛋挣扎了大约一分钟，四肢终于瘫了下去。在确认对方断气后，贝格尼娅才敢松开自己的双手，而她的额头也早已沁出了汗珠。

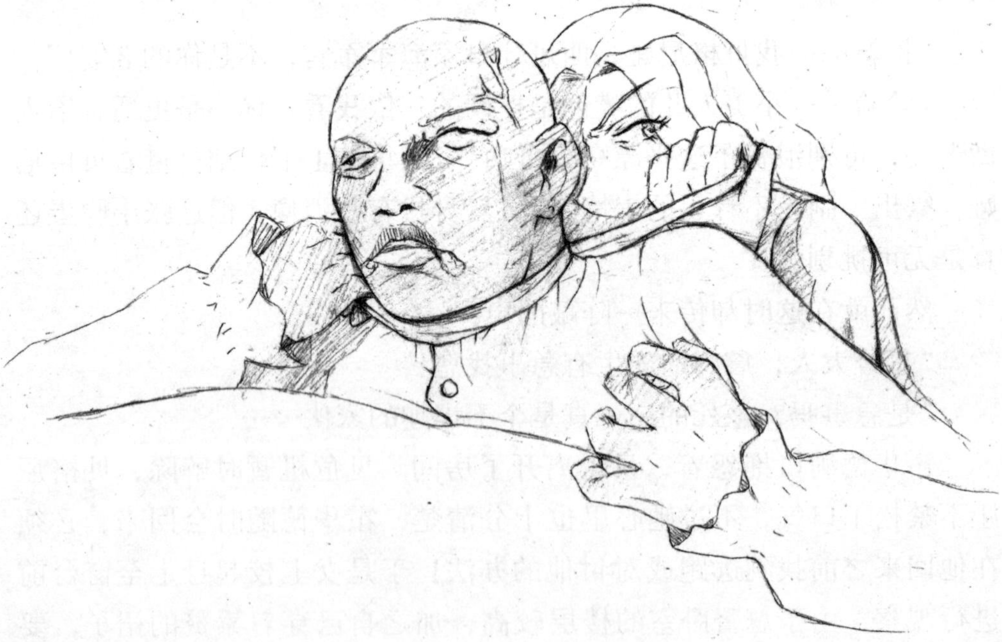

在解决了霍华德后，下一步该怎么办？这是贝格尼娅必须面对的问题。如果就这样堂而皇之地走出去势必会引起仆人的怀疑，并且身着行动不便的裙子一定还会被捉住。想到这里，女上校将目光转移到了霍华德身上穿着的绅士服上……

几分钟后，身着霍华德绅士服的贝格尼娅压低帽檐、蹑手蹑脚地溜出了总督卧室，在小心避开楼道间偶尔过往的仆人后，女上校顺利“潜出”了总督府大楼。走在大街上，心中忐忑不安的贝格尼娅想着要快些到达港口，然后找一艘小艇返回科纳克里港去。由于科纳克里距离弗里敦很近，女上校乐观地认为至多只需一天时间便能返回那里……

就在贝格尼娅杀死霍华德并逃离总督府时，卡洛琳娜刚刚做好出航的准备工作，但尚未离开港口。这时苏勒发觉自己的帽子落在了总督府，向卡洛琳娜提出回去拿，但却遭到了拒绝：

“不能在这里再停留下去了，我们必须立即离开。我有预感，雷佐小姐的另一艘战列舰很可能会找到这里。”

“找到这里？这怎么可能，这里可是英国人的地盘！”苏勒一听，立即露出不屑的神色。

“不管怎样，我们都应该尽快离开这里，早日抵达拉各斯。另外……‘黑玫瑰’号那边有没有打出发现敌情的旗语？”

“目前似乎还没有……”

苏勒举起望远镜观察片刻后答道。卡洛琳娜口中所说的“黑玫瑰”号正是兰加拉将军曾提到过的“被巴巴里海盗俘虏的原西班牙皇家海军巡航舰‘圣塞西莉亚’号”。与大部分主流海盗“从小舢板一步步发迹”的轨迹有所不同，这艘装备32门火炮的大型巡航舰却是卡洛琳娜的“起家资本”。这也恰恰显示出这位引人注目的红发女海盗超凡脱俗的能力。

于是在卡洛琳娜的指挥下，“圣洛伦佐”号起锚向港外缓缓移动。不过就在军舰升帆准备提速时，苏勒注意到了“黑玫瑰”号上打出的发现敌情的旗语：

“卡洛琳娜……我想你是对的。他们似乎来了……”

“传令贾斯帕（‘黑玫瑰’号的船长）务必要拖延住敌人，而我们要趁这个空隙全速离开这里！”

苏勒点点头，指挥瞭望员向远端的“黑玫瑰”号发去旗语。苏勒的判断没有错，“黑玫瑰”号的确是发现了一艘正向港口驶来的悬挂着西班牙旗帜的军舰，而那艘军舰便是“圣佩德罗”号。

“前方有一艘悬挂海盗旗帜的帆船。难道说，这是海盗在袭击那个英国港口？”

站在“圣佩德罗”号的舰桥上，正向港口方向观察的伊莎贝拉的脸上露出了惊讶的神色。接过公主手中望远镜的弗洛伦西奥也观察了一会儿，而他嘴里的话语则令大家更加吃惊：

“似乎在那艘海盗船的背后还有一艘更大的帆船，也许是一艘战列舰……”

伊莎贝拉的心里咯噔一怔，这该不会就是被海盗偷走的‘圣洛伦佐’号吧！于是她抓起望远镜再次进行更为仔细的观察，大约过了半分钟，只见公主十分肯定地喊了起来：

“没错，那就是‘圣洛伦佐’号！传我的命令，全速前进！”

在伊莎贝拉的指挥下，“圣佩德罗”号立即以正从港口中驶出的“圣洛伦佐”号为目标驶去。然而出人意料的是，那艘海盗船竟掉头向“圣佩德罗”号驶来。尽管这艘海盗船是一艘形体较大的全副武装的巡航舰，但挑战一艘战列舰似乎仍不是一个明智的举动……

“公主殿下，看样子敌人是冲我们来的，我们需要迎战吗？”安斯瓦尔多上前一步向伊莎贝拉问道。

“等等！一般来说海盗是不会主动攻击军舰的，尤其是战列舰。我觉得这其中一定有隐情。难道……这是想拖延时间掩护‘圣洛伦佐’号逃跑？”

不等伊莎贝拉对安斯瓦尔多的请示做出反应，弗洛伦西奥已经抢先一步说出了自己的顾虑。而他的话也正中伊莎贝拉的下怀。于是公主下令“圣佩德罗”号避开海盗巡航舰行驶。不过笨重的战列舰想要避开“主动投怀送抱”且灵活的巡航舰实在是一件困难的事。不多时，“黑玫瑰”号用艏炮首先向“圣佩德罗”号开火，尽管没有命中目标，但伊莎贝拉却意识到一味地躲避恐怕是行不通了，无奈之下，她只得下达攻击的命令：

“没办法了，干掉它吧，一定要速战速决!”

得到公主命令后，安斯瓦尔多与罗德里格斯立即忙碌起来。在二人的指挥下，“圣佩德罗”号上的炮手做好了射击准备。不过“黑玫瑰”号的船身始终与“圣佩德罗”号保持一定的角度，使后者找不到舷侧齐射的机会。眼看无法制服海盗巡航舰，而“圣洛伦佐”号又逐渐远去，心急的伊莎贝拉突然下达了一道令人匪夷所思的命令：

“左满舵，撞向敌船!!”

“公主殿下，请问您在说什么?”舵手哈维尔大惑不解。

“见鬼……你听不懂人话嘛，给我让开!!”

此时，更加令人诧异的一幕发生了，伊莎贝拉竟然一把将哈维尔推开，亲自掌着舵轮向左猛地打去。只见整艘战列舰扭动着庞大的身躯宛若醉汉般向左侧的“黑玫瑰”号一头撞去。此刻，也许是根本没有料到战列舰会有如此“疯狂”的举动，“黑玫瑰”号并未及时做出相应的举措，两舰之间的距离就这样在短短几分钟内急剧缩小。当船长贾斯帕下令巡航舰紧急向左规避时，两舰已经不可避免地发生了碰撞。最终，在一阵船壁相擦发出的刺耳声中，两舰双双在海上停了下来……

“皇家海军的精英们，请随我一齐冲啊……杀光海盗!!”

伊莎贝拉抽出腰间佩剑在手中挥舞着，带头向“黑玫瑰”号冲去。见公主如此英勇，安斯瓦尔多等人与众水手们也纷纷呐喊着、奋不顾身地跃上敌船的甲板。一场残酷的白刃战拉开了序幕……

尽管伊莎贝拉在自己的初次指挥作战中表现得十分勇敢，但毕竟作战经验有限的她在白刃战中还是显得有些力不从心。在费了九牛二虎之力将一名海盗砍倒后，另一名海盗突然从背后一把将她抱住，在这危急时刻，弗洛伦西奥手起刀落将这名图谋不轨的海盗砍死。望着救下自己一命的年轻船长，伊莎贝拉的脸上不由得露出羞愧之色：

“何塞，谢谢你……”

“现在不是说这种话的时候，当心！……”

说时迟，那时快，伊莎贝拉闻声向后疾避，一道刀光从自己眼前划过，削去了自己的几根发丝。未等她做出下一步反应，弗洛伦西奥已经将这名“不速之客”砍翻在地。

“战斗时可不能开小差啊，公主殿下！”弗洛伦西奥提醒道。

“嗯，等战斗结束后我再好好谢你！”

伊莎贝拉露出笑容，感觉仿佛瞬间浑身来了劲儿，于是精神抖擞地继续冲杀起来。由于人数上占据绝对优势，海盗们很快便被逼至船尾甲板的一小块区域内。见大势已去，一些海盗选择了投降，不过包括船长贾斯帕在内的少数顽固分子仍在殊死抵抗。这时候，强壮的罗德里格斯显示出自己出众的勇猛和臂力，接连掀翻数名海盗后径直冲到贾斯帕面前。两人就在舰桥上厮打起来。不多时，格斗经验丰富的罗德里格斯卖了个破绽，待贾斯帕钻入圈套后瞅准时机将其生擒。见首领被擒，残余的海盗全部伏地投降。一艘完好的巡航舰就这样落入了伊莎贝拉的手中。

俘虏“黑玫瑰”号后，西班牙将士们站在这艘船的甲板上振臂欢呼起来。不过伊莎贝拉显然没有时间去庆祝。心中惦记着“圣洛伦佐”号的她在第一时间拿起望远镜观察，但遗憾的是，战列舰已经在海上消失得无影无踪……

“见鬼……这样就没有办法找到姐姐了，真是该死!!”气极了的伊莎贝拉将望远镜狠狠地摔在地上，并用脚使劲跺了跺甲板。

“请公主殿下稍安勿躁。我认为如果严厉审问这个海盗船长，应该能从他嘴里得到一些有用的信息。”

“好主意！安斯瓦尔多先生，请把这家伙带到‘圣佩德罗’号的舰长室去，我要亲自审问他!”

伊莎贝拉听罢连连点头，立即吩咐安斯瓦尔多将贾斯帕押送回“圣佩德罗”号，准备对其进行审问。此时此刻，公主已经将海盗船长视为找到闺蜜的最后突破口……

弗里敦港市的街道上，贝格尼娅快步穿行在来来往往的人群中。由于天气较热，总督衣服里透出的阵阵汗臭味令女上校几乎作呕，然而为了能够尽快到达码头、找到一艘小艇，然后返回科纳克里港，她不得不忍受这由体味带来的“非同寻常”的折磨。幸运的是，女上校在一路上并没有遇见企图惹她麻烦的人。一小时后，她如愿抵达码头；正着手准备逃离港口的小艇，遥远的海天相间处的一艘帆船的影子吸引住了她的目光，那就是在俘虏了“黑玫瑰”号后原地下锚的“圣佩德罗”号……

“圣佩德罗”号上，五花大绑的贾斯帕被两名身强力壮的水手押着跪在舰长室的地板上，双眉紧锁的伊莎贝拉翘着腿坐在距离他大约有7尺远的地方。房屋内沉寂了一会儿后，由公主先挑开了话题：

“你就是这艘海盗船的船长吧，叫什么名字?”

由于伊莎贝拉讲的是语速较快的西班牙语，贾斯帕露出一丝诧异。看到这副表情，聪明的公主很快判断出对方肯定不是西班牙人，于是改用英语将问题重述一遍，只见贾斯帕冷笑着答道：

“哼……要杀便杀，问我名字做什么?”

“我警告你，最好快点交代。我伊莎贝拉的耐心可没有你想象得那么好。”

“我已经说了，要杀便杀，想从我这问出些什么，那是绝对不可能的!”贾斯帕看起来十分硬气地拒绝回答问题。

“哼……那本小姐今天就陪你好好玩玩，你可别后悔……”

伊莎贝拉说着，也露出冷笑。只见她起身以一个“潇洒”的动作将长发一拂，走向罗德里格斯低声嘱咐几句。年轻壮汉很快便拎着一个水桶放到贾斯帕的脚边。海盗头目斜眼瞟去，发现那是一桶散发着腥臭的水。老道的他很快便反应过来即将会发生什么……

“罗德里格斯先生，请喂这位海盗先生喝些水解解渴吧。”

伊莎贝拉摆出一副轻松的神态，指着水桶说道。罗德里格斯随即用大木勺舀起满满一勺水强行灌进贾斯帕的嘴里。一时间，海盗船长被呛得连连咳嗽。果不如其所料，这正是苦涩的海水。不过贾斯帕的表现却出乎意料的顽强，在将几乎一整桶海水喝下肚后，依旧拒绝开口。见此情形，伊莎贝拉不得不动用她的“备用方案”。在她的授意下，罗德里格斯将浸泡过煤油的绳索拴在贾斯帕身上，而后举起火把等待公主的命令。望着绳索和火把，贾斯帕惊恐地睁大了眼睛：

“你想烧死我？可是这样做整艘船也会被点燃的！”

“哟……都死到临头了还替我的船担心？真是太感谢你啦！不过我会先点燃你的上半身，这样在你死之前火苗应该是不会烧到甲板的哦！你就安心尝尝当‘烤乳猪’的滋味吧……”伊莎贝拉冲贾斯帕微笑着眨了眨眼。

“见鬼……你这狠心的婆娘！好吧，我……”

气急败坏的贾斯帕的脸部强烈抽搐着，没过多久便露出了屈服的神色。不过还未等他开口，一名士兵匆匆忙忙跑进了舰长室：

“公主殿下！有一艘插着白旗的不明来历的小艇正在靠近我舰，而且小艇上似乎只有一个人！”

伊莎贝拉闻讯暂时撇下贾斯帕，在弗洛伦西奥的陪伴下跑到船舷边进行观察。透过望远镜，伊莎贝拉很快辨认出了那张对她来说再熟悉不过的脸庞，笑容立即在她的脸上绽放开来：

“是姐姐！天哪……我不会是在做梦吧!!”

或许是同时也望见了站在船舷边的闺蜜，贝格尼娅高兴地站起身摘下帽子向她挥起手来；而她那过大的动作也使得小艇失去了平衡。在闺蜜和年轻船长的注视下，“乐极生悲”的女上校脚一歪、连人带船翻沉在海面上。不过这一小小插曲对于水性极佳的贝格尼娅来说完全算不上事儿，只见她很快便浮出水面，以比小艇更快的速度游向“圣佩德罗”号。伊莎贝拉急忙下令放下绳梯，几分钟后，游到军舰旁边的贝格尼娅顺着绳梯爬上了甲板，而未等她站稳脚步，伊莎贝拉已经迫不及待地紧紧搂住了她：

“太好了！姐姐，我差点以为再也见不到你了呢……呜呜呜……”

将头扎进闺蜜怀里的伊莎贝拉突然哭了起来。不过贝格尼娅却一反常态地没有花费过多的时间来“温情”安慰自己的闺蜜，而是很快将其轻轻推开，同时眼中充满了歉意：

“别贴太近，萨拉，这衣服可不太干净哦。如果可能的话我真想立刻冲个澡呢！”

“冲澡？那好办，我马上就给姐姐去准备淡水！”

“别……现在淡水是船上最宝贵的资源，我怎么可以……”

“怎么不可以？姐姐你可是‘一舰之长’啊……难道有谁敢质疑你的任何举动？”

“不……不行，天主不允许我做这种自私的事。哦……我差点忘了问了，萨拉，停靠在本舰旁边的这艘海盗船是怎么回事？”

“那艘海盗船一定是抢夺‘圣洛伦佐’号的那帮海盗的帮凶，有意拦住本舰拖延时间，导致‘圣洛伦佐’号逃走了……”

“帮凶？那么这艘海盗船的船长一定就是卡洛琳娜的部下了。”

贝格尼娅的话语令伊莎贝拉大吃一惊。公主万万没想到策划绑架并夺走“圣洛伦佐”号的幕后黑手竟是去年在加勒比海地区曾令闺蜜一度“中邪”的那位红发女海盗！

“姐姐，你确定这伙海盗的首领是卡洛琳娜？”

“嗯。她一直在我身边，甚至与我发生争执。后来她把我丢在这座英国港口后离去。”贝格尼娅点点头，眼中露出一丝伤感。

“原来是这样。我一直以为姐姐你在‘圣洛伦佐’号上呢，因此，当我发现它驶出我的视线后，我整个人几乎都要崩溃了……”

“好啦……我不是已经安全回来了嘛。现在的当务之急是要夺回‘圣洛伦佐’号。那个……海盗船长是被活捉的吧？”

贝格尼娅迅速去除伤感，脸上重新显露出对闺蜜一贯温和的笑容。于是伊莎贝拉立刻领着闺蜜走进舰长室。贾斯帕依然垂头丧气地跪在那里，不过当看到金发碧眼的另一位气质非凡的姑娘走到自己面前时，海盗头目的眼中立刻露出吃惊的神色。伊莎贝拉贴着闺蜜的耳朵轻语一番后退至一旁，于是贝格尼娅开始问话，与闺蜜不同的是，她的语调明显平和了许多：

“你就是这艘海盗船的船长吧，叫什么名字？如果不想回答，你也可以不说，不过……”

“我叫邓多克－贾斯帕……”不等贝格尼娅把话说完，贾斯帕已经出人意料地“乖乖”说出了自己的名字。

“很好，贾斯帕先生，我希望接下来的问题你也能如实回答。第一个问题：你知道塞巴斯蒂昂小姐这次夺取西班牙战列舰的计划吗？”贝格尼娅点点头，继续问道。

“这个……属下只知道自己的任务是为塞巴斯蒂昂大人尽可能地提供掩护，至于剩下的……”贾斯帕低头沉吟道。

“嗯，这样就可以了。第二个问题：你知道塞巴斯蒂昂小姐夺走西班牙战列舰后的目的地是哪里吗？”

“也许是拉各斯，那是距离这里最近的塞巴斯蒂昂大人的据点。当然，我并不能对此做出承诺……”

“第三个问题：塞巴斯蒂昂小姐是否自己还拥有一艘战列舰？如果有的话，该舰现在何处？”贝格尼娅的眼神逐渐变得认真起来。

“塞巴斯蒂昂大人的确拥有一艘战列舰，那艘舰拥有‘74炮’。然而……那艘‘海盗旗舰’的行踪是隐蔽的，作为下级的我们根本没机会接触到它。”贾斯帕立刻露出了迷茫的眼神。

“最后一个问题：贾斯帕先生，你是否是个地道的英国人？”

“我？没错，是的，我是威尔士人……”

待贾斯帕话音落下后，贝格尼娅下令罗德里格斯将其押送到甲板上去。很快，贾斯帕便在罗德里格斯的拖拽下由舰长室被转移到了“圣佩德罗”号的舰桥上。贝格尼娅让贾斯帕面对着下层甲板的西班牙水手和海盗俘虏们跪在自己面前，随后从罗德里格斯腰间拔出明晃晃的弯刀：

“贾斯帕先生，我原本想放你一条生路，但很遗憾，你不仅是个海盗，而且还是个英国人，所以……请休怪我无情。”

“为什么？难道说……您……您是……”贾斯帕大惊失色。

“我就是贝格尼娅－德雷佐，你们英国人口中流传的‘西班牙皇家海军之花’。别问我这是为什么，我贝格尼娅永远不会对一个英国海盗船长手下留情!”

贝格尼娅冷冰冰地回答着，毫不犹豫地一刀将贾斯帕的人头砍落在舰桥最前沿的甲板上。在处决海盗船长的瞬间，下层甲板的西班牙水手们发出热烈的欢呼声；而海盗俘虏们则面面相觑，不寒而栗。贝格尼娅将弯刀归还给罗德里格斯后，举起贾斯帕的首级对着甲板上的人们喊起话来：

“海盗船长邓多克－贾斯帕已被我处决。不过他的死与这里被俘虏的你们无关，我会放你们上岸前往弗里敦，之后的命运就由你们自己把握吧!”

说罢，贝格尼娅将贾斯帕的首级用力抛进海中，随后又下令将贾斯帕的尸体也抛入大海。几分钟后，安斯瓦尔多按照女上校的指示安排了一艘小艇供被俘虏的海盗驶往弗里敦港的码头。在“送”走了“黑玫瑰”号上的俘虏后，贝格尼娅开始着手处理这艘被俘虏的海盗船。在伊莎贝拉的提示下，贝格尼娅决定将贝内迪克托上尉任命为“黑玫瑰”号的临时指挥官，带领50名水手操纵这艘大型巡航舰前往科纳克里港将巴尔德斯和“圣洛伦佐”号的水手接回。此外，女上校还不忘将“黑玫瑰”变更为原舰名“圣塞西莉亚”……

一切布置妥当后，贝格尼娅指挥“圣佩德罗”号启程前往拉各斯。夺回“圣洛伦佐”号，这是女上校接下来要完成的最重要的任务。而与此同时，她的心里也清楚地意识到：与“红发女海盗”卡洛琳娜的决战恐怕也近在眼前了……

【九】仇恨的种子

根据弗洛伦西奥的计算，从弗里敦航行至贾斯帕口中所说的卡洛琳娜的据点拉各斯至少需要 7 天时间。不经意间翻开日历的贝格尼娅发现，4 月已经悄然而至了……

离开弗里敦港口后的日子里，贝格尼娅时常站在船首向行进方向眺望着，希望能发现“圣洛伦佐”号的影子；不过一连 3 天过去了，留给女上校的只有令人失望的茫茫蓝色。

自从贝格尼娅将贾斯帕斩首后，伊莎贝拉一直不能忘记闺蜜举起“屠刀”时那令人畏惧的神色。尽管在一起生活了 20 多年，伊莎贝拉还是头一次发现闺蜜对英国人竟如此憎恨，甚至摒弃了对敌人一贯的宽容而要致其于死地。难道真的仅仅是因为乔治－莱顿杀死了闺蜜的叔父冈萨雷斯吗？

到了航行的第 5 天深夜，伊莎贝拉到底还是忍耐不住了，以“天热难以入睡，想去甲板上吹着海风聊聊天”为由将睡眼惺忪的闺蜜愣是从被窝中“拎”了出来。也许是注意到闺蜜异样的神色，贝格尼娅便主动问了起来：

“萨拉，搞什么嘛，这时候聊天肯定是有事想问我吧？”

“嘿嘿，萨拉的这点小心思还是被姐姐给看穿了。我想问的是，姐姐你为什么这么恨英国人呢？难道只是因为莱顿……”

“不，当然不只是因为那个……”贝格尼娅神色异常地摇摇头，但却欲言又止。

“那是因为什么呢？告诉我吧……姐姐，求你啦！”伊莎贝拉立刻如撒娇般地握住闺蜜的双手恳求道。

“唉……那是因为我父母的去世也与英国人有关……”贝格尼娅仰首长叹道。闺蜜的问题似乎触动了她的心事。

“可是我记得姐姐你曾经说过，令尊令堂的去世是因为海盗的打劫。难道说，那帮海盗也是……”

“嗯，那帮海盗也是英国人。甚至后来我也搜集到了一些情报，也许当年袭击我父母商船的根本就不是什么海盗，而是英国私掠船。”贝格尼娅说着，眼中流露出了仇恨的光芒。

“天哪，怎么会是这样！”

伊莎贝拉惊叫着用手捂住了嘴。她面前的贝格尼娅则缓缓仰首，将目光投向天空中的明月。女上校的思绪也仿佛又回到了19年前的那个春天……

那是一个阳光明媚的午后，8岁的贝格尼娅像往常一样与伊莎贝拉在王宫的后花园追逐嬉戏。突然，两名身材高大、身着红黑衫的男子匆匆闯入“孩子的天堂”。在向侍从说明来历后，贝格尼娅被带到了这两名男子的面前。

“您就是贝格尼娅－德雷佐小姐吧？我们是冈萨雷斯－德雷佐先生的部下。上校先生说有急事需要小姐您立即回一趟帕萨赫斯。”

“是叫我回家吗？”金发小姑娘眨着可人的蓝眼睛反问道。

“是的，请小姐即刻随我们上路。此事我们已经禀报过陛下了。”

“不行！我不要离开安妮姐姐！”

一旁的伊莎贝拉立即哭喊起来。不过贝格尼娅却像个小大人似的托起闺蜜被泪水沾湿的脸蛋亲吻了一下并说道：

“别担心，萨拉，说不定是爸爸妈妈太想念我了。我一定会尽早回来的！”

在贝格尼娅的安慰下，伊莎贝拉逐渐破涕为笑。于是在两名海军军官的护卫下，金发小姑娘从容不迫地离开了后花园。然而，等待她的真的是想念女儿的父母吗？

一周之后，在帕萨赫斯郊外的雷佐庄园……

“叔父，您说的是真的吗！我的父母……”当从冈萨雷斯的口中得到噩耗时，贝格尼娅惊得目瞪口呆。

“嗯……安妮，我很抱歉……真的很抱歉……”

冈萨雷斯说着，将年幼的侄女紧紧搂在怀里。此时此刻，这位身高力壮的西班牙汉子能清楚地感受到怀中正悲伤哭泣的侄女那近乎撕裂的幼小心灵……

在得到父母双亡的噩耗后的一周内，可怜的女孩几乎天天以泪洗面。而出于对侄女的担心，冈萨雷斯也特意请假留下来悉心照料贝格尼娅。然而短暂的假期很快过去了，冈萨雷斯必须回到部队去。临走时，他曾提出要将贝格尼娅送回王宫（希望作为闺蜜的伊莎贝拉能带给她安慰），但却遭到女孩的拒绝。无奈之下，怀着对贝格尼娅的深深担忧，冈萨雷斯离开了雷佐庄园。

在冈萨雷斯离开后，照顾可怜女孩的“重任”落在了上校的姐姐、也就是贝格尼娅的姑妈卡塔丽娜的身上。不过与冈萨雷斯不同的是，对贝格尼娅似乎不太关心的卡塔丽娜经常放任侄女一人外出，并对其行踪不闻不问。而一直未能走出失去父母阴影的贝格尼娅则趁着这个机会独自前往海边，跪坐在沙滩上遥望着大西洋的方向向天主祈祷，以此寄托自己对父母的思念。

“仁慈的天主呀，如果您能听见我的声音，请把我的祝福带给我的爸爸妈妈吧！女儿希望他们在天堂能过得幸福，女儿永远都爱他们……”

贝格尼娅双手握拳放在胸前，声泪俱下、动情地说着。不过就在这时，女孩的身后出现了两个衣衫褴褛、与其年龄相仿的小男孩。两个小男孩走到距离贝格尼娅大约十来步远的地方，伸手对其指指点点地小声议论起来：

“哥哥，这个小姐姐好像已经来过这里好多次了吧，她到底在做什么呀？”其中一个个头儿稍矮的男孩咬着手指问道。

“傻瓜，她当然是在祈祷啦……”另一个个头儿稍高的男孩笑道。

“可是……她每次都背对着我们，看不到脸哇！也不知道是不是个可爱的小姐姐呢……”

“说你傻还真是一点儿都不假呢！看我的，我有办法让她回头！”

高个儿男孩说着，从沙堆里捡起一块较大的石块，瞄准贝格尼娅“咻”地扔了过去。他的“射术”显然十分“精湛”，那枚石块不偏不倚击中了贝格尼娅的后脑勺。女孩遂中止祈祷，摸了摸自己的脑袋，有些恼怒地转过脸去。双方在对视了几秒后不由得都愣了一下……

“哇……好漂亮的小姐姐呀！”两个男孩情不自禁地异口同声发出惊叹。

“喂，你们两个，为什么要打我？”回过神来的贝格尼娅皱着眉，一脸不高兴地站起身向两个男孩走去。

“糟糕，哥哥，小姐姐发火了，我们快逃吧！”矮个儿男孩叫道。

“怕啥，不过是个女孩子，难道能敌得过我们两个男孩子？”

高个儿男孩却不为所动。很快，贝格尼娅走到了两人的面前，两个男孩这才发觉原来眼前这位女孩的身高竟比自己至少要高出半头！只见女孩叉着腰、气呼呼地又问了一遍：

“没听见我问话啊，为什么要打我？!”

“那是因为……我们想看看小姐姐你长得可不可爱……”

矮个儿男孩腼腆地答道。不过未等他话音落下，贝格尼娅已经伸手给了他一个耳光。只听见清脆的一声响，矮个儿男孩稚嫩的脸蛋上多了 5 个小手指印。

“你为什么要打我弟弟！”见兄弟挨打，高个儿男孩急了，立即冲贝格尼娅嚷了起来。

“是你们先打我的!”尽管自己是个女孩，但强硬的贝格尼娅看似丝毫不准备退让半步。

“石块是我扔的，你凭什么打我弟弟？别以为你是女孩我就不敢动手……”

“啪……”

激烈的争吵之后又是一声脆响，高个儿男孩的脸上也出现了被掌掴的印迹。只见对方逐渐露出恼怒的面容，伸手抓住贝格尼娅的领子并将其猛地向后推搡。由于被裙子绊脚再加上对方的力度太大，贝格尼娅“呀”了一声后仰摔倒在沙滩上。更不巧的是，由于不慎撞在一块硬物上，女孩的后脑勺被磕破了。望着额头流下鲜血的“小姐姐”，两个男孩吓得拔腿就逃。

“站……站住!”

贝格尼娅摇摇晃晃地站起身，边喊边想要去追那两个男孩，不料碍事的裙边再次帮了倒忙。没跑出去两步远，女孩再次被自己的裙子绊倒，结结实实地摔倒在地。当她再度爬起时，两个野孩子早已没了踪影。摸着头上的伤口，贝格尼娅伤心地哭泣起来……

傍晚，当无精打采的贝格尼娅蹒跚着脚步回到家中时，卡塔丽娜注意到了女孩头上的伤痕，慌忙惊问缘由。不过当侄女将事情经过说出来时，卡塔丽娜却看似不太在意地笑了笑：

“男孩子总是顽皮的嘛，别太计较啦!”

“卡塔丽娜姑妈，我……再也不想穿裙子了……”贝格尼娅抽泣着说道。

“不穿裙子？你该不会是疯了吧，女孩子怎么能不穿裙子呢?”

“如果不是因为这条裙子，我一定能追上他们的……”

“够了，别再计较这件事了!”

见在卡塔丽娜姑妈这里得不到任何安慰，委屈的贝格尼娅只得低头离去。回到房间后，内心无比失落的女孩从枕头下拿出珍藏着的母亲遗留给自己的十字架继续祈祷。在祈祷中，贝格尼娅向母亲诉说着心中的苦闷：

“妈妈，您还好吧？希望您和爸爸一切都好。女儿我现在过得不太开心。卡塔丽娜姑妈在生活起居上把我照顾得很周到，可是……她并不能读懂我现在的心情。如果是您的话……”

“安妮，你也是个大姑娘了。只要自己认为是对的，想做什么就去做吧！”

恍惚中，贝格尼娅感觉到耳边竟然响起了母亲的声音。她立刻兴奋地站起身来：

“真的吗！您是这样认为的？”

“嗯。做自己认为对的事，并坚持下去……”

母亲那温暖的声音转瞬即逝。贝格尼娅忙将十字架重新藏回枕头下，目光也随之变得严肃了起来……

很快，晚餐时间到了。卡塔丽娜像前几天那样亲自来贝格尼娅的房间喊她去用餐，不过当她推开侄女的房门时，眼前的景象却将这位雷佐庄园目前的主妇吓了一大跳：只见贝格尼娅正拿着一把修建园林用的大剪刀大把大把地将自己的裙边减掉，那美丽的拖地长裙甚至被剪得只剩下不到膝盖的高度。卡塔丽娜慌忙冲上去夺下了侄女手中的剪刀并大叫起来：

“天哪！安妮，难道你真的疯了不成？看看你都干了些什么！真是难以置信，居然把陛下送给你的这条昂贵裙子给……”

“卡塔丽娜姑妈，我已经说了，我再也不想……”

“啪……”

不等贝格尼娅把话说完，卡塔丽娜的大巴掌已经结结实实地扇中了侄女那娇嫩美丽的脸庞，甚至令其嘴角破裂出现了血丝。紧接着，卡塔丽娜开始了一阵“劈头盖脸”的臭骂。女孩默默地听着，泪如泉涌般涌出，然而并未哭出声来。在骂了好一会儿后，也许是意识到有些过头了，卡塔丽娜说了几句安慰的话，而后拉起贝格尼娅的手便前往饭厅吃饭。但是那天晚上，坐在饭桌前的女孩并没有咽下哪怕一口食物……

在随后的日子里，贝格尼娅把自己反锁在卧室，以绝食的行为向姑妈表示出无声的抗议；除此之外，她每天都会剪坏一条裙子，并将这些剪坏了的裙子从窗户扔出去。女孩的怪异举动把雷佐庄园的主妇着实吓了一跳。于是卡塔丽娜只好主动向贝格尼娅“求和”。在女孩绝食第5天的中午，姑侄二人终于坐在了“谈判桌”上。年仅8岁的贝格尼娅一本正经地向卡塔丽娜提出两个要求：第一是今后只穿男装；第二是将发型改为短发。望着眼前因绝食而面容无比憔悴的侄女，怎么也不忍心说出“不”字的卡塔丽娜只能全盘接受。而喜出望外的女孩则兴奋地立即冲上前去搂住姑妈的脖子亲吻起来……

“姐姐……姐姐！你怎么又‘无故’发呆啦？搞什么嘛，人家在和你说话呢！”

不知何时，处于“冥想”状态中的贝格尼娅被伊莎贝拉那一阵猛烈的摇摆唤回了现实之中。望着言语急切的闺蜜，女上校不由得露出尴尬的神色：

“抱歉，刚才不经意间又想起了一些小时候的事……”

“小时候的事？难道是当年令尊令堂……”

“嗯，是在我父母去世后决定放弃裙装的故事。现在想想，当时只有8岁的我竟能做出那样的事，真的有些不可思议……”

“还有短发哦！至今我还清楚地记得当年姐姐回到王宫，以一副齐耳短发的面貌出现在我面前时的情景呢……”

在闺蜜的提醒下，贝格尼娅不禁又回想起当年在家乡休养数月回到王宫时的情景，她那令人眼前一亮的齐耳短发与一身笔挺的男装差点令闺蜜没有认出自己……

“安妮姐姐？你……真的是安妮姐姐吗？”望着站在面前冲自己微笑的闺蜜，伊莎贝拉简直不敢相信自己的眼睛。

“是呀，萨拉！我不过是换了换发型和服装，难道你认不出了吗？”

“安妮姐姐……你真坏！答应我尽早回来，可是……这都已经几个月过去了……呜呜呜……”

反应过来的伊莎贝拉扑在贝格尼娅的怀里伤心地哭了起来。贝格尼娅忙将脸贴附在闺蜜脑门上安慰她，而自己的表情却一改以往孩子的稚嫩，显示出如同成年人般的坚强……

“后来，我从冈萨雷斯叔父那里打听到袭击我父母所乘商船的海盗是一伙落草在加勒比海地区的英国人。也就是从那时起，我开始对英国人萌生了仇恨的种子。”始终仰首望着天上明月的贝格尼娅以缓慢的语气说道。

“那么英国私掠船的说法也是姐姐从冈萨雷斯叔叔那里得到的情报吗?”伊莎贝拉忍不住追问道。

“不，最初并不是叔父告诉我的。”贝格尼娅摇摇头，继续回忆起来，“在父母去世后不到两年，卡洛斯陛下带领西班牙于 1762 年 1 月向英国宣战。当月月底，在度过 10 岁生日后，我离开王宫再度返回帕萨赫斯……”

坐在颠簸不堪的马车上，贝格尼娅的思绪再次回到关于父母之死的疑点上。尽管叔父已经告知自己他们死于英国海盗之手，但这些海盗究竟是些什么人呢?女孩决定竭尽所能去揭开心中的谜团……

回到雷佐庄园后，贝格尼娅因旅途劳顿而发烧，不得不在家休养长达半月之久。康复后，贝格尼娅以“前去拜访叔父冈萨雷斯”为由征得姑妈卡塔丽娜的同意，前往西班牙北部最重要的军港埃尔费罗尔(贝格尼娅的叔父冈萨雷斯常年服役于此)。然而，在抵达埃尔费罗尔后，贝格尼娅并未去找她的叔父，而是只身一人在港市中搜寻有用的情报。就这样 3 天过去了，女孩也接连换了 3 家落脚的客栈。

第 4 天早晨，贝格尼娅像往常那样早起坐在客栈一楼的饭厅里用餐。大约十分钟后，从门外走进两名水手打扮的年轻人向老板娘索要食物，随后端着餐盘在女孩旁边不远处坐下用餐。嘴里咬着面包，贝格尼娅却不由得竖起耳朵偷听起隔壁两名水手的聊天来，而他们谈话的内容也着实吸引住了女孩……

“话说一眨眼明天就要出航啦，心里还有些紧张呢!”其中一名较胖的水手边撕咬着鸡腿边说道。

“紧张？海军难道是白养我们的嘛，该打仗的时候我们不上谁上？”另一名瘦高的水手立即露出不屑的神色，“再说了，我们此行是执行护航任务，能不能碰到英国人还是个未知数呢……”

“说的也是。对了，老兄，有件事我一直想问你呢，你肯定知道‘圣米格尔’号事件吧？我从卡塞尔那儿听说你和那艘船上的塞瓦洛斯大副是同乡……”

一听到“‘圣米格尔’号事件”这个字眼，贝格尼娅的神情如触电般立即变得认真起来。她知道，那正是父母从加勒比海地区回国时所搭乘的商船；而所谓的“‘圣米格尔’号事件”指的就是该船遭到“英国海盗”袭击的那次意外……

“当然，不过你想知道些什么呢？”瘦水手平静地点了点头。

“那真的是一次海盗袭击吗？”胖水手压低声音问道。

“什么真的假的？报道此次事件的报纸上不是已经写得很清楚了：英国海盗船长约翰－布鲁克林导演了这场悲剧……”

机敏的贝格尼娅立即将“约翰－布鲁克林”这个名字深深印刻在脑海里；同时，她还悄悄移动座椅，使自己更靠近这两人了一些……

“我的意思是，约翰－布鲁克林船长真的是一个海盗吗？据我的小道消息……”

“我说阿尔多老弟……你的小道消息为啥会那么多呢？老兄我奉劝你一句：有些东西知道太多可不是一件好事哦！”

听到这里，已经无法再耐心等待谈话结果的贝格尼娅轻轻起身走到了两名水手的面前：

“二位大哥哥，能告诉我更多关于约翰－布鲁克林船长的事吗？”

“这……竟然是个小姑娘!？穿着男孩子的衣服，真是可爱呐……”被称为“阿尔多”的胖水手先是吃了一惊，紧接着半醉的脸上泛起了红晕。

“小妹妹，你是不是迷路了？你父母在这附近吗？”瘦水手连忙一把拉开同伴，用温和的语气问道。

“我没有迷路。我的父母在‘圣米格尔’号上……”

贝格尼娅说着，眼泪不知不觉又落了下来。瘦水手立即明白了女孩的意思，于是边拿出手绢替她拭去泪水边说道：

“我明白了。小妹妹，能告诉我你的名字吗？”

“贝格尼娅－德雷佐……”

“我叫胡安－拉卡尔玛，很高兴能认识你。你的父亲该不会就是‘圣米格尔’号的雇主安德雷斯－德雷佐先生吧？”

瘦水手说着，友好地向贝格尼娅伸出手去。女孩在迟疑片刻后也用她那冰凉的小手握住对方，同时表示认可地点了点头。见贝格尼娅承认了自己是安德雷斯－德雷佐的女儿，拉卡尔玛便继续说道：

“既然如此，那么你有足够的理由知道真相。不错，约翰－布鲁克林并不是普通的海盗船长……”

于是拉卡尔玛把他所知道的关于约翰－布鲁克林的事一五一十地都说了出来，贝格尼娅认真地听着，将每一句话都铭记在心……

“这么说，姐姐是从那个名为拉卡尔玛的水手口中得知关于‘英国海盗其实是英国私掠船’的消息咯？”听到这里，伊莎贝拉忍不住插口问道。

“嗯。虽然关于这件事，拉卡尔玛先生也只是道听途说，但他的话却坚定了我与英国人势不两立的决心。也就是从那时起吧，我萌生了加入海军的念头，然后就在这条路上走到了今天。”

贝格尼娅说着，回首环顾四周，见甲板上已没有其他人影，便从兜中掏出香烟盒，抽出两根香烟；将其中一根叼在嘴中，另一根递给闺蜜。伊莎贝拉会心地掏出火柴将两根香烟点着。闺蜜俩就这样面朝大海、趁着夜色喷云吐雾起来……

“后来布鲁克林船长有没有得到惩罚？还有……那位帮助过姐姐的拉卡尔玛先生的命运如何？”

“听说拉卡尔玛先生随后不久参加了哈瓦那保卫战，然后……很不幸的是他与阿尔多先生在战斗中一同牺牲了。至于布鲁克林船长，有传闻说他也早就死了。不管是否是真的，至少到目前为止我都没有再听到过关于他的消息……”叼着香烟的贝格尼娅用含糊不清的声音答道。

“倘若……那个家伙还活着呢?”伊莎贝拉紧接着问道。

“那当然是一件好事呀!倘若他还活着，那么我贝格尼娅向天主起誓:即使追遍天涯海角也要亲手送他下地狱!”

贝格尼娅用逐渐升高的语调坚定地说着，将烟头从嘴里拿出，猛地掷进大海。伊莎贝拉被闺蜜的这股“气势”惊呆了，叼着烟半晌儿说不出话来。不多时，贝格尼娅也轻轻抽出闺蜜嘴中的烟头丢进海中:“走吧，已经很晚了。今天就到此为止吧，该睡觉啦!”

女上校说着，笑容满满地挽起闺蜜的胳膊向船舱走去。而在离开甲板时，公主却忍不住回头望了一眼先前闺蜜一直盯着的那轮明月……

回到船舱的卧室中，伊莎贝拉很快便进入了梦乡，甚至还呼起了轻微的小鼾。不过同样躺在床上的贝格尼娅却没有闺蜜这样令人羡慕的睡眠质量。只见她翻来覆去，始终未能入睡。不过在意识逐渐模糊的过程中，她的脑海里又浮现出了一些往事……

“约翰-布鲁克林船长?安妮……你是从哪里得到这个消息的?”望着眼前一本正经的贝格尼娅，冈萨雷斯露出惊讶的神色。

“嘿嘿，叔父，那您可得先回答我的问题哦!”贝格尼娅拉着叔父的手摆出一副不依不饶的样子。

“真是个机灵的小丫头!但是说实话，关于布鲁克林船长，叔父我也了解得不多呀!”冈萨雷斯说着，略显无奈地耸了耸肩膀。

“他并不是海盗。不是吗，叔父?”贝格尼娅眨着她那水灵灵的大眼睛问道。

“这个……叔父我还真的不能确定。不过的确有传闻说约翰-布鲁克林是英国私掠船长……”

“那就是说，约翰-布鲁克林的确有可能是私掠船长，我可以这么理解吗，叔父?”

“嗯。这么理解确实没有什么问题吧……”冈萨雷斯有些不自然地点了点头。

“叔父，安妮在您面前向天主起誓:即使追遍天涯海角也要将约翰

-布鲁克林送下地狱，阿门……”

女孩一边一字一句地对叔父郑重其事地说着；一边闭上双眼在胸前虔诚地划了个十字。女孩认真的神态令冈萨雷斯简直忍俊不禁；同时，她那与年龄明显不符的说话语气也令对方的钦佩感油然而生……

想到这里，本已快要睡着的贝格尼娅又睁开困倦的双眼并攥紧拳头轻声自语道：

“爸爸妈妈、冈萨雷斯叔父，安妮不会令你们失望的……”

3天之后的中午……

“圣佩德罗”号的前桅瞭望员报告说发现海岸线上出现一座港市。对照航海图和望远镜中出现的飘扬在码头的葡萄牙旗帜，贝格尼娅认为那就是拉各斯港，但同时她对身为海盗的卡洛琳娜是否会藏身于港中也产生了怀疑。

“一个葡萄牙的贸易港口怎么会允许海盗随便进出？卡洛琳娜该不会是藏在拉各斯附近的某个海湾里吧……”望着距离逐渐拉近的拉各斯港，贝格尼娅不禁露出困惑的神色。

“雷佐小姐说的没错，我也有同样的看法。海盗肯定不会待在港口里。当然也不能排除海盗在将‘圣洛伦佐’号藏匿后全员上岸的可能性。”一旁的弗洛伦西奥也附和着说道。

“嗯，萨拉，你留在‘圣佩德罗’号上指挥军舰在海上进行警戒；我带安斯瓦尔多与罗德里格斯上岸去搜索情报。”

“等等，姐姐，你只带两个人上岸是不是太冒险了？我也陪你一同前往吧！”

“不行，我俩必须有一个人留在船上。别担心，萨拉，我这次上岸只是去搜集情报，当然跟随的人越少越好。”

伊莎贝拉低头沉吟片刻后觉得闺蜜的话也很有道理（这样做是为了避免“圣佩德罗”号被敌人乘虚夺去），便不再提出异议。于是在饱餐一顿后，贝格尼娅带着安斯瓦尔多与罗德里格斯着便装划小艇向码头而去。站在甲板上的伊莎贝拉目睹着闺蜜一行人在葡萄牙人的接待下登上码头，心里却依旧忐忑不安：

“姐姐他们能平安回来吗？自从上次的绑架事件后，我总是有一种莫名的担心……”

“公主殿下，您一定要相信雷佐小姐的实力。

听着弗洛伦西奥的话，伊莎贝拉稍稍心安了些。当她再次举起望远镜观察时，闺蜜一行人早已没了踪影。姐姐的动作倒是挺快的嘛！公主心里嘀咕着，脸上却露出了笑容……

码头，上岸后的贝格尼娅等人很快便被许可进入港市。位于赤道附近的拉各斯是一座炎热的城市，不仅如此，由于街道两旁的植被较少，在太阳的直射下更令人的皮肤焦灼。尽管身上只穿着一层薄薄的衬衫，但城市里如蒸笼般的热量仍让女上校和她的两个男部下很快都热得汗流浃背，甚至连平日很少发牢骚的安斯瓦尔多也情不自禁地抱怨起来：

“这鬼天气……还有这种鬼地方……”

“真想把衣服脱个精光啊！整个人都要烧起来啦……”罗德里格斯也边说着，边不住地用手在耳旁扇风。

“给我忍着！身边有女士在，你居然还敢说这种话！”

贝格尼娅没好气地瞪了眼罗德里格斯，“厉声”下令其闭嘴。罗德里格斯忙羞愧地低下头去。正在这时，迎面走来的一队被绳索拴住的黑人吸引住了贝格尼娅的注意力。女上校心里明白，这些黑人显然都是奴隶。很快，位于这群黑人末尾、手持皮鞭的一名穿着得体的白人验证了女上校的猜测：很明显，此人恐怕就是这群黑奴的主人了。起初，贝格尼娅只是脸上露出厌恶的神色；而随着慢慢深入市镇中，越来越多的一队队数不清的黑奴逐渐引起了她的警觉，难道这里竟是一个巨大的“奴隶市场”？女上校不禁倒吸了一口凉气……

“小姐，这地方看起来似乎不太‘友好’呐……”罗德里格斯压低了声音附在贝格尼娅耳边说道。

“是的，如果可能，我真想把这些奴隶主的脑袋挨个儿砍下来！不过在此之前，请让我们先把‘正事’办完吧。”

紧锁双眉的贝格尼娅愤愤地应道。安斯瓦尔多与罗德里格斯点头表示认可，于是三人开始认真地搜索街道两旁任何一个可疑的人影。大约过了半小时，当三人经过一个十字路口时，扭头望向左边的贝格尼娅突然停住了脚步：

“看到那边屋檐下正在抽烟的矮胖水手了么？他是卡洛琳娜的船员，别让他跑了！”

贝格尼娅用低沉急促的语气说着，向安斯瓦尔多和罗德里格斯使了个眼色，三人立即分头向那名水手包抄而去。然而那糊涂虫却丝毫还未意识到危险正在逼近，当其抽完烟准备离开时，贝格尼娅冷不丁地以她那婀娜修长的身段拦在了对方面前：

“这位先生，急急忙忙要去哪里呀？”

见拦住自己的竟是一位金发碧眼的美女，水手不禁吃了一惊。不过未等他做出下一步反应，贝格尼娅已经伸出她那强有力的左拳狠狠一击命中对方腹部，水手捂着腹部跪了下去。紧接着安斯瓦尔多与罗德里格斯从两侧窜出，将水手牢牢按在了地上。贝格尼娅用靴尖轻轻挑了挑水手的下巴，用冷峻的声音说道：

“我知道你是塞巴斯蒂昂小姐的部下。你应该也知道我是谁吧？”

“雷……雷佐小姐？”

“嗯，看来你还是识时务的。现在，我命令你带我们去见你的‘卡洛琳娜大人’，若敢耍花招休怪我无情！”

贝格尼娅说着，弯腰从靴筒里抽出一把小刀抵在水手的脖子上，并小心翼翼地划出了一道血痕。女上校的威胁举动吓得那家伙立刻大叫起来：

“饶命……请雷佐小姐饶命！我愿意带路！”

“小姐，我们只有三个人，您确定这样去找卡洛琳娜没有问题吗？”见女上司鲁莽的“老毛病”又犯了，安斯瓦尔多忙上前提醒道。

“放心，我并不是想和她硬拼。”

贝格尼娅冲安斯瓦尔多微微一笑，示意他不要担心。于是三人联手用绳索将海盗捆了个结实，押着他跟随其所指的方向走去。然而令贝格尼娅心中颇感意外的是，海盗指引他们前往的目的地竟是当地的一家酒馆。原本，女上校以为此举可以探查到“圣洛伦佐”号被藏匿的方位，然而她的“如意算盘”就这样落空了。

当水手推开酒馆的木门时，目光敏锐的贝格尼娅第一时间便锁定了站在酒馆正中央空地上、正与部下开怀畅饮的卡洛琳娜。于是她以最嘹亮的声音喊出了对方的名字：

“卡洛琳娜－塞巴斯蒂昂!!”

手举酒杯正打算一饮而尽的红发女海盗如触电般转过身来。只见她的脸上写满了疑惑和惊讶……

【十】决战拉各斯

不仅卡洛琳娜与酒馆中的海盗们，就连安斯瓦尔多与罗德里格斯也露出无比吃惊的神色。贝格尼娅那嘹亮的声音分明是向对方下了一份无可挽回的“战书”，而这恰恰是安斯瓦尔多最担心的事情。

“哟……什么风把雷佐小姐吹到这儿来了？

在惊讶过后，卡洛琳娜的脸上很快便露出狡黠的笑容，再也无法忍受羞辱的贝格尼娅“嗖”地抽出佩剑指向卡洛琳娜：

“塞巴斯蒂昂小姐，我向你挑战！请拔剑吧!!”

“挑战？传闻中的雷佐小姐可是西班牙海军第一剑术高手。你当我是傻瓜嘛，和你一对一单挑？弟兄们给我一起上！”

卡洛琳娜冷笑一声，扭头向身后的海盗们使了个眼色，刹那间，数十名操起弯刀和斧头的海盗们呐喊着向贝格尼娅等人冲来。尽管女上校的面部表情依然淡定，但她的两个男同伴显然已经被吓傻了。

“小姐，依我看我们不如暂避锋芒吧？”罗德里格斯小声道。

“区区不到30个海盗，何足挂齿？你们俩可以走了，这里由我一个人足以应付！”

贝格尼娅怒气冲冲地说着，从兜里掏出头绳将自己披散在肩头的金发束起，做好了决一死战的准备。见女上司完全没有退缩的意思，安斯瓦尔多与罗德里格斯也只得互相怒喝击掌为各自打气。

海盗很快便冲到了面前，一场混战就这样在狭小的酒馆里拉开了序幕。由于己方处于绝对劣势，开战不久的贝格尼娅便使出了自己的“看家本领”，以令人眼花缭乱、犹如仙女飞舞般的剑术将冲至面前的海盗统统砍翻在地。很快便有十几具尸体横在了她的身前。由于女上校的“强势”，站在她两旁的安斯瓦尔多与罗德里格斯几乎没有机会一展身手。两人在第一轮的交锋中只不过分别杀死了一名企图从侧面偷袭的海盗而已。望着眼前由贝格尼娅霎时间制造出来的“惨案”，卡洛琳娜惊得魂飞天外……

“这种实力的手下来多少我就杀多少！塞巴斯蒂昂小姐，我给你两个选择：与我单挑或者立即投降。我给你10秒钟的时间考虑！”

贝格尼娅威严的声音将残余的海盗吓得瑟瑟发抖，谁也不敢再向前迈出一步。甚至其中有人开始向卡洛琳娜哀求：

“头儿……我们不是那金发女人的对手，您还是投降吧……”

“住口！真是一群废物……好吧，雷佐小姐，我接受你的挑战。”

卡洛琳娜一边怒斥手下无能，一边硬着头皮拔出腰间明晃晃的长刀向贝格尼娅走去。见对方终于肯接受自己的挑战，贝格尼娅那杀气腾腾的脸上露出一丝笑意，于是将佩剑上的血污拭去，也迎上前来。就这样，两个“女武士”面对面相距十步距离在酒馆中央的空地站定。

“塞巴斯蒂昂小姐，请动手吧！”两人对视了几秒，贝格尼娅彬彬有礼地请对方先发动攻击。

“那我就不客气了。受死吧！雷佐小姐……”

卡洛琳娜深吸一口气，将长刀摆出进攻的架势，咆哮着向贝格尼娅冲去。面对来势汹汹的红发女海盗，贝格尼娅脸上依然挂着不慌不忙的笑容，并且站在原地动也不动。当卡洛琳娜冲至面前时，女上校灵巧地一个侧身让过攻击；与此同时，她竟以迅雷不及掩耳之势顺手摘下了卡洛琳娜戴着的帽子……

“塞巴斯蒂昂小姐，你的帽子……接着哦！下次是不是该轮到你的武器了呢?”

贝格尼娅冲卡洛琳娜俏皮地笑了笑，将帽子扔给她。红发女海盗气得脸上青一块白一块，将帽子狠狠扔在地上，并用她的高跟皮靴将其踩得稀烂。望着敌人头目被己方上司戏耍的那副狼狈模样，一旁观战的安斯瓦尔多与罗德里格斯也忍不住笑出声来。

“贱人，竟敢侮辱我，我要把你大卸八块!!”

恼羞成怒的卡洛琳娜谩骂着，再次猛扑过去。这回贝格尼娅没有像先前那样避开身子，而是持剑正面招架。在接战了几个回合后，贝格尼娅看准机会猛地一击将卡洛琳娜的刀挑飞，然后稳稳地用自己的手接住。这下，女海盗彻底傻了眼。

“这把刀不错嘛，可惜使用者不怎么样哟……”

贝格尼娅瞟了眼手中的长刀，故作遗憾地又是叹气又是摇头。卡洛琳娜简直要被气炸了。此时此刻，在她的脑子里所想到的事只有一件，那就是消灭眼前这个正在挑战自己下限的女人。想到这里，卡洛琳娜突然心一横，便赤手空拳猛地向贝格尼娅冲去。也许是没有料到对方会做出这种“搏命”的举动，女上校稍稍有所迟疑，然而就是这1秒钟的迟疑时间给了卡洛琳娜靠近她的机会。说时迟，那时快，女海盗一个鱼跃狠狠将女上校扑倒在地……

在一旁“看热闹”的安斯瓦尔多与罗德里格斯发觉情况有变，不由得紧张起来。想要上去助阵，却被卡洛琳娜剩余的部下拦住去路，于是双方再度发生混战。

在将对方扑倒后，占据主动的卡洛琳娜用双手死死掐住贝格尼娅又细又嫩的脖子；而贝格尼娅则拼尽全力用手顶住卡洛琳娜的下巴。僵持中，卡洛琳娜的指甲甚至在贝格尼娅的脖子上掐出了血。女上校感到自己被勒得快要窒息，浑身的力气也在急剧消散。在这危急关头，贝格尼娅想起了藏在靴筒里的小刀，于是一面继续顶住卡洛琳娜，一面蜷起腿、摸出刀，悄然无息地插进卡洛琳娜左后肩的肌肉里。感到肩部一阵刺痛的卡洛琳娜果然尖叫着松开了手，而贝格尼娅则趁着这个机会将其推开。战斗似乎分出了胜负。当女上校从地上爬起时，女海盗已经无力地趴在地上昏了过去……

见头目被击败，残余的海盗纷纷夺路逃离了酒馆。面色有些疲惫的贝格尼娅拭去额头上的汗珠并解开头绳，总算松了口气。罗德里格斯提议将昏迷的卡洛琳娜捆绑起来带回“圣佩德罗”号，但鉴于匕首造成的肩伤，贝格尼娅决定先替她包扎伤口。于是在女上司的指挥下，安斯瓦尔多与罗德里格斯一头一尾将卡洛琳娜抬到一张较大的木桌上，而贝格尼娅自己则向酒保要了一些干净的绷带和纱布为卡洛琳娜处理伤口。正忙碌着，店门方向却传来了一个熟悉的声音：

“卡洛琳娜！见鬼，这里发生过战斗？”

“约瑟夫－苏勒？”

贝格尼娅吃惊地回过头去，只见苏勒带着几名身强力壮的海盗出现在门口。安斯瓦尔多与罗德里格斯连忙拔出刀剑准备厮杀。不过看起来苏勒并没有战斗的意思……

“卡洛琳娜她怎么了，你们伤了她了？”苏勒冲上前来，望着趴在木桌上的卡洛琳娜，显得异常着急。

“抱歉，苏勒先生……刚才在与塞巴斯蒂昂小姐的决斗中发生了一些意外。不过不必担心，她并没有生命危险。”

贝格尼娅一边继续替卡洛琳娜包扎伤口，一边用温和的语气回答着苏勒的问题。苏勒在仔细观察了卡罗琳娜的伤口后也露出放心的神色，甚至感激地向贝格尼娅道起谢来：

“雷佐小姐，感谢您对卡洛琳娜的照顾。那么……接下来的事就请交给我们吧。”

“等等，我几时说过要将塞巴斯蒂昂小姐交还给你们了？抱歉，现在她已经是我的俘虏了。”

贝格尼娅立即用自己的身体挡在苏勒与卡洛琳娜之间，义正言辞地拒绝了对方的要求。苏勒先是一愣，紧接着退后几步，从腰间抽出了剑。见对方流露出战意，贝格尼娅也持剑做好了格斗准备。不过双目紧盯着女上校的苏勒却迟迟没有出手。

“如果可能……雷佐小姐，我真的不愿意与您交手。难道没有其他能够解决问题的办法了吗？”

“苏勒先生，我想您误解了我。我并非是为了绑架塞巴斯蒂昂小姐而这样做的，我只不过是想拿回我的船，仅此而已。”

“成交！我愿意将‘圣洛伦佐’号交还给您，届时还请您将卡洛琳娜……”

“放心，我贝格尼娅－德雷佐一向言出必行。那么请您现在就带路前往‘圣洛伦佐’号的锚地吧。”

贝格尼娅不假思索地答应了苏勒的请求。于是苏勒便领着三人离开了酒馆。为防对方有诈，贝格尼娅拒绝由苏勒的手下背着卡洛琳娜前行，而是指派身高力壮的罗德里格斯来执行这一任务。在穿过拉各斯市镇中的大街小巷后，一行人来到了城市北郊。很明显，这里已经远离了码头。贝格尼娅心中暗暗高兴：看来正如弗洛伦西奥所预料的那样，海盗们一定是将“圣洛伦佐”号藏在了某个不知名的海湾。而这个谜底很快就要揭晓了……

大约步行了两小时，当众人爬上一座小山坡后，在苏勒的指点下，贝格尼娅终于望见了她所期盼的那个身影：高大威猛的“圣洛伦佐”号正停泊在远处山脚下的小海湾中。笑容逐渐在女上校的脸上绽开，她忙急不可待地要求苏勒带自己上船，不过安斯瓦尔多却暗地里扯了扯她的衣袖：

“小姐，我们只有三人，即便是上了船也无法把它开回去呀!”

“我认为苏勒应该至少会帮我们把船开到外海，然后我们再设法与‘圣佩德罗’号取得联系。”

“小姐，恕我直言，您这样子有点过于天真了。海盗哪里有信义可言！哥顿（罗德里格斯的名字），你认为呢?”

一听贝格尼娅竟打算指望苏勒，安斯瓦尔多连连摇头，并把目光投向身旁的罗德里格斯。壮汉先是一愣，紧接着点头表示赞同年轻少校的看法：

“是的，小姐。对此我深有体会。请您一定要当心……”

“够了，我看你们两个胆小鬼还是回去吧，根本就帮不上什么忙嘛！这边我一个人足以应付。”

也许是对安斯瓦尔多与罗德里格斯的劝诫感到厌倦，贝格尼娅板起脸训斥了两句后便不再理会二人。见女上司动了怒容，这对“倒霉”的“难兄难弟”也不敢再多说些什么，只好保持沉默跟在身后。走下山坡后，负责在岸边放哨的海盗们迎上来向苏勒汇报情况。在向海盗们介绍了贝格尼娅等人后，苏勒恭敬地邀请女上校上船察看军舰的现状。心中并无怀疑的贝格尼娅高兴地答应下来，而她身旁的两位男士的心则提到了嗓子眼儿，尤其是安斯瓦尔多，年轻少校几乎认定这是个圈套。然而最要命的是女上司看似对此毫无警觉……

登船之际，抱着最后的希望，安斯瓦尔多压低声音提醒贝格尼娅要小心苏勒设下的陷阱，然而女上司的回答却仍旧让他失望了：

“安斯瓦尔多，我要交给你一个‘艰巨’的任务。你现在就回‘圣佩德罗’号去把这儿的位置告诉伊莎贝拉，越快越好！”

“可是小姐，您自己……”安斯瓦尔多怎么也放不下心来。

“别担心，我肯定会没事的。咳……瞧你这表情，仿佛我要不久于人世似的。放心吧，快去快去……”

面对一脸茫然的年轻少校，贝格尼娅一改刚才的“严厉”，以女性特有的温和的微笑和诙谐的语句好言安慰他，并示意他要抓紧时间。尽管心中极不情愿，安斯瓦尔多到底还是执行了女上司的命令，转身走下船去。而望着他远去的身影，贝格尼娅的脸上却悄悄露出忧愁……

“雷佐小姐，我们可以开始交易了吗？”

苏勒的声音令发愣中的贝格尼娅回过神来。女上校忙点头表示同意，于是命令罗德里格斯将仍处于昏迷中的卡洛琳娜小心翼翼地放在甲板上。随后，苏勒指挥两名部下将她抬进一艘小艇，并低声嘱咐一番后把小艇放下海去。贝格尼娅以为苏勒将乘坐这艘小艇离开“圣洛伦佐”号，正欲友好地上前向其告别，却冷不防被对方狠狠一拳击中了自己的腹部。猝不及防的女上校就这样昏了过去。见情况突变，罗德里格斯慌忙拔刀准备迎战，但早有五六名海盗一拥而上将他按倒在地……

“雷恩（罗德里格斯还是习惯称呼苏勒的假名‘雷恩’），你这卑鄙的家伙!!”被压得动弹不得的罗德里格斯仰首冲苏勒大骂起来。

“哼……罗德里格斯先生，在拿骚港我们也曾共事过，难道你不明白海盗是没有信义可言的吗？不能尽到提醒女主人的义务，你还真是愧对自己曾经‘海盗船长’的身份啊……”

“住口，我绝不允许有人践踏雷佐小姐对我的信任！雷恩，如果你还认为自己是个男子汉的话就把我放开，我愿与你决一死战！”

“哈哈……罗德里格斯哟，没想到像你这样在海盗界都称得上是‘恶棍’的家伙居然会对贝格尼娅－德雷佐如此忠心。是被她的美貌所迷惑了么？也许这个理由比较容易让我相信……”

“雷恩，你是无法体会到的。我也曾与雷佐小姐战斗过，她那连敌人的性命都无比珍惜的品德深深打动了我。可以说没有她，我罗德里格斯早已命丧黄泉，因此我决心尽毕生之力向雷佐小姐效忠。来吧雷恩，痛痛快快地与我厮杀一场吧！！”

“我可没兴趣在你身上浪费时间，你就乖乖地去黑屋子里好好向你的雷佐小姐效忠吧！来人，给我把这两人绑起来押到底舱去！”

一番争辩后，苏勒还是拒绝了罗德里格斯决斗的要求，并将他与昏迷的贝格尼娅一同用麻绳捆住手脚投进“圣洛伦佐”号的底舱。见威胁已经解除，苏勒将手下一名梳着被染成彩色的鸡冠发型、长相凶恶且身强力壮的年轻海盗叫至身旁低声吩咐道：

“塞巴斯蒂昂小姐就托付给你了。请务必将她转移到‘海王子’号（苏勒的海盗船，是一艘拥有56门炮的小型战列舰）上，然后尽快离开这里。”

“明白了，属下一定不辱使命！”年轻海盗拍着自己健壮的胸脯答应下来。

“嗯，这里也只有你马尔滕－海廷加能让我放心了。如果塞巴斯蒂昂小姐醒来了，请告诉她我稍后就会与她汇合……”

“请您放心，海廷加一定将这句话带给塞巴斯蒂昂小姐。不过……船长大人，您自己也要多加小心啊……”

“放心吧，没了那个比猪还天真的蠢女人，敌人更是一盘散沙了；我甚至可以把另一艘军舰也夺过来。至于你嘛……照顾好塞巴斯蒂昂小姐就行了。”

面带自信微笑的苏勒鼓励地拍了拍海廷加的肩膀，下令升帆启航；而海廷加也带了几个人下到小艇上，并带着昏睡的卡洛琳娜离开。望着逐渐划离“圣洛伦佐”号的小艇，苏勒的目光逐渐变得坚定起来。

他的心里似乎已经做出了重要的决定……

外海海面上，“圣佩德罗”号依旧“无所事事”地游弋着。伊莎贝拉正在期盼着闺蜜的归来，然而太阳向海平面缓缓沉去，海面上却依旧没有动静。不过就在公主与弗洛伦西奥商议是否该上岸搜索时，从北边海面上却出现了一个帆影。

“东北偏东，悬挂骷髅旗!!”瞭望员扯着嗓子喊道。

“是‘圣洛伦佐’号吗?”站在桅杆下的伊莎贝拉高声问道。

“看起来体型稍小，不太像是‘圣洛伦佐’号。等等……在这艘船的后面还有一艘！似乎……似乎是‘圣洛伦佐’号!!”

瞭望员断断续续的回答令伊莎贝拉本就紧绷的心跳动得更快了。难道这是已经被闺蜜夺回的“圣洛伦佐”号在追击海盗？但细细品味，只带了安斯瓦尔多与罗德里格斯上岸的闺蜜怎么可能只凭借三人之力便能控制一艘庞大的战列舰呢？想到这里，疑惑的伊莎贝拉拿起望远镜望去，发现那两艘船丝毫没有交战的意思，这更印证了她关于“圣洛伦佐”号仍然处于海盗控制之中的猜想。但是难题接踵而至：倘若闺蜜被海盗作为人质押在“圣洛伦佐”号上，究竟是战还是不战呢？

“敌海盗船正在逃逸；‘圣洛伦佐’号正迎头驶来！”瞭望员又补

充了一句。

"何塞，我们该怎么办……"一时间，因紧张而没了主意的伊莎贝拉把目光投向身旁的弗洛伦西奥。

"照这架势，如果我没猜错的话，敌海盗船上一定运送了重要物品。公主殿下，我们必须拦住那艘海盗船；至于'圣洛伦佐'号，我认为目前大可不必理会。"

弗洛伦西奥沉吟片刻后发表了自己的看法。对年轻船长深信不疑的伊莎贝拉立即按照他的意思下令转舵去拦截海盗船。不过就在"圣佩德罗"号转向的同时，"圣洛伦佐"号也改变航向从内侧驶来，并以精湛的技艺阻隔在前者与海盗船之间。见对方掌舵技术非同寻常，目光霎时间变得严肃的弗洛伦西奥一把夺过舵轮，亲手操控着"圣佩德罗"号"蛮横"地向海盗船的方向内切转向。眼见"圣佩德罗"与"圣洛伦佐"号的距离只剩下200码，伴随着一阵突如其来的低沉轰鸣，"圣洛伦佐"号在尚未与"圣佩德罗"号形成平行战列线的情况下竟进行了舷侧上层火炮甲板（指24磅炮）的齐射。尽管由于角度不佳，这些炮弹大部分都落入海中，并未对"圣佩德罗"号造成什么损伤，但还是令"圣佩德罗"号的所有人都大吃一惊。尤其是伊莎贝拉，公主竟吓得一把抱住身旁的弗洛伦西奥，紧紧偎依在对方怀中，待炮击结束时才松开双手，而脸上早已羞得通红：

"天哪，对不起！何塞，我不是有意的……"

"唔……公主殿下，没关系，请您下令开火吧！快，就是现在！"弗洛伦西奥脸上也掠过一丝红晕，不过很快便回过神来。

"你说什么，炮击'圣洛伦佐'号？可是我记得安斯瓦尔多曾经说过自己人打自己人的话……"

"公主殿下，现在对面船上是一群穷凶极恶的海盗，难道那也算是自己人吗？如果再不开火我们可就危险了！"

面对弗洛伦西奥急切的话语，没有时间多想的伊莎贝拉只得下令开炮迎敌。于是"圣佩德罗"号上层火炮甲板的24磅火炮纷纷被推出炮门并做好射击准备。随着公主的一声令下，16门重炮喷吐出火舌。

与先前不同的是，这次来自“圣佩德罗”号的炮击有3发炮弹命中了“圣洛伦佐”号的甲板，造成对方舰身的剧烈震颤，而这一震颤似乎也影响到了被捆绑在该舰底舱的贝格尼娅与罗德里格斯。

当一个滚动的木桶击中贝格尼娅的后背后，昏迷许久的女上校似乎被这一击唤醒了，她缓缓地睁开了满是朦胧之意的蓝色双眼。一旁的罗德里格斯见女上司苏醒，高兴地立即呼唤起她的名字来：

“雷佐小姐！谢天谢地您终于醒了……”

“罗德里格斯……天哪，我怎么又昏倒了！这……究竟是在哪里？我的手脚为何被绑住了……”

“小姐，我们已经被雷恩俘虏并关押在‘圣洛伦佐’号的底舱里。现在底舱无人看守，也许他们都到甲板上去战斗了吧。”

“战斗？你这话是什么意思……”贝格尼娅露出不解的神色，她的神智显然还未完全清醒。

“刚才听见了齐射的炮声和中弹声，我想这恐怕是‘圣洛伦佐’号与‘圣佩德罗’号开始交战了吧。”罗德里格斯说着，头上沁出了紧张的汗珠。

“天哪！不行，我必须阻止这场战斗！”

满脸焦虑之色的贝格尼娅边说边打算起身，然而她却忘记了自己被捆住的手脚。在挣扎了几下后，她还是没法摆脱绳索的束缚。这当然是毋庸置疑的，因为在她昏迷时，罗德里格斯已经尽力做了尝试，却仍无济于事。不过沉寂了几秒后，贝格尼娅突然有了办法：

“罗德里格斯，麻烦你挪到我的腿旁边来。”

“雷佐小姐您……”

“快，我的靴筒里藏有匕首，请把它拿出来，然后割断绳索。”

贝格尼娅的话令罗德里格斯感到眼前一亮，于是以最快的速度挪动到女上司的一条腿旁，背过身子用被反绑的手去摸对方靴筒里的匕首。不多时，壮汉便成功了。拿到匕首的他很快磨断了捆住自己双手的绳索，紧接着又将其余束缚住二人的绳索尽数割断。就这样，两人又重获自由。

“走，我们现在去甲板上看看到底发生了些什么。”

“可是小姐，我们没有武器。”

“嘿嘿……没关系哦，敌人会乖乖‘送’上门的。”

贝格尼娅冲罗德里格斯自信满满地眨了眨眼，一个箭步向楼梯冲去。见女上司恢复了元气，罗德里格斯心里也是暗暗高兴，这样一种状态下的贝格尼娅无疑是任何敌人的噩梦。

令贝格尼娅与罗德里格斯颇感意外的是，两人发现直到“圣洛伦佐”号的下层火炮甲板（指36磅炮）都空无一人。对此，贝格尼娅猜测一定是海盗因人手不够而导致全部兵力都留在上层或露天甲板。于是在下层甲板的武器库中拿到佩剑、火枪和弹药后，全副武装的两人做好了格斗的准备。这时候，上层火炮甲板传来震耳欲聋的轰鸣声，贝格尼娅知道这是“圣洛伦佐”号又向“圣佩德罗”号开炮了，而这也正是他俩出击的绝佳时机……

甲板上，苏勒正全神贯注地注视着对面的“圣佩德罗”号，两艘战列舰已经进入最佳的炮战距离。是继续与敌人纠缠还是就此脱身？年轻的海盗船长面临着抉择。远处，向北航行的“海王子”号似乎还未逃离“圣佩德罗”号的视线，如果此时自己也脱离战场的话……

正犹豫着，一名满脸满身全都是血的海盗突然从下层甲板（即上层火炮甲板）跑上来向苏勒报告有敌人偷袭，而未等这名海盗把话说完，一把从背后飞来的弯刀已将他的身体刺了个对穿。苏勒大惊失色，只见浑身如同用血沐浴过一般的贝格尼娅横眉冷目地手持滴血的佩剑出现在距离自己大约十步远的地方。此时，这位美丽的金发姑娘俨然已摇身一变成为令人不寒而栗的撒旦……

“苏勒，你践踏了我对你的信任。我贝格尼娅－德雷佐最痛恨言而无信的小人了，今天你横竖都得下地狱去！！……”贝格尼娅伸手指向苏勒厉声喝道。

“哦是么？哼……看来传说中的‘西班牙皇家海军之花’的确有两下子，不过你以为我‘海王子’苏勒是吃素的嘛！！”

苏勒冷笑一声，并未露出丝毫的畏惧。只见他从兜里掏出一条黑色头巾系在自己的额头上，而后娴熟地抽出腰间双刀，看似一场双方首领之间的恶斗已不可避免。然而就在这时，罗德里格斯那如山一般高大健壮的身躯挡在了他的女上司面前：

“雷佐小姐，您已经很累了，这次换我来吧！”

“罗德里格斯，你……”贝格尼娅小小吃了一惊。

“放心，我知道这小子的本事。就让我罗德里格斯为小姐您取下他的首级吧！”

罗德里格斯咧嘴笑了笑，用舌头舔了舔他手中那沾满血痕的弯刀，信心十足地说道。贝格尼娅有些犹豫地点点头，向后退了半步。这时，一名海盗试图从背后偷袭女上校，被她轻松反手一剑砍死。苏勒将一直盯着贝格尼娅的目光转移到罗德里格斯身上。几秒钟后，他咆哮着舞剑向罗德里格斯冲来，三把刀交织在一起拼出激烈的火花。站在外围的贝格尼娅时刻关注着两人的交战过程，并将任何企图插手决斗的海盗毫不犹豫地杀死。就这样，罗德里格斯与苏勒恶斗近百回合仍不分胜负。一旁观战的贝格尼娅心里早已心急，但出于对罗德里格斯的尊重，她按捺着性子没有出手……

在恶斗了好一会儿后，苏勒横劈一刀，在罗德里格斯的胸前划出一条长长的血口子。壮汉捂着伤口后退几步半跪下去，苏勒抓住这个机会砍向对方的头部，不过就在这千钧一发之际，贝格尼娅举剑挡住了这“致命一击”。

“哦？换成雷佐小姐来做我的对手了。不过这样临时介入他人决斗的做法似乎不太符合您‘光辉的形象’吧？”苏勒收了刀，不禁露出鄙夷的笑容。

“苏勒，我向你许诺，在你发动的第一轮攻击中我将不会还手。不过倘若你在这轮攻击中无法杀死我，那么我俩将正式进行决斗。”

“哼……没想到雷佐小姐竟然比男人还讲义气。谢谢你的好意，但是作为男人，我不能让一个女人来怜悯我。”

“少废话，来吧！”

贝格尼娅显然已经等得不耐烦了，她打断了苏勒的话并伸手示意对方先攻。于是在深呼吸了几下后，苏勒向贝格尼娅冲了过来。然而令他颇感意外的是，女上校仅仅是将双手背在身后、灵巧地躲避着一切攻击而并没有还手的意思。一轮进攻后，苏勒果然没能伤到贝格尼娅分毫……

“见鬼……你这是在侮辱我吗，我已经说过不需要一个女人的怜悯了!!”恼怒万分的苏勒咆哮起来。

“在你调整好状态之前，我是不会出手的。你当真以为刚才你与罗德里格斯决斗时我只是在看热闹？是不是因为我是个女人你就手软了？那么请允许我对你做个善意的提醒：再这样下去，我保证你很快就会没命哦！”

“看来雷佐小姐是想成为我刀下鬼中的第一个美女了！”

恼羞成怒的苏勒边吼边发动了第二轮攻势。面对来势汹汹的敌人，贝格尼娅依然有条不紊地躲避着；不过这回，她偶尔也会回刺几剑，而她的每一刺都直逼要害，令苏勒胆战心惊。终于，心高气傲的“海王子”意识到眼前这位看似美丽瘦弱的女子绝对是一名剑术高手；而在走神的毫厘之间，他的肩膀上竟多了个血口子……

远处“圣佩德罗”号的甲板上，见“圣洛伦佐”号突然停止了炮击，伊莎贝拉不禁好奇地拿起望远镜观察对方甲板上的动静。没过多久，盯着望远镜的公主脸上露出不可思议的神色：

“姐姐？天哪……真的是姐姐！她正在‘圣洛伦佐’号的甲板上与一名手持双刀的海盗决斗！”

弗洛伦西奥接过望远镜也进行了观察，很快，年轻船长也确认那名浑身是血的女子的确就是女上校；然而他却怎么也想不通贝格尼娅为何会像“变戏法”般突然出现在“圣洛伦佐”号上……

空气中弥漫起一阵血雾，贝格尼娅锋利的佩剑又一次划破了苏勒的身体。此时的苏勒可以说已是“遍体鳞伤”；与之相对的是贝格尼娅除了几处轻微擦伤外几乎安然无恙。女上校精湛的剑艺和敏捷的身手简直令人拍案叫绝……

“怎么样，苏勒，一定很舒服吧？我可是特意没有刺中你的要害哦。如果你现在向我求饶，我兴许可以考虑给你个痛快。”望着眼前半跪在地上喘着粗气的苏勒，贝格尼娅露出无情的冷笑。

“该死的……我刚才好像有说过吧，我苏勒……绝不接受女人的怜悯!!”

苏勒拭去嘴角的血痕，用布满血丝的眼睛死死盯住眼前这个他恨不得生吞活剥的女人。数秒之后，只见苏勒发出一声撕心裂肺的怒吼，纵身一跃挥舞双刀直取贝格尼娅的胸膛。不过对此早有防备的女上校再一次灵巧地躲过了对方的攻击，并顺手一剑刺中苏勒的腹部。也许是想要结束这场决斗，贝格尼娅用力一搅，剑头竟穿透了苏勒的身体。大口大口的鲜血从海盗首领的嘴里喷出，似乎一切都结束了……

“愿天主宽恕你的灵魂，苏勒……”

贝格尼娅伸出右手在胸前迅速划了个十字，准备抽剑，然而苏勒却出乎意料地一把抓住了她持剑的左手手腕，从殷红的牙缝里挤出几个字来：

“还……没……结束呢……”

说着，苏勒艰难地举起另一只手，用最后的力气挥刀砍中了贝格尼娅那纤细的玉腰，鲜血从面露惊讶的女上校口中和腰部涌出。在完成这最后一击后，苏勒松开手歪倒向一旁；而几乎同一时刻，贝格尼娅也无力地跪倒在了甲板上……

【十一】来自北美殖民地的访客

就在贝格尼娅跪下的刹那间，发觉情况不对的罗德里格斯不顾伤痛、飞一般地猛冲过来在女上司即将倒地前将其搂在自己怀中。而此时，可怜的金发姑娘已经闭上了双眼，只有挂着大块血痕的嘴角仍旧抽搐着。罗德里格斯把脸凑近了些，只听见从女上司的嘴中发出断断续续的微弱声音：

"罗德里格斯，对不起……我恐怕是……不行了。请代我转告伊莎贝拉，就说在我死后请她替我指挥军舰返回西班牙……"贝格尼娅微微睁开眼，用微弱的声音说道。

"雷佐小姐，请不要放弃希望啊！您不会倒在这里的，请再坚持一下，我这就带您去找医生！！"罗德里格斯急了，两行热泪瞬间涌出。

"谢谢你……罗德里格斯，可是……来不及了……"

贝格尼娅苦笑着摇摇头，一股殷红的血液再次从嘴里淌出。只见她逐渐歪倒在罗德里格斯的怀里，很快便完全失去了知觉。意识到情势已经严峻到容不得半刻迟疑的罗德里格斯不顾自己胸前仍在滴血的伤口，凭借一己之力将甲板上的救生艇推下海去。当他使出浑身解数推动小艇时，仿佛远在"圣佩德罗"号上的人们都能听到这位壮汉地动山摇的呐喊。

"那是罗德里格斯？奇怪，姐姐去哪里了？"放下望远镜的伊莎贝拉疑惑地喃喃自语道。

"公主殿下，您看，'圣洛伦佐'号似乎已经失去控制了。请赶紧下令向其靠拢。"

"等等！罗德里格斯手中抱着的是……姐姐？"

伊莎贝拉的脸上突然露出迷茫的神色。顺着她手指的方向，弗洛伦西奥望见罗德里格斯用绳索捆着自己的身体，手里搂着一名金发姑娘正向一艘位于“圣洛伦佐”号舷侧的小艇跳去。而那名金发姑娘毫无疑问就是贝格尼娅……

“公主殿下，我想雷佐小姐恐怕是受了重伤，她必须尽快得到医治，请让我和格拉迪诺先生立即携带医疗器材乘小艇去与罗德里格斯汇合!”

“嗯，你们快去！姐姐就拜托你们了!”

对于弗洛伦西奥前去营救贝格尼娅的提议，伊莎贝拉毫不犹豫地答应下来，同时下令水手放下小艇。大约一分钟后，由4名强壮水手担任划桨手的小艇载着弗洛伦西奥与格拉迪诺迎着罗德里格斯的小艇驶去。在望见远处有人来救援后，罗德里格斯那一直紧绷的心终于舒坦下来：

“雷佐小姐，您快看……有人来救我们了……”

这位早已透支体力的壮汉俯首对昏迷中的贝格尼娅轻语着，不过遗憾的是女上司看起来对此并无反应。逐渐地，罗德里格斯眼前的视线也逐渐模糊起来。由于胸前伤口失血过多，强壮的他也终于支撑不住，昏倒在小艇上。而几乎在同一时间，救援小艇赶到了……

在将贝格尼娅和罗德里格斯的伤口进行简单包扎后，弗洛伦西奥留下一名水手驾驶“圣洛伦佐”号的小艇，其余人则争分夺秒地将两位垂死的重伤员救回“圣佩德罗”号。当满身是血的贝格尼娅被抬上甲板时，伊莎贝拉不禁嚎啕大哭……

见公主如此伤心，弗洛伦西奥与格拉迪诺连忙一同上前对其进行安慰，并同时告诉她，贝格尼娅的腰伤虽然导致失血较多，但并未伤及内脏，也许情况不会像她想象的那样糟糕。尽管对于两位懂医之人的话伊莎贝拉仍是将信将疑，但事已至此，她也只能向上天祈祷保佑闺蜜渡过难关了。

另一边，由于苏勒的舍命掩护，“海王子”号终于驶离了“圣佩德罗”号的视线范围。海廷加一直按照苏勒的嘱咐恪尽职守地守护在昏迷的卡洛琳娜身旁。不知何时，红发女海盗的面部突然开始微弱抽动，很快，整个人也跟着痛苦地扭动起来。海廷加慌忙上前问道：

“卡洛琳娜大人，卡洛琳娜大人！您醒了吗？”

“约瑟夫，不……别离开我……”卡洛琳娜的嘴里发出含糊不清的声音。

“卡洛琳娜大人，苏勒大人他正在‘圣洛伦佐’号上与西班牙人交战呢，请您再耐心等待一下，他很快就能……”

海廷加的话音未落，卡洛琳娜突然睁开双眼坐了起来，而眼眶里则涌满了悲痛的泪水：

“刚才约瑟夫托了个梦给我。他说……”

“苏勒大人说了什么？”海廷加的面部立即紧张起来。

“约瑟夫说，他与贝格尼娅－德雷佐拼到了最后一刻……”卡洛琳娜说着，已经情不自禁地抽泣起来，“他还说，希望我今后别再做海盗了，而是作为一个普通女人好好活下去……”

“什么？难道说苏勒大人被那个金发女人给……”听到这里，海廷加已经惊恐得说不出话来。

“约瑟夫，我答应你。从今以后，我不再做海盗，而要作为一个普通女人好好活下去。但在这之前我必须取下贝格尼娅－德雷佐的性命，我要以她的首级来祭奠你的在天之灵!!”

卡洛琳娜含泪自言自语地点着头，逐渐抬高音量并攥紧了拳头。而她那凄美的眼神也打动了身旁的海廷加，年轻的海盗也暗暗下定决心，要帮助女首领实现这个作为海盗的最后愿望。

“圣佩德罗”号上，经过格拉迪诺与弗洛伦西奥的进一步治疗，贝格尼娅与罗德里格斯尽管仍未完全脱离生命危险，但伤势已趋于稳定。望着闺蜜玉腰上那令人惊悚的伤口，伊莎贝拉感到自己的心都快要碎了。这时候，弗洛伦西奥从公主背后轻声说道：

“公主殿下，您是不是该下令紧追‘圣洛伦佐’号了？倘若上面还有活着的海盗的话……”

“现在我不想听这些。我要守在姐姐身旁，直到她康复。”

“可是公主殿下……”

“我的心乱极了，请让我安静一会儿吧，拜托了！”

面对弗洛伦西奥的善意提醒，伊莎贝拉却双手抱头表示厌倦。不过就在这时，躺在床上的贝格尼娅的嘴里却发出了含糊不清的声音。惊喜的伊莎贝拉急忙扑到闺蜜的床头，只听见闺蜜用极轻微虚弱的声音说道：

“萨拉……快去……救……‘圣洛伦佐’号……”

“姐姐？姐姐你醒了么……姐姐！！”

见贝格尼娅开口说话，伊莎贝拉连忙摇着闺蜜的头呼唤起来，然而无论她怎样提高音量，闺蜜却再无反应，仿佛重新回到沉睡中一样。伊莎贝拉逐渐松开手，神色也恢复了平静：

“何塞，姐姐就拜托你和格拉迪诺医生了。我去指挥军舰追赶‘圣洛伦佐’号。”

望着做出“理智决定”的伊莎贝拉，弗洛伦西奥点头露出会心的笑容。于是公主离开医务舱，快步奔上甲板，瞭望员告诉她“圣洛伦佐”号已经驶离了己方军舰的火炮射程。伊莎贝拉忙举起望远镜进行观察，只见远处的“圣洛伦佐”号的甲板上依旧是空无一人。难道劫持军舰的海盗已经被闺蜜杀光了？带着疑惑，伊莎贝拉下令向“圣洛伦佐”号的行进方向追赶。然而在追赶了一段时间后，公主却发现双方的距离正在逐渐拉大。

“给我张满帆，全速前进！！”伊莎贝拉对水手喊道。

“公主殿下，我们现在已经是满帆啦……”水手长高声应道。

“见鬼，是因为船上人太多了嘛！这样子是不可能追上的……”

伊莎贝拉喃喃自语着，不由得露出失望的神色。倘若追不上“圣洛伦佐”号，该如何向苏醒后的闺蜜交代？想到这里，伊莎贝拉的心如猫抓，不过就在这时，瞭望员的声音让她的心更是提到了嗓子眼儿：

“西北偏西，有不明帆影！！”

心中急得六神无主的伊莎贝拉只得应声举起望远镜张望。未等她看清对方的真容，瞭望员紧接着补充了一句：

“是一艘巡航舰，悬挂着我们的旗帜！！”

“难道是‘圣塞西莉亚’号？快，向来者发出追击‘圣洛伦佐’

号的信号!”

尽管并未得到过正式培训，但聪明的伊莎贝拉知道以巡航舰的航速想要追上笨拙的战列舰肯定不是一件难事，于是她赶忙下达让来船追击“圣洛伦佐”号的命令。果然，在得到“圣佩德罗”号发出的追击信号后，那艘巡航舰改变了航向，目标直指正随波逐流的“圣洛伦佐”号。现在，伊莎贝拉几乎可以肯定那就是先前闺蜜派去科纳克里港迎接巴尔德斯和“圣洛伦佐”号滞留船员的“圣塞西莉亚”号，因此心里紧绷的那根弦稍稍放松了些。

半小时后，西班牙巡航舰与“圣佩德罗”号擦肩而过。对面舰桥上振臂高呼的贝内迪克托与巴尔德斯令伊莎贝拉心中的石头完全落地，卸下包袱的公主迫不及待地奔回下层甲板的医务舱。医务舱里，在弗洛伦西奥与格拉迪诺的监护下，贝格尼娅与罗德里格斯的状况似乎仍不见好。

“由于船上阴暗潮湿的环境，雷佐小姐和罗德里格斯先生的伤口很可能会被感染；如果那样的话……”格拉迪诺忧心忡忡地说道。

“现在唯一的利好是，二人尚未呈现发烧症状。在‘圣塞西莉亚’号赶到的情况下，我建议尽快靠岸，为二人提供更好的治疗环境。”弗洛伦西奥补充道。

“好，我这就下令向拉各斯港前进!”

听了弗洛伦西奥的建议，伊莎贝拉迫不及待地就要冲上甲板去下达前往港口的命令，不过年轻船长却又说道：

“拉各斯是葡萄牙港口，应该不会允许西班牙军舰随便进入的。恐怕殿下您需要与对方总督进行谈判……”

“谈判？你是说我必须去与葡萄牙人进行谈判？可是我的葡萄牙语有点……”一听说需要谈判，伊莎贝拉的脸立刻红了。

“没关系，如果您愿意的话我可以陪同。事不宜迟，还请您……”

“明白了，我们这就出发!”

见弗洛伦西奥愿意陪伴自己同行，兴奋的伊莎贝拉立即决定动身。此时的“圣佩德罗”号距离拉各斯港并不算遥远。公主决定在将军舰航行至距离港口200码的距离后再使用小艇上岸；为了节省时间，她还下令将昏迷的闺蜜和罗德里格斯都带在小艇上。在公主看来，这样做可能更容易让当地总督相信他们上岸的目的仅仅是为了给伤员疗伤而已。

然而就在伊莎贝拉等人为挽救贝格尼娅和罗德里格斯的性命而争分夺秒时，一个重要的角色却遭到了伙伴的“无情遗忘”，那就是先前被贝格尼娅找理由“支走”的安斯瓦尔多。当好不容易徒步抵达码头的年轻少校发现远处海面上漂着三艘军舰（分别为正调头驶向港口的“圣佩德罗”号、正向南漂流的“圣洛伦佐”号与正执行追击任务的“圣塞西莉亚”号）时，惊讶和不确定迅速盘踞了他的整个大脑。究竟是立即找一艘小艇划向“圣佩德罗”号还是继续在码头等待？安斯瓦尔多有些拿不定主意。正在犹豫不决时，他注意到“圣佩得罗”号的行驶方向正是港口，于是决定再耐心等待下去。

站在舰桥上，伊莎贝拉也猛然间想起了并未与闺蜜一同回来的安斯瓦尔多。莫不是这位年轻少校在“圣洛伦佐”号上被海盗杀死了？公主暗想着，一股惋惜悲凉之情油然而生。她知道，作为陪伴贝格尼娅13年之久的亲密战友，安斯瓦尔多的死讯对闺蜜的打击一定是无可想象的。

半小时后，“圣佩得罗”号抵达距离码头200码处，随即放下交通艇。艇上载着伊莎贝拉、弗洛伦西奥、格拉迪诺、6名全副武装的海军陆战队士兵，以及躺在担架上昏迷的贝格尼娅与罗德里格斯。在码头附近巡逻的葡萄牙小艇见到有人想要靠岸，忙上前询问。在了解到来意后，葡萄牙人很友好地允许伊莎贝拉一行人上岸。而就在他们上岸后不久，一个急切的身影出现在面前……

“安斯瓦尔多!?”伊莎贝拉激动地叫出声来。

“公主殿下，谢天谢地总算见到你们了！天哪……雷佐小姐她怎么了?”安斯瓦尔多在惊喜的同时由于看到了躺在担架上的女上司，随即露出愁容。

“姐姐她在与海盗的战斗中受了重伤，因此我打算把她带到陆上来治疗。”

伊莎贝拉说着，向安斯瓦尔多展示了闺蜜腰部缠着的渗出血迹的绷带。望着绷带上的大片殷红和女上司昏迷中紧锁双眉的憔悴面容，安斯瓦尔多的眼眶不禁湿润了……

不久，在得到葡萄牙总督的慷慨相助后，伊莎贝拉得以将闺蜜与罗德里格斯及时送至拉各斯唯一的一家医院进行救治。在救治过程中，弗洛伦西奥与格拉迪诺一直在病房协助当地土著医生，在大家的共同努力下，贝格尼娅与罗德里格斯均未出现发烧症状，平稳度过了对伤势影响颇为关键的最初两天。第三天早晨，罗德里格斯苏醒；然而伤势更重的贝格尼娅却依然处于昏迷之中。对此，格拉迪诺甚至悲观地认为以女上校目前的状况，恐怕比半年前那次重伤所导致的昏迷时间还要长。不过就在医生发表了令伊莎贝拉几乎绝望的看法后，奇迹在第五天晚上出现了：贝格尼娅在一阵突如其来的猛烈咳嗽声中逐渐恢复了神智……

“真见鬼……我……怎么躺在这儿？我的腰……好痛……”想要坐起身子的女上校却因腰间伤口的疼痛而不得不再度躺卧下去。

“姐姐，你的伤很重，现在不可以乱动啊！”伊莎贝拉连忙上前扶住闺蜜。

“‘圣洛伦佐’……‘圣洛伦佐’号追回来了吗？”手捂伤口、面部显得十分痛苦的贝格尼娅急切地问道。

“放心吧，它早已被‘圣塞西莉亚’号追回了。姐姐……你现在要安心养伤，千万别再……”说着，伊莎贝拉的脸上落下泪来。

“萨拉，对不起，我又辜负了你……”

“姐姐……你要好好保重自己，其他的说什么都没用……”

面对闺蜜的道歉，伊莎贝拉拭去泪水，在轻声说了两句后便起身离去。贝格尼娅吃惊地望着闺蜜的背影，张着嘴却再也说不出话来。领悟了对方心意的女上校此刻已是羞愧万分。

晚上，葡萄牙总督亲自前来探望贝格尼娅，这令女上校感激不已。总督为养伤中的西班牙姑娘带来了丰盛的美食和补品，并祝福她早日康复。对于总督的大度，连伊莎贝拉都始料不及，原本为了能让闺蜜在陆上得到救治，公主甚至做好了与葡萄牙人打口水仗的准备。

在又休息了数日后，尽管腰部的疼痛依旧，但已经能下床自由行动的贝格尼娅还是决定不在拉各斯耽搁更多的时间。于是在道谢和告别葡萄牙总督后，贝格尼娅和她的小舰队继续踏上了他们的南行之旅。

“雷佐小姐，请您一定要记住，三个月之内不能冲动和发火，否则很可能会导致伤口崩裂……”

土著医生在临别时的劝诫不时回响在贝格尼娅的耳边；而每当下意识地摸起仍隐隐作痛的腰部伤口时，女上校也会想起闺蜜因自己受伤而哭泣的模样，这些话语和神态无时无刻不敲打着她：人并不是仅仅为了自己而活着……

离开拉各斯向南航行后不久，贝格尼娅的舰队便穿越了传说中的“地球最热地带”——赤道。这对于贝格尼娅来说无疑是道“鬼门关”。要知道，顶着烈日的女上校在忍受炎热的同时还承受着伤口在高温下随时可能化脓的危险。与身为汉子的罗德里格斯不同，身为女性的贝格尼娅自然不能在公众面前裸露自己的身体，这样一来，得不到透气的伤口很快便会因夹杂在汗水中而发生化脓。对此，伊莎贝拉“严格”要求闺蜜每天必须更换两次绷带，并由自己亲自为其实施。即便如此，每当更换绷带时，因被汗水粘住伤疤而导致的撕开时的疼痛依然令女上校几乎难以忍受；而当她因此而发出呻吟时，伊莎贝拉总不忘“教训”她两句：

“看吧，姐姐，这就是你大意的下场，以后看你还敢不敢了？”

“再也不敢啦！萨拉，愿天主能够原谅我这个自大的家伙吧。”而每当闺蜜“教训”时，贝格尼娅也服软地这般答道。

就这样，又度过了三周时间，随着5月份的到来和逐渐远离热带海域，贝格尼娅的伤情得以稳定。在一次例行的揭开绷带上药时，伊莎贝拉欣喜地告知闺蜜腰间的伤口终于结疤了；而在对照镜子确认过后，贝格尼娅激动地抱着闺蜜亲吻起来……

5月18日，贝格尼娅的小舰队途径非洲西南海岸一座名为卡里比布的小港口。巧合的是，这也是一座由葡萄牙人控制的港口，不过论规模与拉各斯相比则实在是不值得一提。尽管港口过小，但为了补充舰上已严重不足的淡水，除了进港求助外，女上校别无选择。

在得到葡萄牙人的许可后，作为首领的贝格尼娅在伊莎贝拉、弗洛伦西奥的陪同下前往总督府与葡萄牙总督谈判，而安斯瓦尔多、巴尔德斯与罗德里格斯（被贝格尼娅新任命为“圣塞西莉亚”号的代理舰长）则分别留在3艘军舰上担负警戒任务。大约过了一小时，前往谈判的女上校一行人仍无消息，留在“圣佩德罗”号上的安斯瓦尔多不禁心中躁动起来，不过就在这时，瞭望员却向年轻少校喊了起来：

“安斯瓦尔多先生，有一艘小艇正从码头向我们这里划来，艇上貌似只有一个人!”

得到报告的安斯瓦尔多忙举起望远镜向码头望去，很快，他便锁定了瞭望员所说的那个目标；同时疑惑也在年轻少校的脸上逐渐绽开。从来者矮小瘦弱的身材来看，甚至像个女孩，不过由于对方戴着帽子并用围巾捂着嘴，无法看清脸庞。眼见对方已经行驶至“圣佩德罗”号的船舷边，安斯瓦尔多下令水手放下舷梯。不多时，那名来访者顺着舷梯爬了上来。

“请问您来我舰有何贵干?”

“我叫迭戈－哈梅斯，请问您是这艘西班牙军舰的舰长吗?”对方用一种低而古怪的声音问道。

“很抱歉我不是。这艘军舰的舰长是贝格尼娅－德雷佐上校，她目前正在岸上办事。我是大副胡安－安斯瓦尔多。”

“安斯瓦尔多先生，我能与您单独聊聊吗?”

“这……好吧，哈梅斯先生，请您随我来。”

犹豫片刻后，安斯瓦尔多竟阴差阳错地答应了对方的请求。于是这位矮小神秘的访客在年轻少校的指引下来到了舰长室。安斯瓦尔多关上房门，彬彬有礼地请对方在沙发上坐下，然而就在这时，对方却主动摘下了自己的帽子和围巾。刹那间，安斯瓦尔多发现自己眼前站着的竟是一位留着齐耳短发、面容清秀的姑娘，不由得被完全惊呆了。

“安斯瓦尔多先生，请您别紧张，我只是不想让普通水手知道我是个女孩。我的真名叫丹妮莉丝－哈梅斯，是一名北美殖民地的西班牙后裔。”见安斯瓦尔多神情不对，姑娘主动开口道。

“您是北美殖民地人？可是您怎么会来到如此遥远的非洲……”安斯瓦尔多有些迟疑地问道。

“别看我又瘦又小，我可是个冒险家呢！但是很不走运，我被困在这座小港口已经有些时日了。所以……你们能带我离开这里吗？求求你们啦，看在我也是西班牙后裔的份上！”

“这……我必须禀报雷佐小姐才能给您做出答复。”

在丹妮莉丝的恳求下，手中并无实权的安斯瓦尔多只能答应替她向贝格尼娅请示。殖民地姑娘激动地起身向年轻少校道谢。正在这时，有水手敲门告知安斯瓦尔多贝格尼娅等人似乎回来了。年轻少校忙请殖民地姑娘在舰长室内稍坐，自己则出门迎接女上司。见安斯瓦尔多离开，丹妮莉丝不禁好奇地起身踱到贝格尼娅的办公桌前仔细端详一番……

安斯瓦尔多笔挺地站在登船口迎候女上司的归来。不多时，贝格尼娅顺着舷梯爬上甲板，不过脸上却是“阴云密布”。难道是谈判失败了，年轻少校暗想着，“小心谨慎”地开口问道：

“雷佐小姐，谈判情况如何?”

“哎……别提了！总督说港口的淡水也很紧张，如果一定要的话，就得拿出钱来。每一桶淡水要 20 比索，这简直就是敲诈嘛！而且说话态度相当恶劣，我可是西班牙皇家海军高级军官呐，那个家伙凭什么对我指手画脚的!”贝格尼娅说着，面露愤慨之色地边跺脚边不住地喘着粗气。

“姐姐息怒，千万别因为这点小事再伤了身体。钱不是大问题，可是我们不能没有淡水呀!”

“真是……气得我腰又痛了!”

越说越激动的贝格尼娅下意识地用手捂住了自己腰间的伤口。身旁的伊莎贝拉忙伸手扶住闺蜜。见女上司的表情稍稍得到缓和，安斯瓦尔多润了润嗓子道：

“雷佐小姐，刚才在您上岸谈判时，有一位来自北美殖民地的探险家拜访了我舰，她……”

“她？你的意思是访客是一位女性?”

“是的，访客是一位看上去十分年轻的姑娘。她说自己是北美西班牙人的后裔，现在正在舰长室等您呢。”

见女上司恢复了一贯温和的表情，安斯瓦尔多也安心了许多，于是点点头，引导女上司去见丹妮莉丝。当舰长室的门被推开时，年轻的殖民地姑娘正双手置于膝盖端坐在沙发上。见到一身戎装的贝格尼娅出现，她连忙起身毕恭毕敬地行礼道：

“久闻雷佐小姐大名，今日得以相见，真是天主的赐福!”

“客气了。请问小姐怎么称呼?”见对方如此有礼貌，贝格尼娅的心情显然更好了些。

“小女名叫丹妮莉丝－亚美莉嘉－哈梅斯。雷佐小姐，如果您愿意的话可直呼我丹妮莉丝。”丹妮莉丝边说边开心地笑了起来。当她微笑时，脸蛋上的两个小酒窝相当怡人。

“当然可以哦！丹妮莉丝，能告诉我你多大了吗?”

“我……下个月就满 19 岁了。”丹妮莉丝略带羞涩地低下头去。

“天哪，好年轻呢！年轻真好……”一听对方只有 18 岁，贝格尼娅立即尖叫着露出羡慕的神色。

“其实……我倒期盼着自己能更成熟一些。雷佐小姐，我之所以立志‘周游世界’，其实只是为了找回失散多年的哥哥。他是我现在唯一的亲人。当然……也可能早已不在这个人世了……”丹妮莉丝说着，眼中掠过一丝伤感。

“丹妮莉丝，请振作起来吧！我相信你的哥哥一定还活在这个世上，并且我要帮助你完成这个梦想！”

“这么说，雷佐小姐您同意我随船同行了?”丹妮莉丝抬起头，露出惊喜的神色。

“当然！欢迎丹妮莉丝妹妹加入我们的大家庭哦……”

贝格尼娅面带温和的笑容点点头，张开双臂给了丹妮莉丝一个深情的拥抱。而站在一旁的伊莎贝拉等人都由衷地鼓起掌来。

由于丹妮莉丝自称在卡里比布已经待过一段时间，贝格尼娅趁机向其询问港口附近哪里可以取到淡水资源。而丹妮莉丝也确实没有令女上校失望，在她的指引下，“西班牙探险小队”在距离卡里比布港南边数海里（约合十多千米）开外找到了一条流入大西洋的河流。虽然这仅仅是一条水流量并不大的季节性河流，但仍足以令贝格尼娅等人欣喜万分了。当即，女上校决定将河里的淡水用木桶盛放并运送上舰。

在得到淡水的补充和丹妮莉丝的加入后，贝格尼娅的小舰队满怀希望地驶向西非之旅的终点——荷兰在非洲的重要殖民据点开普敦。而等待他们的又将会是什么呢……

【十二】开普敦之夜

早在贝格尼娅的小舰队抵达开普敦之前将近300年，葡萄牙航海家巴托罗缪－迪亚士便到过这里，并在这个“南非之角”建立了最早的居民点。日复一日，年复一年，开普敦逐渐被建成一座兴旺发达的港市；而随着葡萄牙的衰败，这里也变成了海上新兴贸易巨头荷兰的领地。不过时过境迁，曾经的“海上马车夫”荷兰也早已江河日下。18世纪下半叶的开普敦，尽管城市规模依然宏大，但却早已失去了昔日的风采。

当贝格尼娅遥望见开普敦港那恢宏的身影时已是5月27日的下午了。由于地处南半球，这里的气候恰恰与北半球相反，5月末当属深秋季节。站在甲板上吹着凉爽的秋风，贝格尼娅感觉心情从未像此刻这般舒畅过。伊莎贝拉也是如此，在这位娇贵公主看来，这里恐怕是她此生所能抵达的世界最南端了。

对于西班牙访客，荷兰人很友好地派出拖船将这3艘军舰拖入港内。接近码头时，贝格尼娅惊奇地发现港内竟停泊着数艘飘扬着鸢尾花旗帜的法国战列舰。这些战列舰看上去都像是标准的“74炮”。难道说苏特也在这里？贝格尼娅的心中立刻产生了“美妙的幻想”；不过很快，她便捏捏自己的脸蛋儿使自己清醒过来。

“苏特怎么会来这种地方呢？一定是你多心了吧！”她这样对自己说道。

上岸后，贝格尼娅一行人很快便被带去当地的总督府会见荷兰总督，而在总督府里，贝格尼娅遇见了一个“熟悉的陌生人”，那就是她在法国留学期间室友玛丽恩的父亲、法国鼎鼎大名的海军将领德格拉斯伯爵。

“竟然是雷佐小姐？我该不会是老眼昏花了吧！哈哈……”见到

女儿的好友，德格拉斯伯爵的惊喜甚至大于贝格尼娅。

“您没看错哟，伯爵大人，我是贝格尼娅-德雷佐，目前正在执行卡洛斯陛下交代的环球航行任务。倒是您……怎么会到这儿来呢？”

“我也是来执行任务哟，不过目的地是塔马塔夫（位于非洲东南海岸外的马达加斯加岛）。因为开普敦总督范德尼尔松是我的好友，因此在这里停歇几日。6年不见，雷佐小姐变得更加成熟美丽啦！”

“谢谢您，伯爵大人！有一件事我不知道该不该开口问您，是关于那个人的……”贝格尼娅的脸上顿时露出红晕，行为也忸怩起来。

“哈哈……是想打听关于苏特的消息吧？很巧哦，这次那孩子也和我一起来了，担任旗舰“普鲁托”号（Pluton，一艘于1778年服役的法国新式74门炮战列舰）的舰长。这会儿他到尼扬加的街市上去了，不过别担心，等到晚宴时他肯定会回来的。”老伯爵爽朗地笑着拍着贝格尼娅的肩膀说道。

“真的吗？那么……我还有个问题想请问您，苏特他……结过婚了吗？”

贝格尼娅激动地踮起脚尖贴着伯爵的耳边问道。只见老伯爵微微摇了摇他那头发灰白的脑袋并冲贝格尼娅诙谐地使了个眼色。机敏的西班牙姑娘很快便明白了他的意思。于是在恭敬地向老伯爵和总督道别后，女上校一溜烟儿没了踪影……

一小时后，映衬着晚霞的红艳，贝格尼娅也走在了尼扬加的街市上。尼扬加地处开普敦市中心，大街上往来的人们甚是喧嚣。见有一位身着醒目红黑衫、金发碧眼的美丽姑娘从身旁走过，市民们不由得纷纷回头并向其热情地打起招呼来，而这反而令贝格尼娅更觉得羞涩。她开始后悔出门时没带上假发和帽子，导致自己变成了过于“醒目”的目标。不过就在她不知接下来该去哪里时，前面大约十几步开外的一家高雅咖啡馆的门开了，从里面走出一个熟悉的身影：

“苏特……”

望着那个高大的身影，贝格尼娅不禁喃喃低语出了那个令她期盼已久的名字。不过未等她勇敢地将这个名字大声呼喊出来，一名身着华丽裙服的妖娆女子也紧随苏特身后走出了咖啡馆，并且西班牙姑娘可以清楚地看到两人的手是挽在一起的。

“范德尼尔松小姐（即荷兰总督范德尼尔松的女儿），我想我们该回去赴晚宴了，如果迟了的话您的父亲恐怕会……”

“兰德沃克先生，等会儿您可以再陪我出来散散步吗？”女子含情脉脉地低语道。

“当然，能与您这样令阿弗洛狄忒（希腊神话中的爱与美之神）也黯然失色的美丽姑娘在一起幽会是我苏特无上的荣幸。”

苏特面带温柔的笑容边说着边轻轻托起总督女儿白皙的手吻了下。尽管当时光线已经较暗，两人之间的对话声音也不大，但贝格尼娅却清楚地用眼睛和耳朵记录下了这一幕。刹那间，西班牙姑娘的眼角落下了晶莹的泪珠。而就在此时，苏特恰巧回过头来……

“雷佐小姐？……”

未等法国青年的话音落下，贝格尼娅已经掩面转身快步跑开。正准备去追赶的苏特却被总督女儿一把拉住：

“兰德沃克先生，您怎么了？”

“啊……没……没什么，也许是我认错人了，抱歉……”

苏特有些木讷地摇摇头，拉着总督女儿的手继续向前走去，不过此时此刻，法国青年还是不由自主地回头朝西班牙姑娘消失的方向多看了一眼……

奔跑在大街上，贝格尼娅终于忍不住失声痛哭起来，泪水从她那捂着脸的指缝中流出。恐怕西班牙姑娘怎么也不会想到，自己满心期待的一段在开普敦与心仪之人的“浪漫邂逅”竟会演变成这样的结局。数分钟后，当转过一个路口时，失魂落魄的贝格尼娅与一名行人撞在了一起……

“对不起……”

“雷佐小姐？您不是去总督府了吗？怎么会在这里？”

“安斯瓦尔多？”

贝格尼娅诧异地抬起头，发现被自己撞个满怀的人竟是自己的部下，顿时更觉得尴尬。也许是注意到女上司那哭得红肿的双眼和脸上仍旧残留的泪痕，安斯瓦尔多露出了更加吃惊的神色：

“小姐，您……发生了什么事吗？”

“不，没什么。谢谢你的关心，安斯瓦尔多……”

贝格尼娅勉强笑了笑，转身准备离去，不过还没迈出步子，她似乎又改变了主意：

“安斯瓦尔多，你……能陪我去酒馆坐坐吗？”

“当然没问题。不过……您不是应当去赴宴的吗？”

“我不想参加什么宴会了。走，陪我喝酒去！”

贝格尼娅说着，竟不由分说地挽起安斯瓦尔多的胳膊向酒馆走去。满面通红的年轻少校的心不禁狂跳起来。

很快，贝格尼娅挽着安斯瓦尔多走进了一家名为“威廉－奥伦治亲王”的大型酒馆。自踏进酒馆木门的那一刻起，容貌出众的贝格尼娅便被几乎馆内所有人的目光所环绕。口哨声与呼唤声此起彼伏，然而女上校对此似乎全然不顾，径直走到酒保面前要了一桶容量最大、酒精度最高的烈酒。见女上司如此非同寻常的举动，安斯瓦尔多立刻有了一种不祥的预感。

“安斯瓦尔多！别傻站在那儿了，帮我把这个酒桶搬到那边靠墙的座位下去，我这该死的腰使不上劲儿……”

贝格尼娅一阵催促的声音将发愣的安斯瓦尔多“唤醒”，年轻少校慌忙上前扛起酒桶随女上司走向墙边的座位。当把酒桶重重放在酒桌下时，安斯瓦尔多对于两人是否能喝完这一桶酒产生了怀疑：

“小姐，这可是酒精度最高的烈酒，单凭我们俩……”

“怕什么？不过光喝酒可不行哦，我先去弄点吃的。”

贝格尼娅冲安斯瓦尔多不屑地笑了笑，起身再次向酒保柜台走去。然而就在她穿行于酒桌间时意外却发生了：不知是谁用“咸猪手”拍了一下贝格尼娅的臀部；而西班牙姑娘则毫不犹豫地回手对那人就是一巴掌……

“臭女人，竟然敢打老子？”那人捂着脸恼羞成怒地骂道。

“你再碰我一下试试……”贝格尼娅转过身，用冰冷的口气回应道。

“臭女人，看老子不收拾你！”

“嘭！！”

随着一声闷响，那人后仰倒地昏了过去。原来不等他话音落下，贝格尼娅已经抡起她那强有力的长腿狠狠一脚踢中了对方的面门。见此情形，立即有几名水手打扮的壮汉站起身来；安斯瓦尔多也捋起袖子准备厮打，不过就在这时却从人群中传来一个声音：

“她是贝格尼娅－德雷佐，西班牙皇家海军的那个可怕女人！！”

“不好，快逃啊……”

令人惊异的一幕发生了，在贝格尼娅的名字被陌生人高声报出后，那些强壮的水手竟然惊慌失措地夺路而逃。酒馆里霎时散去了一小半人。望着眼前变得空荡荡的一排排桌椅，甚至连贝格尼娅自己都略显尴尬地撇了撇嘴：

“我有那么可怕吗？讨厌……人家明明是个可爱的姑娘呀！”

见危机“戏剧性”地被解除，安斯瓦尔多也松了口气。他原本以为鲁莽的女上司又要把这里变为“战场”了。不多时，端着餐盘的贝格尼娅回到座位旁，年轻少校慌忙替女上司将杯中的酒斟满。女上校手握酒杯，转动着她那蔚蓝迷人的眼睛以温和的语气说道：

“安斯瓦尔多，你还记得我俩是什么时候认识的吗？”

“啊？那个嘛……好像是1766年的秋天吧……”安斯瓦尔多显得有些结巴地答道。

“时间过得真快，转眼间我俩认识都快13年了呢！说起来在现在的船队里，除去萨拉，与我在一起时间最长的人就是你胡安－安斯瓦尔多了吧？虽然你我是上下级同僚关系，但我一直都是把你当成朋友来看待的……”

“啊……这真是属下的荣幸！”

“胡安，来，为我俩13年的友情干杯！”

贝格尼娅出乎意料地以女性特有的亲切口吻直呼安斯瓦尔多的名

字，同时主动举起酒杯敬酒。年轻少校自然是毫不犹豫地碰杯后一饮而尽。然而未等他缓过劲来，女上司已经替他再次斟满了酒：

“胡安，这第二杯酒还是我敬你。我要谢谢你这么多年来一直陪伴在我身旁，尤其是你为我付出了那么多。真的，非常感谢！”

“小姐，能够为您和雷佐家效忠是胡安毕生的愿望！”

面对女上司的再次敬酒，激动的安斯瓦尔多竟从座位上起立相迎。贝格尼娅忙示意他放松些，并干净利落地一仰脖子将杯中的酒喝了个精光，安斯瓦尔多也紧随其后。两杯烈酒下肚，年轻少校的脸上已经泛起了红晕……

“吃些东西垫垫肚子吧，喏，这块法式烤羊排是我专门为你点的。如果我没记错的话，你应该很喜欢吃这个……”

“啊……小姐……您竟然……”望着眼前盘中香气扑鼻的羊排，惊讶得张大了嘴的安斯瓦尔多竟眼眶湿润了。

“怎么了？难道是我记错了？咳咳……”

“不不，我的意思是……您竟然记得我这个属下所喜欢的料理，这……实在令我感激涕零！！”

“咳咳……吓了我一跳，我还真以为自己记错了呢！喜欢就好，快……趁热吃了吧。”

贝格尼娅捶了捶自己的胸脯，摆出一副如释重负的模样，随即再度露出笑容。于是安斯瓦尔多“遵从上级指示”小心翼翼地拿起刀叉开始用餐，而贝格尼娅则保持着自己那暖人的微笑，边“欣赏”着桌对面年轻少校用餐的姿态边悠然地喝着自己杯中的美酒。当安斯瓦尔多将整块羊排消灭干净抬起头来时，贝格尼娅已经独自又喝下了两杯酒；而她餐盘中那块本就显得“小巧玲珑”的面包却纹丝未动……

“小姐，您也吃些东西吧！若只喝酒的话，只怕您的身体……”

“抱歉，我现在没有胃口。对了，胡安，你是否还记得我俩第一次单独出去喝酒时的情形……”

“第一次嘛……难道是10年前出航到哈瓦那的时候？”

面对女上司的突然提问，安斯瓦尔多显然没有做好准备，不过在稍愣片刻后还是迅速做出了回答。贝格尼娅笑着点点头，把目光投向窗外。夜幕已将窗外的一切染得漆黑，而女上校的思绪似乎也飞回了10 年前的那个夜晚……

1769 年 1 月，更换座舰不久的冈萨雷斯所执行的第一个出海任务便是指挥崭新的“圣洛伦佐”号战列舰随舰队前往哈瓦那执行护航任务。舰队安全抵达哈瓦那的当天恰好是贝格尼娅的 17 岁生日，在征得叔父同意后，贝格尼娅得到上岸逛街的机会。不过也许是出于对自己任性侄女的不放心，冈萨雷斯嘱咐安斯瓦尔多监视贝格尼娅上岸后可能进行的任何活动。于是年轻少尉小心翼翼地保持一定的距离尾随在舰长侄女的身后，不过他的行动却没能逃过对方的眼睛。只见在走过几条街道后，女孩猛地转身、气呼呼地叉腰问道：

“安斯瓦尔多先生，你到底要跟踪我到什么时候呀！一定又是叔父指派你来的吧？”

“啊……雷佐小姐，您一定是误会了……”被吓得满脸是汗的安斯瓦尔多慌忙摇着双手予以否认。

“还想狡辩？啧啧……你当本小姐是傻瓜啊！也罢，既然你跟踪我，不如陪我一起玩好了……”一向以“脾气火爆”著称的贝格尼娅本想指着安斯瓦尔多的鼻子大骂一通；但在眼珠一转后，女孩的脸上突然露出了诡异的笑容。

“走，陪我喝酒去！”

“陪……陪您喝酒？您不会是在开玩笑吧！”

“没有哦，本小姐可是认真的。安斯瓦尔多先生，请你给我个答案，究竟是去还是不去？若不去的话麻烦你立即从我眼前消失，否则休怪我无情！”

“这……那好吧，我去。”无奈之下，为了完成舰长的任务，安斯瓦尔多只能垂头丧气地答应下来。

“太好了，我就知道你会答应我的，安斯瓦尔多先生。那么我们现在就向‘罗塞利老船长酒馆’出发吧！”

望着眼前欢欣雀跃的贝格尼娅，安斯瓦尔多真不知该说什么才好。

尽管已经17岁了，但很明显，年轻女少尉仍旧充满了孩童般的天真和任性……

走进酒馆，当两人面对面坐下时，安斯瓦尔多已经紧张得甚至不敢正眼看贝格尼娅。在经过短暂的“尴尬”后，女孩突然哈哈大笑起来：

“安斯瓦尔多先生，我觉得我俩真应该交换一下。你瞧瞧你，就像是个羞涩的姑娘；而我，当然是个顶天立地的男子汉！”

“雷佐小姐，我……”

“够了，别再支支吾吾的，喏，把这杯酒干了！”

贝格尼娅露出不屑的神色，紧接着将一杯斟满酒的酒杯推至安斯瓦尔多的面前。望着杯中酒精味浓郁的烈酒，年轻少尉不禁犹豫了：

“小姐……这一大杯……”

“安斯瓦尔多，我最后问你一遍，你到底是不是男子汉？是的话就少废话，痛快地把酒喝掉，不是的话就马上给我滚!!”

看见对方踌躇不决的模样，贝格尼娅顿时火了。只见她狠狠一拍桌子站起身，用手指向安斯瓦尔多厉声问了起来。她的这一声嗓门是如此之大，以至于整个酒馆的酒客们都惊讶地回过头来。安斯瓦尔多的脸上露出无比尴尬的面容，但为了不把事态搞大，他只得以最快的速度将杯中的酒饮尽……

“没想到您还记着那件丑事……”听完贝格尼娅的追忆，安斯瓦尔多不禁涨红了脸。

“咳咳……当时的我真是太轻狂了。难为你了，胡安，感谢你对我一直以来的包容。”

干咳了两声的贝格尼娅很快也露出难为情的笑容，并一仰脖子将自己的杯中酒喝光。这已经是她的第五杯烈酒了，而在这杯酒下肚后，女上校原本粉白的脸上终于泛起了一丝醉酒的红晕。

“不行，小姐，您真的不能再这样喝下去了！或者您先用面包垫垫肚子，然后我再陪您喝个痛快。”

“怎么了胡安，难道……你认为我醉了吗？我有在你面前喝醉过？

难道你听说过我曾喝醉过？我贝格尼娅的酒量……岂是你们这些‘奶油小生’所能比的？”

红着脸的贝格尼娅捂嘴冲安斯瓦尔多笑了笑，忍不住打了个酒嗝。从说话声音可以分辨出，她的口舌已经有些不利索了，不过仍未打算听从部下的劝诫。只见女上校仍然旋开木桶阀门，为自己接了第六杯“满至溢出”的烈酒。见此情形，心中担忧的安斯瓦尔多冒着被掌掴的风险伸手摁住了女上司的手腕：

“您真的不能再喝了……”

“啪……”

话音未落，可怜的安斯瓦尔多果真挨了贝格尼娅一巴掌。紧接着，女上校看似有些愤怒地起身揪着年轻少校的领子喝道：

“胡安-安斯瓦尔多先生！身为下级，你竟敢质疑你的舰长？我看你是活腻了吧!!”

“我从未质疑过您的权威，但是您真的不能再……”

“啪……”

未等安斯瓦尔多把话说完，另一个红红的五指印已经印在了他的脸上。见年轻少校稍稍愣了下，贝格尼娅趁机将对方一把推开，捡起桌上的酒杯便将杯中的酒一股脑儿倒进自己的嘴中。不过也许是真的有些晕乎了，贝格尼娅在喝下这杯酒时竟罕见地弄湿了自己的衣襟。饮毕，女上校将酒杯扔在地上，自己也重重地坐回到座位上……

“头……好晕，我……这是怎么了……”

“恐怕您是喝多了。请吃一些食物，或者现在我就把您送回总督府去。”

“不……我不回去。胡安……过来……到我身边来……”

“雷佐小姐？”安斯瓦尔多不觉大吃一惊。

“来嘛……我叫你过来你就过来……能不能别磨蹭呐……”

神志不清的贝格尼娅边说着边皱眉露出一丝发怒的模样。犹豫片刻的安斯瓦尔多只能依从。只见年轻少校走到女上司面前，不过仍保持着一定的距离。就在此时，贝格尼娅突然以迅雷不及掩耳之势起身与安斯瓦尔多紧紧搂在一起：

“胡安……我……喜欢你……”

女上校微微动了动她那如樱桃般润泽的朱唇，发出含糊不清的声音。霎时间，年轻少校宛若中邪般目瞪口呆……

总督府的宴会大厅里……

距离晚宴开始已经足足过去了一个时辰，甚至连摆放在诸位贵宾面前原本冒着热气的佳肴都已冷却，贝格尼娅却仍旧不见踪影。对此，面面相觑的范德尼尔松总督与德格拉斯伯爵都露出疑惑的神色；伊莎贝拉也对闺蜜的反常举动产生了担忧。不过在座的各位中内心最不安的恐怕要数苏特了，坐在总督女儿身旁的法国青年回想起在街市上与西班牙姑娘偶遇后的情形时简直坐如针毡……

“不能因为一个人使整个晚宴告吹。总督大人，我认为我们现在应该开始了。”

在沉寂许久后，德格拉斯伯爵首先打破了僵局。对于老伯爵的提议，范德尼尔松总督表示赞同，于是晚宴就在缺少贝格尼娅的情况下开席了。

酒馆中，“离奇”的故事仍在延续。在向安斯瓦尔多“吐露真心”后，已经完全神志不清的贝格尼娅如烂泥般瘫倒在对方怀里，甚至呕吐起来，将大块含有浓重酒精味的呕吐物喷洒在了安斯瓦尔多的衣襟上。不过看起来年轻少校并不在意女上司弄脏了自己的外套，只见他不停地拍打着女上司的后背，试图使其将更多的酒精呕吐出来。不多时，桌椅和地板上就布满了这位可怜的醉酒姑娘的呕吐物。距离他俩较近的酒客都悄悄起身远离了这里；掌柜指使店员扔了一块抹布给安斯瓦尔多，要求他把呕吐物全部擦拭干净。年轻少校不得不先将女上司转移到旁边一张干净的桌子上后再去清扫。就在这无比“艰难”的时刻，一个如救星般令人振奋的声音传到他的耳朵里：

“安斯瓦尔多先生，您怎么会在这里？还有雷佐小姐……”

安斯瓦尔多很快便分辨出那是安东尼奥的声音，于是回过头去，伯爵儿子已经站在自己的面前了。年轻少校擦去额头上的汗珠，勉强露出一丝笑意：

“帕斯奎斯先生，太好了，能帮忙一起把这些雷佐小姐的呕吐物清理一下吗，万分感谢！”

“哦……没问题！可是……雷佐小姐怎么会吐成这个样子？”

“说实话我也不清楚小姐她为何要喝这么多酒。也许……咳，没那么多也许了。那块区域归您了呀，辛苦了！”

面露踌躇的安斯瓦尔多没有将话说下去，而是将一块干净的抹布扔给安东尼奥，于是伯爵儿子也跟着忙碌起来。在他俩的齐心协力下，大约十分钟后，贝格尼娅的呕吐物终于被全部清理；而此时的女上校本人早已陷入深深的昏睡中。清理完桌椅和地板的安斯瓦尔多在将自己身上的呕吐物也清洗掉之后，终于长长地舒了口气：

“谢天谢地，总算清理干净了！接下来该想办法把小姐弄回总督府去了。”

“我帮您一起吧？”

“太好了，那就麻烦您啦！”

安斯瓦尔多高兴地接受了安东尼奥的请求，于是两人一边一个将昏睡的女上校架起离开了酒馆。走在大街上，路人纷纷向这3位年轻人投来好奇的目光；觉得有些丢人的安东尼奥慌忙低下头去，只有安斯瓦尔多仍旧咬紧牙关昂首前行着。幸好已经是晚上了……

晚宴结束后，放心不下的伊莎贝拉独自离开总督府去寻找闺蜜；与此同时，总督女儿也希望苏特陪她再去街市散散步。经不住美女百般撒娇的苏特虽然心中烦躁不安，但到底还是接受了对方的邀请……

由于满脑子里都惦记着西班牙姑娘，再次走在尼扬加街市上的苏特对于总督女儿的“殷勤”显得有些心不在焉。当两人转过一个街角时，正逐渐远去的3位青年的背影吸引住了法国青年的目光，那便是架着贝格尼娅往总督府蹒跚而行的安斯瓦尔多与安东尼奥！苏特不由自主地松开了先前握着总督女儿的手。

“兰德沃克先生？”

“抱歉失陪一下……”

不愿再次让“机会”擦肩而过的苏特边向总督女儿做出抱歉的手势边加速向贝格尼娅等人奔去。行进中的安斯瓦尔多听见有人在呼唤“雷佐小姐”的名字，便不由自主地回过头去，只见苏特已经跑到了身后。

“雷佐小姐她怎么了？”

“请问您是？”由于并未与苏特打过交道，对于一位“路人”突然关心自己的女上司，安斯瓦尔多颇为疑惑。

“我是苏特-德兰德沃克，雷佐小姐在法国留学期间的同学。接下来的事请交给我吧，辛苦二位了。”

苏特说着，深吸了一口气，弯下腰将贝格尼娅背在自己的背上。看得出，法国青年因用力过猛甚至将自己的脸憋得通红。不过在调节呼吸后，他还是坚持没有松手，并试着向前迈出步子。很快，他便适应了西班牙姑娘的重量，开始稳步行走。出于担心，安斯瓦尔多与安东尼奥还是尾随其后一同向总督府走去。

夜已经很深了。当背着贝格尼娅的苏特在安斯瓦尔多与安东尼奥的护送下抵达总督府时，在外搜索一圈无果返回休息的伊莎贝拉恰好碰见了他们。望着被苏特背在背后且金发凌乱的闺蜜，惊讶的伊莎贝拉甚至将手中的挎包也滑落在地上！

“姐姐她这是怎么了？”

“我很抱歉，小姐她喝醉了酒……”安斯瓦尔多低声答道。

“真见鬼，是你们3个把姐姐灌醉的吗？”伊莎贝拉立即问道。

“公主殿下，是我陪雷佐小姐喝的酒，与他们二位无关……”

“啪……”

未等安斯瓦尔多话音落下，来自伊莎贝拉的一记响亮的耳光已经狠狠地抽在了他的脸上。由于力度过大，年轻少校的嘴角甚至被抽出了血。这还不算完，只见公主一把揪住安斯瓦尔多的领子咬牙切齿地咆哮起来：

“如果姐姐有什么三长两短，我一定找你算账”

“公主殿下，请您别着急。雷佐小姐仅仅是因为醉酒睡着了而已，不会有任何生命危险的。”苏特连忙插话道。

“原来如此。咦，您是兰德沃克先生，您不是应该与范德尼尔松小姐在一起么?”听着苏特的话，伊莎贝拉缓缓松开了手。

“事情是这样的：刚才在路上碰巧看到了喝醉的雷佐小姐，于是我便在二位先生的协助下把她带回了总督府……”

“太感谢您了，兰德沃克先生！刚才我差点错怪您，还请您多多包涵!”

“公主殿下客气了！我只是希望雷佐小姐能尽快得到休息而已。您能带路去她的房间吗，我这就把她背回去……”

“当然，麻烦您了……”

伊莎贝拉先是面带微笑地冲苏特点点头，紧接着又回头瞪了眼安斯瓦尔多，随后带着身背闺蜜的法国青年走进了总督府。安斯瓦尔多失神地望着总督府的大门发愣，直到安东尼奥扯了扯他的衣袖：

“安斯瓦尔多先生，雷佐小姐该不会真的是被您给灌醉的吧?”

年轻少校斜眼瞟了下安东尼奥，鼓着嘴没有回答。停顿几秒后，只见他将帽子摘下夹在腋下，迅速离开了这里。这回轮到安东尼奥发愣了，望着对方远去的身影，他似乎猜到了些什么……

在将贝格尼娅安放在卧室的大床上后，苏特向伊莎贝拉告辞离去。为确保闺蜜无事，伊莎贝拉决定坐在床边守护她。时间流逝……不知不觉，午夜钟声敲响，就在伊莎贝拉感到眼皮如石块般沉重时，床上的闺蜜嘴中发出了含糊不清的声音：

“胡安……求求你……别离开我……”

贝格尼娅断断续续的话语无疑令伊莎贝拉大吃一惊。她知道“胡安”正是安斯瓦尔多的名字，闺蜜为何会念叨这个“把她灌醉”的男人的名字呢？倘若安斯瓦尔多并非是灌醉闺蜜之人，那么闺蜜是有意去买醉，难道这里面隐藏着她不去参加晚宴的原因？正胡思乱想着，贝格尼娅的嘴里再度发出呻吟：

“水……给我水……我要喝水……”

时刻准备着的伊莎贝拉忙应声端来一杯早已准备好的清水，扶着闺蜜的头部替她喂了下去。在“细细品味”了清水的“甘甜”之后，贝格尼娅逐渐睁开了眼睛。

“姐姐，你终于醒了！”见闺蜜苏醒，伊莎贝拉激动地尖叫起来。

“萨拉，我这是在哪里？安斯瓦尔多呢……”贝格尼娅手握水杯挣扎着坐起身，环视四周后露出疑惑的神情。

“姐姐，灌醉你的安斯瓦尔多先生已经被我严厉训斥过了，你就安心地……”

为了试探刚才的猜想，伊莎贝拉故意提到了自己训斥安斯瓦尔多一事。不料话未说完，闺蜜便摇着头打断了她：

“不，安斯瓦尔多只是陪我喝酒而已。事实上，今晚是我自己主动买醉的。”

贝格尼娅以极轻的语调说着，突然露出悲伤的神色并黯然泪下。她的言语和举动印证了伊莎贝拉的猜想：闺蜜一定是由于某件心事而不愿去参加晚宴，但这究竟是为什么呢？

“一定是安斯瓦尔多把我送回来的吧？说真的，我亏欠他太多了……”片刻，贝格尼娅拭去泪水，勉强露出一丝笑意。

“不，姐姐，其实是兰德沃克先生送你回来的。”

伊莎贝拉不经意间的话宛若闪电般劈入闺蜜的耳中。面带极度惊讶的贝格尼娅甚至连手中的水杯也掉落在地、摔了个粉碎……

【十三】失意与邂逅

望着双目迷茫的闺蜜和碎裂在地的水杯，伊莎贝拉也着实吃了一惊，她原本以为苏特的名字能令闺蜜迅速振作起精神。难道闺蜜不参加晚宴的真实原因是看见苏特与总督女儿牵手而产生了误解？想到这里，伊莎贝拉试探性地开口问道：

“姐姐，难道你不希望兰德沃克先生快点回到你的身旁吗？”

“算了吧，我对他来说根本什么都不是。萨拉，快些上床陪我睡觉吧，我累了。”

闺蜜冰冷的回答无疑再次验证了伊莎贝拉的猜测。于是“知趣”的公主便不再多问，陪伴闺蜜一同入睡了。不过尽管自称“困倦”，贝格尼娅却在闺蜜打起小鼾时仍旧睁着她那迷茫的双眼。不知不觉中，眼角流下的泪水沾湿了枕巾……

与此同时，回到“圣佩德罗”号上的安斯瓦尔多同样无法入睡。在床上翻来覆去的他，仔细体会着晚上在酒馆里贝格尼娅的言行。尽管他早已意识到此次喝酒应该只是女上司对于某种不满的宣泄，然而对方在醉倒之前所说的最后那句话却始终萦绕在他耳旁：

“胡安……我……喜欢你……”

“万能的天主啊……如果您能听见我的声音，请告诉我，这是雷佐小姐的真心话么？”安斯瓦尔多自言自语着，缓缓闭上了双眼，随即在胸前认真地划了个十字。

次日清晨……

几乎彻夜未眠的安斯瓦尔多早早便来到舰桥上望着远方徐徐升起的朝阳发愣。也许“万能的”天主并未对其做出明确的引导，但年轻少校还是决定碰碰运气。在与贝内迪克托完成交班后，安斯瓦尔多换上一身笔挺的礼服和一双崭新的皮靴走下船去。尼扬加的街市将是这位满怀期待的青年的目的地。

与此同时，在总督府的豪华住房里，同样夜不能寐的贝格尼娅见东方已泛起鱼肚白，便掀起被子一角轻轻走下床去。由于伊莎贝拉仍在熟睡，贝格尼娅小心翼翼地赤脚走到梳妆台前整理凌乱的金发。望着镜中那眼角残留的泪痕和依旧红红的眼圈，西班牙姑娘才意识到自己几乎哭泣了一整晚。为了不影响自己的仪容，贝格尼娅忙用清水将脸洗净，正在这时，门外响起了轻微的叩门声。眼见闺蜜还未起床，贝格尼娅忙贴附到门板上轻声问道：

“是谁?”

“苏特-德兰德沃克。请问里面是雷佐小姐吗?”

分辨出是苏特的声音后的贝格尼娅心里咯噔一跳，在经过短暂的心理斗争后，西班牙姑娘觉得还是有必要与法国青年面对面地将一些事情说清楚，于是继续应声道：

“请稍等一下。”

说罢，贝格尼娅以最快的速度脱去睡裙，并将衬衣和红黑衫穿戴整齐，最后还异乎寻常地替自己化了妆。当房门被打开时，贝格尼娅以一种“焕然一新”的面貌出现在苏特眼前。

“天哪！真美……”法国青年宛若被吸去魂魄般目不转睛地盯着西班牙姑娘的脸庞，不由自主地发出惊叹。

“萨拉还在睡觉，这儿不方便，有事请到外面说吧。”

“我们可以在共进早餐时聊聊吗?”

“随你的便。”

在最初的几句对话中，贝格尼娅一直保持着冷淡的态度。不过苏特看起来并未显露出丝毫放弃的打算，反而“殷勤”地带着心仪的女孩前去尼扬加早市最高档的咖啡馆用早餐。走在路上，苏特提起了昨晚发生的事情：

“雷佐小姐，首先我要为昨天下午发生的事向您道歉……”

“兰德沃克先生，我认为您并没有向我道歉的必要。因为您本就不亏欠我任何东西……”

“雷佐小姐，难道我们真的没办法再回到6年前那样了吗？我向你发誓，今后决不会再碰除你之外的任何一个女人……”

“算了吧，兰德沃克先生，您真的没必要为了我而立下任何誓言。我不是个值得你去爱的‘伶牙俐齿’的女人，因此我建议您还是找个浪漫的荷兰姑娘作为伴侣更为合适。”

贝格尼娅这番毫不留情的“反击”令苏特羞得满脸通红，无言以对的法国青年尴尬地低下头去。于是在抵达咖啡馆之前，两人之间再无任何交流。路上，苏特曾担心贝格尼娅会中途离去，不过尽管脸色不好看，西班牙姑娘还是如约尾随在法国青年身后，直至迈进咖啡馆的大门。

也许贝格尼娅并未注意到，这家咖啡馆恰恰就是前一天下午她发现苏特“出轨”的地点……

走在熙熙攘攘的早市上，安斯瓦尔多的眼睛灵活地搜索着街道两旁的摊点和店铺。突然，一家刚营业的珠宝店吸引住了他的目光。没有多想的年轻少校很快便走进店去。

“欢迎光临！作为今天的第一位客人，我可以给您折扣哦！”老板娘用热情而甜美的声音对安斯瓦尔多说道。

“谢谢。我想请问您，如果是送给女孩子的礼物……”

“哎哟……原来这位英俊的小伙有心上人了！那么请问您是生日送礼还是求婚送礼呢？”老板娘的脸上立即露出神秘的笑容。

“这个……算是求婚礼物吧。您看……”

“那当然是送戒指啦！请随我来。”

老板娘冲安斯瓦尔多使了个眼色，带着他走进一间内室，这里陈列的都是一些价格不菲的商品。望着眼前琳琅满目的珍宝，年轻少校情不自禁地瞪大了双眼……

咖啡馆中，面对面而坐的苏特与贝格尼娅在各自喝了十分钟咖啡后，终于由西班牙姑娘开口打破了沉寂：

“兰德沃克先生，您叫我来这儿的目的该不会仅仅是吃个早餐，然后拍拍屁股走人吧？”

“唔……雷佐小姐，我希望您能够接受我的道歉，并且……我已经以实际行动为自己的过失做出了弥补。”

“实际行动？哦……我差点忘了，昨晚是您把我背回总督府去的。对于这件事我要谢谢您，兰德沃克先生。”

“这是我的荣幸。雷佐小姐，我想请问……您昨晚为何不去总督府赴宴，而要去酒馆把自己灌醉呢？”

“哼，你管得多呢！反正不是因为你！”贝格尼娅一听，立即红着脸做出鄙夷的神态。

“哈哈……雷佐小姐，您的表情已经说明了一切。倘若不是因为我，那么您又是因为什么原因要做出这样的傻事呢？”

苏特不慌不忙地笑着继续问道，而他的问题似乎已经难倒了坐在对面的贝格尼娅。只见西班牙姑娘已经羞得满面通红，两行热泪夺眶而出：

“苏特……你真是个大傻瓜！我讨厌你！！”

望着落泪的贝格尼娅，苏特连忙在第一时间起身将其搂在怀中。依偎着这个曾经令其感到温暖的胸膛，西班牙姑娘哭得更加伤心了：

“如果可能……我真想把你忘得一干二净！可是……可是我却做不到！！”

“原谅我吧，贝格尼娅！我保证不会再让你伤心了。等这次远航结束回国后我就来西班牙提亲。我苏特-德兰德沃克在这里对天起誓：今生非贝格尼娅-德雷佐小姐不娶！！”

苏特的眼眶也湿润了，边安慰边将贝格尼娅搂得更紧了些。而痛哭不止的西班牙姑娘的脸上也逐渐由阴转晴，并露出了欣慰的微笑……

大街上，已经买好了礼物的安斯瓦尔多正怀着忐忑不安的心情向返回总督府的方向走去。最终在老板娘的“怂恿”下，年轻少校拿出自己的全部积蓄买了店中一枚带有红宝石的银质戒指。尽管这枚戒指无法与贵族们一掷千金所购买的金银珠宝相媲美，但对于俸禄不高的安斯瓦尔多来说已足以表明自己的心意，并且他也十分清楚，贝格尼娅并不是个把钱看得很重的人。不过对于这样一份厚礼，女上司究竟会以何种反应相迎呢？年轻少校充满了紧张和期待。

不多时，当安斯瓦尔多拐至咖啡馆所在的街道时，命运之神与这位年轻少校开了个不大不小的玩笑。苏特恰好在同一时间推开木门挽着贝格尼娅走出咖啡馆。望着谈笑风生的二人，安斯瓦尔多蓦然止步……

“看你那猴急的样子！啧啧……我总得先去向总督大人解释下昨晚为何没去赴宴吧，不然他老人家还以为我……”贝格尼娅说着，半开玩笑地用手指点了点苏特的鼻子。

“嗯嗯……还是你想得周到。那么……我就乖乖地待在房间里等你咯？”

“好主意，我会尽可能快地回来哦……”

在安斯瓦尔多的注视下，经过简短暧昧对话的贝格尼娅尽显女性温柔。只见她轻轻搂住苏特的脖子、稍稍踮起脚尖在对方脸上给了一个深情的吻。看到这里，内心再也无法忍受“煎熬”的安斯瓦尔多果断地背过身去，趁两人还未发现自己之时快步离去……

两小时后，目光茫然的安斯瓦尔多独自一人出现在了“圣佩德罗”号泊位旁的栈桥上。只见他从兜里掏出那枚戒指缓缓举至眼前，在端详了好一会儿后将其狠狠地掷入身前的大海，不过就在此时，从他的背后却传来了一个清脆悦耳的声音：

“安斯瓦尔多先生，请问……姐姐她不在这里吗？”

安斯瓦尔多诧异地应声回过头去，却见将双手恭敬地放在胯前、脸上挂着淡淡忧伤的伊莎贝拉正站在距离自己十步远的地方。年轻少校忙转身迎着公主走去：

“很抱歉公主殿下，雷佐小姐没有来这里。不过也许她很快就会回总督府去的……”

“嗯，那么我一会儿再回总督府去找找。安斯瓦尔多先生，其实……我过来找你是为了昨晚发生的那件不愉快的事。如果可以的话，请接受我对你最诚挚的道歉……”

伊莎贝拉有些神情不自然地说着，竟主动向安斯瓦尔多深深鞠躬致歉，这可吓坏了对此毫无准备的年轻少校，只见他慌张地将公主扶起，并以更为卑恭的口吻说道：

“该道歉的是属下我呐！没能看护好雷佐小姐并导致其醉酒，属下罪该万死……”

“不，这完全不是先生您的责任。我到后来才知道，姐姐她其实是因为兰德沃克先生做出‘不当举动’才主动去买醉的。”

伊莎贝拉的最后这句话砰然触动了安斯瓦尔多的心扉。原来这才是女上司主动买醉的真正起因，而自己却不幸成为了这出“闹剧”的“牺牲品”。不过尽管如此，能亲耳从自己所仰慕的女人口中听到那句话也算是一种幸福吧！想到这里，安斯瓦尔多的嘴角边不禁多了一丝苦笑……

回到总督府的住处后，苏特满心欢喜地期盼着贝格尼娅的到来，而他也为此足足等待了一小时。当西班牙姑娘推开房门有些紧张地露头张望时，法国青年早已一个箭步冲上去将其搂在怀里……

“太慢了！我感觉自己仿佛等待了一整天……”

贝格尼娅微笑着脱下红黑衫，不过当西班牙姑娘那布满伤痕的婀娜身段展现在他眼前时，法国青年震惊了……

“这些是你曾受过的伤？如果我没记错的话，6 年前的你身上并没有这些伤痕。”

“嗯，是的。我……恐怕已经不再是你印象里留学时那个娇弱的小姑娘了。”贝格尼娅羞涩地点点头。

“天哪！这些伤……我敢打赌即便是最勇敢的男子汉也未必能够承受得了。贝格尼娅，你真令我感到钦佩！”

“我只是为祖国尽到自己的一份薄力而已。这也是当时离别时我俩之间的约定吧……”贝格尼娅说着，略带伤感地微微一笑。

“我不能允许伤病再这样无情地折磨你了！贝格尼娅，请你一定要答应我，等这次航行结束后就嫁给我吧！”

“咳咳……到时候就看本小姐的心情吧。若是心情好呢，我就嫁给你；若是心情不好，我就一脚把你踹开！”

贝格尼娅故意捂嘴干咳两声，摆出一副一本正经的模样（这句话她曾在留学结束、即将回国前对苏特说过，甚至连表情都是一样的）；望着撒娇的西班牙姑娘，法国青年脸上也露出会心的笑容。

送走伊莎贝拉后，心情依然糟糕的安斯瓦尔多决定再去昨晚那家酒馆喝酒解闷。走在路上，年轻少校不停地对自己说道：“胡安，你该醒醒了！那本就是个不切实际的梦想。”，希望借此平息自己失衡的心态。大约过了半小时，当走到一条小路上时，情绪稍有好转的安斯瓦尔多却发现隔壁一个胡同里发生了意外情况。3 个人模狗样的青年正围着一位衣裙华丽的高个儿姑娘在议论着什么。

“有人吗？救命啊……”

在胡同口停下脚步的安斯瓦尔多来不及多想，立即抽出腰间自卫用的匕首冲上前去。见来者手上持有武器，3 个男子慌忙夺路而逃。而安斯瓦尔多也不追赶，径直走到那位姑娘面前：

“您没事吧？”

“我没事，谢谢！若不是您，还不知事情会发展成什么样子……”

姑娘说着，突然掩面而泣。这可令年轻少校一时间慌了神，不知该如何劝慰。透过眼角余光，安斯瓦尔多注意到眼前这位拥有迷人酒红色长发和棕黄色瞳孔的姑娘竟是如此美丽动人，内心不由得再次澎湃起来。几秒钟后，鬼使神差的他竟主动邀请姑娘与自己共进午餐；更令人想不到的是，素不相识的姑娘竟然相当爽快地答应了下来。

“请问，您是西班牙人吗？”走在路上，姑娘突然这样问道。

“您怎么会知道我是西班牙人……”安斯瓦尔多露出惊异的神态。

“没有啦！嘿嘿，我听说昨天有一支西班牙船队停靠在港口，所以猜想您会不会是这艘船上的一位帅哥呢？”姑娘以手遮嘴如银铃般地笑了起来。

“天主赞美，这真是神了！您猜对了，我就是西班牙战列舰‘圣佩德罗’号上的大副胡安－安斯瓦尔多。敢问小姐芳名？”

“我叫塞西莉亚－保蒂斯塔。很巧哦，我也是西班牙人。”

“这一定是天主的旨意！在遥远的开普敦，两个素不相识的西班牙人居然能走到一起！走，保蒂斯塔小姐，我俩今天一定要好好庆祝庆祝！”

在得知对方也是西班牙人后，安斯瓦尔多脸上的惊讶逐渐演变为狂喜，甚至伸出手去握住了塞西莉亚的手。不过在意识到自己“失礼”后，年轻少校很快便如触电般松开手并不住地道歉。望着眼前青年憨厚的模样，姑娘乐开了花……

“这么说……明天你就要走了?”

总督府苏特的房间里，张着双臂平躺在柔软的大床上、满面陶醉在幸福中的贝格尼娅望着天花板上令人眼花缭乱的壁画，以缓慢的语速问道。

“嗯，其实我们在这里已经停留了一周时间了。伯爵大人本计划昨天就要上路的，但由于补给未能到位而耽搁。不过也正因为如此，我俩有幸见上了一面。或许这就是天主的赐福吧……”坐在一旁的苏特温柔地轻抚着贝格尼娅的金发答道。

“嗯，我相信这就是命运。只是……不知道我俩下一次见面会是什么时候了……”

“怎么了，贝格尼娅，难道你的航行目的地很远吗?”

苏特从对方的话语中似乎听出了另一番意味，脸上立即露出疑惑的神色。贝格尼娅微微一笑，披上外衣从床上坐了起来：

“我要去很遥远的地方，一直向东、向东……兴许能到达你曾经告诉我的那个神秘国度呢!”

“天哪……你要去中国！这也是卡洛斯陛下的命令吗?”

“事实上我接到的来自陛下的命令是完成环球航行，如今仅仅迈出了一小步而已。所以……我想我俩恐怕在一年之内都不能再见面了；而且……说不定我会在中途死去……”贝格尼娅说着，下意识地摸了摸自己腰间的伤疤并露出一丝伤感。

“别胡说，你怎么会死呢？我要娶你做我的妻子，在这之前你一定要给我好好地活着!”

对于贝格尼娅“过于悲观”的言论，苏特立即予以反驳；同时顺势抓住了对方冰冷的双手。西班牙姑娘有些惊讶地望着法国青年，逐渐地踮起脚尖……

尼扬加街市中心的一家高档餐馆里，安斯瓦尔多与塞西莉亚早已面对面坐在圆桌两侧。年轻少校慷慨地点了两份店内最贵的套餐，以表示自己的诚意。聊天中，塞西莉亚发现安斯瓦尔多是个憨厚而热情的人，于是很快也不再拘束，两人愈谈愈深入。

“其实……我也算是和海军有些缘分吧。我的父亲也曾是一名海军军官，在一艘巡航舰上服役，不过在我很小的时候他就去世了。因此我只是从母亲口中听说过一些关于海军和军舰的故事，但自己从未亲眼见到过。”

“现在有多艘战列舰停泊在港内。若保蒂斯塔小姐乐意，安斯瓦尔多将十分荣幸陪您一同去欣赏这些雄伟的‘木制城墙’。”

“这真是太好了！当然，我非常乐意。谢谢您，安斯瓦尔多先生！”

面对安斯瓦尔多的热情相邀，塞西莉亚自然毫不犹豫地答应下来；同时，红发姑娘还将双手合拢放在胸前，并激动万分地向对方致谢，她那销魂的笑容很快便令安斯瓦尔多忘却了“求婚”失败的阵痛。难道自己的“春天”会如此迅速地到来吗？年轻少校暗暗想着，心里不由得期盼起来……

然而尴尬的一幕却在午餐结束时发生了。当安斯瓦尔多走到柜台前准备结账时，却发现自己的钱袋里已是空空如也。猛然间，他想起早晨买戒指时已将钱袋里的积蓄花了个精光。

“不如我来吧。老板，这些钱请您收好。”

正在这时，塞西莉亚冷不防从安斯瓦尔多的背后走出，将一叠沉甸甸的金币塞到掌柜手中。年轻少校诧异地扭头望向身旁的红发姑娘，双颊早已羞得通红。

从餐馆走出后，安斯瓦尔多带着塞西莉亚径直向码头走去。在遭遇“无钱付午餐”的风波后，年轻少校原本高昂的兴致似乎再次跌入低谷，甚至不敢正视塞西莉亚一眼。不过相对于因尴尬而羞得满面通红的安斯瓦尔多来说，塞西莉亚的脸上却一直挂着令人舒心的笑容。当靠近码头时，她开始时不时地东张西望，对一切事物都表现出好奇之心；而安斯瓦尔多也开始为塞西莉亚介绍港中停泊的“海上巨兽”们：

“您顺着左手向前看，那边第三艘拥有红黄黑三色相间涂装的就是西班牙冒险船队的旗舰‘圣佩德罗’号。”

“天哪……那可真是个大家伙！安斯瓦尔多先生，能在那样一艘军舰上服役一定是一件激动人心的事吧？”

“当然！能够在这样一艘军舰上担任大副，尤其是能为勇武、美丽、善良的雷佐小姐效力是我安斯瓦尔多一辈子的荣耀。”

安斯瓦尔多说着，边拍胸脯边露出自豪的笑容。而“雷佐小姐”这个名字瞬间提起了塞西莉亚更多的兴趣：

“您是说贝格尼娅－德雷佐小姐吗？据传闻她是西班牙皇家海军目前唯一的女性军官，难道说，她是这艘军舰的……”

“是的，雷佐小姐正是‘圣佩德罗’号的舰长，同时也是这支冒险船队的指挥官。”安斯瓦尔多点头答道。

“天哪……没想到传闻中的英雄女舰长就近在眼前！安斯瓦尔多先生，您能带我上船去与她见面吗？”

塞西莉亚听罢，脸上立即露出羡慕和期待的目光。不过安斯瓦尔多知道女上司此时肯定不在舰上，因此而露出为难的神色：

“抱歉，保蒂斯塔小姐，恐怕雷佐小姐现在并不在这里。”

“那真是遗憾！不过……您可以带我上船去参观一下吗？”

“当然，请小姐随我来。”

由于没能满足塞西莉亚拜访女上司的心愿，急于表现自己的安斯瓦尔多不假思索便答应了对方上舰参观的请求。于是在他的吆喝下，“圣佩德罗”号上的执勤水手扔下舷梯。就这样，在年轻少校的护送下，塞西莉亚“如愿”登上了向往已久的‘木制城墙’。舰上执勤水手们见竟上来一位年轻美貌的贵妇，都向其投去欢迎的目光。也许是被这些人吓着了，塞西莉亚下意识地遮住了自己的脸。看见“女贵宾”这一害羞行为的安斯瓦尔多连忙对其进行了解释：

“保蒂斯塔小姐，请您别害怕，这些人并没有恶意。恐怕是因为太久没有见到像您这样的美女了，哈哈……”

“可是，我听说雷佐小姐也是一位金发碧眼的美人儿呀……”对于年轻少校的回答，塞西莉亚立即予以质疑。

“那是不一样的哟！虽然雷佐小姐也的确美貌过人，但她却无时无刻身着男装；再加上以对部下严厉而著称，因此在大伙儿眼里她更像是个‘美男子’而非‘美女’，所以……哈哈，这话可不能让雷佐小姐听见，不然我得挨罚咯！”

“哈哈……安斯瓦尔多先生，您真幽默！”

在一阵说笑声中，塞西莉亚随安斯瓦尔多进入下层甲板和各舱室参观。时间不知不觉地过去，转眼间已到了黄昏时分。由于担心塞西莉亚在舰上逗留时间过长会惹来不必要的麻烦，安斯瓦尔多一直思量着怎样才能体面地结束这次参观军舰的活动。不过就在他烦恼之时，对方竟主动开口了：

“安斯瓦尔多先生，我想……时间已经不早了。今天真的非常感谢您的热情招待！”

“啊……您真是太客气啦！保蒂斯塔小姐，我这就送您回家去。”心中暗喜的安斯瓦尔多不由自主地露出感激的神色。

“您才是客气了呢！呵呵，送就不必了呀，一会儿我还有其他事情。那么安斯瓦尔多先生，希望我们还能再见面哦。”

“当然，一定会再见面的！”

安斯瓦尔多激动地说着，随即护送塞西莉亚走下舷梯。两人依依不舍地道别后，在年轻少校的注视下，红发姑娘那优雅曼妙的身段逐渐消失在远方街道的尽头。而直到完全望不见影子了，安斯瓦尔多的嘴边仍残留着回味无穷的笑意。

人每天都会生活在失意或者得意之中，永远也不会知道下一分钟等待自己的会是好事还是坏事；然而如果运气足够好的话，在失意之后得到意外惊喜也并非不可能呐！安斯瓦尔多这样想着，美美地伸了个懒腰，顺着舷梯爬回了舰上……

次日清晨……

伴随着开普敦港内的阵阵礼炮声，法国舰队在舰队司令德格拉斯伯爵的指挥下升帆起锚缓缓驶离港口。包括荷兰总督在内的达官贵人甚至很多过往的平民都驻足岸边和栈桥，欢送法国将士们的离去，这其中当然也少不了贝格尼娅。站在总督身旁的女上校目不转睛地盯着“普鲁托”号舰桥上正随德格拉斯伯爵一同向岸上人们频频挥手的苏特，脸上露出浓浓的不舍和伤感之情。

当天下午，贝格尼娅出人意料地提前返回“圣佩德罗”号，但并未召集船员宣布出航日期。3 艘西班牙军舰依旧处于放假状态，只有少量水手在船上值更。细心的安斯瓦尔多注意到上舰后的女上司脸色似乎不大好看，并且一直默不作声地站在艉楼露天平台的围栏边抽烟。

当太阳快要落山时，年轻少校终于忍不住走过去问道：

“雷佐小姐，您是不是该去吃饭了……”

“安斯瓦尔多？咳……我正想找你呢。关于前天晚上在酒馆发生的那件事，我……向你道歉。”

“雷佐小姐，其实我……”

“我已经从萨拉那里了解到我醉酒后所发生的事了。如果不是因为我，你和安东尼奥本不必挨训斥……”

“小姐……”

望着贝格尼娅，安斯瓦尔多竟红着脸结巴着说不出话来。这时，女上校带着微笑上前一步竟轻轻拉住了年轻少校的双手，继续说道：

“那天晚上，我是不是曾唤了你的名‘胡安’？倘若你愿意，以后我可以一直这么称呼你吗？”

“这……这绝对是我的荣幸！”

“也是我的荣幸。胡安，你是这艘船上除萨拉以外我最亲近的朋友。今天是这样，以后也永远如此。”

贝格尼娅说着，将手握得更紧了些；而望着女上司那充满温暖的笑脸，安斯瓦尔多竟激动得眼睛都湿润了……

当晚，总督范德尼尔松盛情邀请贝格尼娅和伊莎贝拉参加自己的家庭晚宴。晚宴上，总督明确告诉贝格尼娅将在3天内替她准备好远航所需的全部补给；对此，女上校感激万分。不过就在她举起酒杯正要向总督致敬时，门外却传来一阵急促的敲门声，在得到应允后，女上校吃惊地发现来者竟是巴尔德斯少校！

“抱歉打扰各位了！刚刚在‘圣洛伦佐’号发现了一名混上船的暴徒，似乎是想闯入弹药库，现已被逮捕！”

“难道是想炸毁军舰？我仁慈的天主啊……文明的开普敦港岂能容忍这种肮脏之举？”

未等贝格尼娅做出反应，范德尼尔松已愤愤不平地站起身来。女上校示意将暴徒带上来，于是巴尔德斯挥了挥手，几名西班牙海军陆战队士兵便押着一名脸被打得青紫的青年走进饭厅。双眉紧锁的贝格尼娅立即走到他的身前喝问道：

“你是什么人，为何要袭击西班牙的军舰?”

“嘿嘿，卡洛琳娜大人向您问好……”

暴徒仰起头，咧嘴露出诡异的笑容。就在他话音落下的一刹那，伴随着一声惊天动地的巨响，窗外来自码头的方向腾起一个足以将漆黑的夜晚照得如同白昼一般的橘红色火球。望着眼前这令人瞠目结舌的景象，贝格尼娅惊得瞪大了她那迷人的蔚蓝双眸……

【十四】不速之客

饭厅中，当所有人都被窗外的爆炸所吸引时，最先回过神来的贝格尼娅撒腿以最快的速度冲出总督府，向港口狂奔而去。耳边回响着那名暴徒的话语，女上校意识到恐怕已发生了最坏的情况：那就是自己的一艘军舰被引爆了。由于巴尔德斯已经逮捕了企图炸毁“圣洛伦佐”号的暴徒，那么剩下两艘船中究竟是哪艘“不幸中枪”了呢？贝格尼娅的心不由自主地砰砰跳起来，她担心被炸的是“圣佩德罗”号，倘若那样的话……

“雷佐小姐！”

远处传来安斯瓦尔多的声音。贝格尼娅循声望去，只见安斯瓦尔多带着几名海军陆战队士兵正向自己这边跑来。

“胡安！‘圣佩德罗’号也遭到攻击了吗？”

“是的，有一名暴徒混上军舰企图在弹药库点火；还好贝内迪克托先生及时发现并将其在动手之前击毙！”

“谢天谢地！这么说是‘圣塞西莉亚’号被引爆了？天哪！罗德里格斯他……”

贝格尼娅在庆幸“圣佩德罗”号平安无事的同时惊恐地用手捂住了嘴，她知道如果不出意外罗德里格斯应该正在“圣塞西莉亚”号上值更，倘若那样的话……

十几分钟后，在安斯瓦尔多的陪同下，贝格尼娅抵达码头。淹没在熊熊烈火中的“圣塞西莉亚”号印证了女上校刚才的猜测，而倾斜下沉中，该舰上着了火的桅杆甚至将火种引到了距离其不远的“圣佩德罗”号上。来不及多想的贝格尼娅慌忙与安斯瓦尔多登上“圣佩德罗”号指挥船员救火。由于风势较急，可怜的战列舰很快便多处起火。在浓烟与阵阵呼喊中，神情有些恍惚的贝格尼娅仿佛看到了自己十多年前在“三叉戟”号上救火时的背影……

“安斯瓦尔多先生，这浓烟……咳咳……”年仅 16 岁的女候补军官已被大火引起的浓烟呛得连连咳嗽，但仍旧在下意识地向前挪动着步子。

“雷佐小姐，请您回避一下！这里交给我们男人就好！”

“不行，叔父不在，我……我必须……咳咳咳……”贝格尼娅不顾自己猛烈的咳嗽，拼命举起满满一桶水向烈火扑去。尽管这看起来像是杯水车薪。

“这样下去恐怕火势是无法控制的！雷佐小姐，为了您的安全着想，请快些离开这里吧！”

“不行！我宁可被烧死也绝不退缩。等等，我好像有办法了……”

贝格尼娅坚定地拒绝了安斯瓦尔多的逃生请求后，无意间仰首注意到桅杆上仍未来得及卸下的船帆，心中顿生一计……

自己十多年前的背影逐渐逝去，27 岁的女上校眼前恢复了火势蔓延的危机场面；而她也再一次把目光投向了悬挂在桅杆上的船帆：

“立即砍断绳索把船帆降下来！”

贝格尼娅回身指向主桅上的船帆冲瞭望员吼道。起先，瞭望员似乎并没理解女上司的意图；在她又厉声重复了一遍这句话后，瞭望员慌忙用匕首将绑着船帆的绳索逐个砍断，让整整一面巨帆落在甲板上；女上校那急促的声音再度响起：

“快，将船帆打湿，越快越好！！”

望着眼前认真下达命令的贝格尼娅与随之忙碌起来的船员，安斯瓦尔多猛然领悟到了女上司的意图，这正是十多年前那位略显稚嫩的女孩想出的拯救“三叉戟”号的“神奇办法”，用打湿的船帆盖住被火点燃的船体。

转眼间，在船员们的齐心协力下，船帆已经被水浸透；于是贝格尼娅“身先士卒”地拽起船帆一角，与众多船员同时发力将其抛向甲板上火势最为凶猛的部位。“奇迹”在这一刻出现了，只见船帆所盖之处的火焰很快便被熄灭。船员们不禁欢呼雀跃起来……

“胡安，请用这个办法把其余着火的地方也扑灭吧，我现在必须去找罗德里格斯了。”见火势已经基本得到控制，贝格尼娅轻声嘱咐安斯瓦尔多一句后准备离开。

“可是小姐，‘圣塞西莉亚’号恐怕已经沉没了……”

“就算沉到海底去，我也要找到他！”

贝格尼娅斩钉截铁地边说边头也不回地顺着舷梯跳下船去。安斯瓦尔多熟知女上司那说一不二的脾气，只得在船舷边目送她离去后继续投身到救火行动中去。

随着船体四分五裂地往下沉，“圣塞西莉亚”号上的大火也逐渐平息下来。当贝格尼娅赶到该舰泊位的栈桥旁时，发现整艘船只剩下一些残破木板和桅杆还漂浮在海面上；一些落水船员正拼命呼叫和挣扎着。见此情形，为了确认罗德里格斯是否还有一线生机，贝格尼娅毫不犹豫地脱去外套一头扎进冰冷的海水里。

“罗德里格斯……罗德里格斯……”

贝格尼娅一边向军舰残骸游去，一边以尖锐的声音呼唤着罗德里格斯的名字。这时，伊莎贝拉与弗洛伦西奥也赶到码头的栈桥上。借助月光和残余火焰所发出的光芒，伊莎贝拉发现闺蜜正在漆黑的海水里游动着，于是立即让弗洛伦西奥去准备小艇救援。在游了一大圈仍未发现罗德里格斯的身影后，逐渐因水温过低而失去体力的贝格尼娅不得不抱住一块漂浮的大块木板以平衡自己的身体。此时，女上校已不抱有任何希望，两行悲伤的泪水霎时夺眶而出。

“雷佐小姐……雷佐小姐……”

前方不远处的海面上传来一个微弱的声音，贝格尼娅分辨出那是“圣佩德罗”号上的水手长法比安（后被调至“圣塞西莉亚”号），于是她松开木板，鼓足力量向前游去；在挽救了这名奄奄一息的水手长后，贝格尼娅急切地向其打听罗德里格斯的下落，然而得到的答案却令她简直不敢相信自己的耳朵：

“罗德里格斯先生并不在船上，我想他应该是去了‘威廉－奥伦治亲王’酒馆了……”

“你说什么！按照我的命令，难道今晚不应该是罗德里格斯负责值更吗？”

“是的，但是他的确不在这里。我很抱歉，雷佐小姐，‘圣塞西莉亚’号突然间就发生了爆炸……”

望着一脸沮丧的法比安，满面疑惑的贝格尼娅陷入了沉默。正在这时，由伊莎贝拉和弗洛伦西奥操纵的救援小艇赶到了。

由于海水过于冰冷，被救上小艇后的贝格尼娅冻得瑟瑟发抖，连连咳嗽。伊莎贝拉忙将自己的外套脱下披在闺蜜身上，并劝她先回总督府去休息；不过心中有事的贝格尼娅毫不犹豫地拒绝了闺蜜的好意：

“我要去‘威廉－奥伦治亲王’酒馆！没错，一刻也不能停歇，就是现在！”

“姐姐，你疯了吗，难道又要去喝酒？！”

“不，我要去找罗德里格斯。这该死的家伙……真不是一盏省油的灯！”

贝格尼娅愤愤地说着，攥紧了拳头。见此情形，伊莎贝拉和弗洛伦西奥立即意识到罗德里格斯一定是犯了什么严重的错误，因为平时总是面带温和笑容的贝格尼娅从未显现出这般近乎离奇的愤怒。上岸后，贝格尼娅回到“圣佩德罗”号的舰长室更换了一身干净衣服，带着几名海军陆战队士兵马不停蹄地向酒馆奔去。出于对闺蜜的担心，伊莎贝拉也紧随其后……

尽管天色已晚，但这正是酒馆里夜生活最兴旺的时段。几乎每一寸角落都是个快乐的小天地。不过当怒气冲冲的贝格尼娅推门进来高喊罗德里格斯的名字时，原本喧嚣吵闹的环境竟霎时安静了下来。

“我再说一遍，哥顿－罗德里格斯，给我出来！！”

酒馆中的酒客们在面面相觑了数秒后，突然爆发出一阵蔑视的哄笑。

“谁敢再笑，我就让他人头落地！罗德里格斯，你的耳朵聋了么？给我立刻滚出来！！”

横眉冷目的贝格尼娅将剑往地板上狠狠一插，叉着腰咆哮起来。

酒客们你看看我、我看看你，都面露畏惧之色地向旁边散去。贝格尼娅大踏步地向酒馆深处走去，不多时，在一个满是呕吐物的肮脏角落里，女上校找到了她的目标：一手搂着妙龄少女、一手仍举着酒杯似乎已经神志不清的罗德里格斯。

贝格尼娅抢上前去，伸手夺过罗德里格斯的酒杯扔在地上；而后揪起那个少女的头发低声令其“滚开”，只见少女羞愧地整理了下自己的衣裙，惊慌失措地跑开。酒桌旁只剩下了贝格尼娅与罗德里格斯两人（伊莎贝拉与海军陆战队士兵远远地站在旁边）。

“哥顿－罗德里格斯，你好大的胆子，竟敢在值更时擅自离岗，到这里来寻欢作乐！你这样也配得上皇家海军的荣耀吗？”

“雷佐……小姐？来来……我……敬您一杯……”

“啪!!”

未等醉醺醺的罗德里格斯把话说完，他那红扑扑的脸上已经结实地挨了贝格尼娅一记响亮的耳光。怒不可遏的女上校一把揪住壮汉的领子，压低了声音说道：

“船长先生，您的船都已经沉了，难道您还有心情坐在这里悠闲自得地喝酒吗？”

“什么？船……沉了？”

“啪!!”

在第二声脆响后，连吃掌掴的罗德里格斯似乎清醒了一些，脸上露出恐惧的神色。贝格尼娅随即吩咐海军陆战队士兵将他绑起来。不过就在此时，也许是大动肝火导致旧伤复发，贝格尼娅突然下意识地按住腰间的伤口并扶着椅背使自己倚靠在墙下，脸上露出了痛苦的表情。见此景象，意识到情况不妙的伊莎贝拉立即冲上前去搀住闺蜜的胳膊：

“姐姐，该不会是你的腰伤又……”

“见鬼！我的腰……好痛……”贝格尼娅的头上沁出了汗珠。

“姐姐，你太疲劳了，现在必须回去休息！”

望着闺蜜那痛苦的模样，伊莎贝拉心疼极了，当即不由分说地扶着她就要离开酒馆。当从已经被士兵绑了个结实的罗德里格斯面前走过时，贝格尼娅苦笑着冲他摇了摇头：

“罗德里格斯，我对你很失望，你辜负了我对你的信任。”

“雷佐小姐，我……我……”罗德里格斯羞愧地低着头，结巴着说不上话来。

“先把他关到‘圣洛伦佐’号的底舱去。明早在‘圣洛伦佐’号上召开全员会议！”

在得到女上校的指示后，士兵将被五花大绑的罗德里格斯押出酒馆。而望着逐渐远去的壮汉，伊莎贝拉不禁有些害怕地小声问道：

“姐姐，像罗德里格斯这样玩忽职守导致军舰被毁，在海军律法里会处以何种惩罚呢？”

“死刑。”贝格尼娅面无表情地答道。

“天哪！姐姐，你该不会真的要处死罗德里格斯吧？”

“军法无情。无论是谁触犯了条规都必须一视同仁！哪怕是我自己也不例外。”

贝格尼娅铁青着脸答道。她那一板一眼的严肃声音令闺蜜的心不由得凉了半截……

次日清晨，开普敦港市大雾弥漫。心中有事的贝格尼娅很早便起了床，然而窗户外白茫茫的浓雾却让她不禁皱起了眉头。经验丰富的女上校心中明白，糟糕的能见度很容易成为敌人执行偷袭行动的天然保护伞；而倘若卡洛琳娜的目标是摧毁自己的冒险船队的话，那么现在正是最佳时机。

想到这里，贝格尼娅来不及叫醒仍在熟睡的伊莎贝拉，披上外套独自离开了总督府。为了应对卡洛琳娜可能发动的偷袭，贝格尼娅必须做好充分准备；而在这之前，还要解决“罗德里格斯违纪”这件令女上校颇为头痛的事件。

码头上，“圣佩德罗”与“圣洛伦佐”号静静地停泊在自己的泊位上，而两舰之间的巨大空隙则曾是“圣塞西莉亚”号的泊位。尽管侥幸逃过一劫，但“圣佩德罗”号因火灾造成的损伤也并非一两日便能修复。正因如此，贝格尼娅才决定在“圣洛伦佐”号上召开全员会议。怀表的指针刚显示早晨6时，当女上校登上“圣洛伦佐”号的甲板时，包括安斯瓦尔多在内的很多人都已经在这里待命了。见女上司登上舰桥，甲板上的船员纷纷议论起来。走到舰桥最前端的贝格尼娅挥手示意大家安静，然后润了润嗓子说道：

“诸位，想必大家都知道了昨晚发生的海盗袭击我皇家海军军舰的事件。此次袭击中，巡航舰‘圣塞西莉亚’号不幸被炸沉。在这里我想强调的是，敌人在此次行动中所采取的手段并不高明。这原本是一次很容易对付的袭击，本舰和‘圣佩德罗’号都成功地阻止了敌人的企图。然而‘圣塞西莉亚’号却没有，这是为什么？”

说到这里，贝格尼娅向身旁的贝内迪克托使了个眼色，海军陆战队上尉立即命令部下将被关在底舱的罗德里格斯押送上来。女上校伸手指着跪在自己腿旁的罗德里格斯继续说道：

“是因为这个男人，被我任命为代理舰长的罗德里格斯竟然在晚上值更时偷跑去酒馆玩乐，导致敌人乘虚而入炸毁了军舰。大家说说看，这是什么行为?!”

“这是典型的玩忽职守！绝不能饶恕！”

“什么嘛！这明明是赤裸裸的背叛行为，处死他！”

甲板上几个素来与罗德里格斯不和的水手长立即煽动大伙儿齐声高叫着要对这位壮汉处以极刑。望着眼前沸腾的人群，罗德里格斯宛若灵魂被掏空般目光呆滞、一言不发。表情严肃的贝格尼娅思索片刻后从贝内迪克托手中接过砍刀，似乎做好了行刑准备。这时，罗德里格斯扭头望向贝格尼娅，嘴角边露出一丝伤感的笑意：

“动手吧，小姐。这是我亏欠您的……”

然而在听到了这句话后，贝格尼娅紧握砍刀的双手竟颤抖起来。在空中停顿了数秒后，女上校到底还是放下了手中的屠刀：

“罗德里格斯，尽管你罪该处死，但……念在你以前战功的份上，我最后给你一次活命的机会。现在你面朝大家认罪吧！”

两行热泪情不自禁地从罗德里格斯的眼里涌出……

“堂堂男子汉岂能轻易落泪！给我转过去，向大家认罪!!”

双眉紧锁的贝格尼娅冲罗德里格斯怒吼起来。罗德里格斯慌忙挪动那自己健硕的身躯、向甲板上数百名船员伏地谢罪。刹那间，甲板上的人们再度议论起来。贝格尼娅拍手示意大家安静并问道：

“诸位，你们愿意接受这位勇士发自内心的忏悔吗？”

“接受！他应该得到宽恕！”

“仁慈的雷佐小姐万岁！”

此时的罗德里格斯再次被眼前的景象所感动，但他强忍住激动之情没有再落泪。在接受船员们将近一分钟的欢呼后，贝格尼娅再次示意大家安静下来：

“但是这并不代表罗德里格斯就可以逃脱惩罚。他将接受一组鞭刑，以此提醒自己不要忘记曾犯下的这个愚蠢的错误。”

女上校话音刚落，甲板上的船员们便再次发出欢呼以示拥戴她的决定。而几乎在同一时间，满头大汗的伊莎贝拉出现在了舷梯的登船口处。只见她不顾一切地挤过人群直冲到贝格尼娅的面前：

“看来我来得还不算晚。姐姐，你真的不打算放过罗德里格斯先生吗？求求你再给他一次机会吧……”

“呵呵，萨拉，谁说我不打算放过罗德里格斯了？这不……我刚才已经将死刑改为鞭刑了。”贝格尼娅冲闺蜜淡然一笑，就连跪在地上的罗德里格斯本人也认可地点点头并露出感激的神色。

“真的吗？太棒啦！姐姐，我就知道昨晚你不是真心的！”

伊莎贝拉激动地搂着闺蜜的脖子亲吻起来。由于用力过猛，“可怜”的贝格尼娅险些被搂得一口气憋不上来。不过，女上校当然能够理解闺蜜在得知罗德里格斯得以活命后的高兴之情，因为尽管嘴上严厉，但她从心底里也自始至终未曾真正动过要处决这位重情义的硬汉的想法。

于是贝格尼娅决定立即执行鞭刑。巴尔德斯将船员疏散开以腾出主桅杆后的空地，将罗德里格斯的衣服撕开，将其手脚用麻绳固定在格板上。一切准备就绪后，贝格尼娅脱去外套，手持“九尾猫”站在了罗德里格斯的身后。就在鞭刑即将开始之际，伊莎贝拉却上前劝闺蜜改让安斯瓦尔多代她执行鞭刑，理由自然是她那昨晚复发的腰伤经不起过度发力。不过闺蜜的好意却被贝格尼娅一口回绝：

“不，对罗德里格斯的鞭刑必须由我来亲自执行!”

“可是姐姐，你还是需要注意点呐!”

“放心，早起时我已经用绷带固定过伤口了，不会有事的。罗德里格斯，你做好承受鞭刑的准备了吗?”贝格尼娅毫不在意地笑了笑，把目光重新投到罗德里格斯的后背上。

“是的，雷佐小姐。请您不要手下留情!!”

“那么我就开始了！罗德里格斯，请你在鞭笞中为自己犯下的罪过向天主祈求宽恕吧!”

说罢，贝格尼娅深吸一口气，挥起“九尾猫”狠狠地抽打在罗德里格斯的后背上，壮汉紧绷的面部肌肉顿时出现了明显的抽搐。紧接着是第二下、第三下……分散的鞭头在壮汉的背上留下了一道道浅浅的印记。在鞭刑执行了 7 下后，罗德里格斯的后背已是鲜血淋漓。看得出，贝格尼娅并未因对方是自己麾下的“爱将”而心慈手软。然而意外却在第 8 鞭时发生了：当完成这次鞭打后，贝格尼娅突然面部痛苦地用手按住了自己腰部的伤口。她的举动令所有人的心中咯噔一怔：毫无疑问，她腰部的伤口又崩裂了。

“姐姐，停手呀！你真的不能再用力了!”

“别管我，萨拉，今天我横竖都要将这组鞭刑执行完!”

贝格尼娅不顾闺蜜的劝阻，倔强地再次站在罗德里格斯的身后。只见她用左手捂住伤口，改用右手执行鞭刑。当鞭刑执行到第 15 下时，船员们甚至能清楚地看到贝格尼娅左侧腰部雪白的衬衫上映出了血迹，然而如铁石般屹立的女上校却强忍着超乎寻常的剧痛继续履行着自己的职责。

也许是领悟到了女上司坚持亲手执行鞭刑的良苦用心，罗德里格斯的眼眶中刹那间也涌满了热泪……

当鞭刑执行到第 19 下时，主桅上负责警戒的瞭望员的高喊声引起了所有人的注意：

“西北偏北方向出现不明帆影！雾太浓难以看清，似乎有两艘船!”

正扬鞭准备抽第20下的贝格尼娅不由自主地停止动作，从安斯瓦尔多手中接过望远镜进行观察。不过由于雾太大，站在低处的女上校几乎看不见任何情况。这时，她低头瞟了眼自己的左手，掌心中已满是斑驳的血迹，而衬衫的左侧腰间也早已被鲜血染红。看来这次伤口迸裂的厉害程度有些超出控制范围了。然而倘若真的是敌人来袭，自己岂能在最关键的时刻倒下？贝格尼娅这样暗想着，从安斯瓦尔多手里拿过自己的红黑衫，正欲穿上，伊莎贝拉却拉住了她的胳膊：

“姐姐，我替你上点药，然后更换一条新的绷带吧。你看……血都渗出来了。”

“萨拉，谢谢，可是……”

贝格尼娅还想推诿，但伊莎贝拉已经不由分说地扯着闺蜜的袖子将其拉进舰长室里。当掀开衬衫、揭去绷带后，贝格尼娅腰上那重新出血的可怕伤口令闺蜜顿时潸然泪下。

“姐姐，你看你都伤成什么样子了！为什么你就不能关心一下自己呢？万一姐姐你有什么闪失，我……我该怎么办……”

听着伊莎贝拉声泪俱下的话语，原本对包扎伤口还有些不耐烦的贝格尼娅愧疚地低下头去。伊莎贝拉含泪将闺蜜的伤口仔细清理、敷药并包扎结实。在这一切都完成后，贝格尼娅惊喜地发现原本刺骨的疼痛竟然得到了很大的缓解！她欣喜地扭动腰身，看起来一切都已灵活自如。兴奋的贝格尼娅立即搂着闺蜜亲吻起来；但尽管如此，伊莎贝拉的脸上依然是忧心忡忡。

“姐姐，算是我求你了，请对自己多点关心吧！”

“萨拉，很抱歉，也许我不能向你保证我不会受伤，但我会尽量去保护自己的。”

伊莎贝拉点点头，提醒闺蜜是时候该去处理更重要的事了。于是贝格尼娅走出舰长室重新回到甲板上。罗德里格斯已经被从格板上释放并穿上了衣服。女上校勉励了他几句，要求他尽快调整好情绪回到自己的战斗岗位上去。随即，警戒铃声被敲响，“圣洛伦佐”号进入全面战备状态。

“那两艘船的情况如何？”站在甲板上的贝格尼娅冲瞭望员喊道。

“那两艘船已经不见踪影了！”

“什么！你确定没有看错吗？”

“抱歉，雷佐小姐，这雾实在是太大了……”

正说着，从码头的另一侧突然传来了隆隆的炮声。贝格尼娅知道那是开普敦港的商船货物堆场码头，炮声则意味着有敌人入侵。敌人是否就是刚才瞭望员看到的那两艘帆船？女上校暗忖着，一面嘱咐安斯瓦尔多速速返回“圣佩德罗”号保持警戒，一面下令“圣洛伦佐”号立即起锚出航。

对于贝格尼娅主动寻敌的做法，包括伊莎贝拉在内的大多数人都持不同意见。弗洛伦西奥认为这是敌人使出的调虎离山之计，目的就是引诱己方主动出击（己方军舰背靠码头和堡垒，处于易守难攻之势，这会令敌人难以下手）；此外，由于雾大能见度低，年轻船长指出此时出击将是极为冒险的举动。面对大伙儿的劝诫，贝格尼娅到底还是屈服了，耐着性子暂时按兵不动；然而随着时间的推移，雾越来越浓，堆场码头方向的炮声也越来越密集，女上校终于按捺不住了：

“再这样等下去，恐怕整个港口都要交给敌人了！”

“雷佐小姐，请您再忍耐一下，我认为敌人现在也正是在试探我们的耐心……”

“不行，我不会再待在这里白白浪费时间了！传我的命令，升帆启航，即刻向堆场码头前进！”

经过一番争执，在贝格尼娅的严令下，“圣洛伦佐”号离开自己的泊位向被茫茫白雾笼罩的大海驶去。从军舰停靠的码头到堆场码头大约需要30分钟的航行时间，贝格尼娅站在舰首甲板最前沿、睁大眼睛观察着四周可能出现的任何敌情。在她的要求下，军舰桅楼上增加了负责瞭望的水手人数。时间一分一秒地过去，令女上校感到疑惑的是，不仅未能发现敌船的半点影子，甚至连先前的炮击声也停止了。正在彷徨中，从“圣洛伦佐”号的右舷外突然传来一阵如雷般的闷响。

“见鬼……有炮击！全员趴下注意掩护……”

实战经验丰富的贝格尼娅立即分辨出那声音的来路，一面高叫着大伙儿警戒，一面卧倒做出保护自己的姿态。几秒钟后，一枚枚炮弹呼啸而来，一些没来得及卧倒的水手被炮弹当场砸死。一时间，战列舰的甲板上血肉横飞。

“这么凶猛的火力……难道对方是战列舰?”从甲板上爬起的贝格尼娅露出极度惊讶的表情。

“雷佐小姐，我们现在处于下风位，情势明显对我们不利，请您下令暂时规避一下吧!”一旁的弗洛伦西奥劝道。

“这距离……既然他们能打中我们，那么我们也能打中他们！传令36磅和24磅火炮准备齐射!!”

不愿向敌人示弱的贝格尼娅挥舞着拳头要求己方火炮对敌舰“以牙还牙”。于是在巴尔德斯和罗德里格斯的指挥下，“圣洛伦佐”号也进行了猛烈炮击，不过由于大雾完全遮挡了视线，炮击效果暂时无法得知。举起望远镜的贝格尼娅“眼巴巴”地想要发现一些线索，然而等来的却是再一次如雷般的闷响……

“趴下!!”

伴随着女上校的一声尖叫，大大小小的炮弹再次如“雨点”般倾泻在“圣洛伦佐”号的舷侧和甲板上。船员们的呼喊声、惨叫声与木料断裂的噪声不绝于耳。一片尖锐的木屑很不走运地插在了贝格尼娅的右肩上，不过向来对此等小伤毫不在意的女上校迅速拔去木屑，像个没事儿人一样站起身来。不多时，弗洛伦西奥也奔到她的身旁，年轻船长还是第一次在脸上露出严峻的神色：

“雷佐小姐，我敢肯定对方的火炮射速超过了我们；甚至有可能是我方正常情况下的1.5倍。”

“什么……1.5倍?你是在开玩笑吗?”

“这不是玩笑！而且刚才我在下层甲板找到了一枚打进船体的36磅重型炮弹，这说明对方是一艘至少拥有74门、甚至更多火炮的大型战列舰!”

弗洛伦西奥语气极为认真地说着，并逐渐提高了嗓门。从他的言语中，脸上黯然失色的贝格尼娅瞬间意识到了问题的严重性。不多时，伊莎贝拉也慌不择路地从舰尾方向奔来，气喘吁吁地告诉闺蜜，遭受两次炮击后，舰上已有 13 名水手丧命；同时还有 20 多人不同程度地负伤。在这样一个风向、射速、甚至数量皆处于劣势的情况下，就连一向硬气的女上校也不得不考虑一个现实可行的应对方案：那就是暂时向港口撤退以避敌之锋芒。

由于“圣洛伦佐”号的舵手在刚才的炮击中受了重伤，贝格尼娅疾步跃上舰桥，亲手操舵使整条军舰向港口撤退。不过就在“圣洛伦佐”号试图转向时，敌方进行了第三次齐射，这次齐射造成的损伤显然比前两次都要大，“圣洛伦佐”号的后桅在炮击中轰然坍塌。所幸的是，断裂的桅杆倒向右舷，并未伤及包括贝格尼娅本人在内的位于军舰尾甲板上的官兵们。女上校使出浑身解数控制着军舰的航向，然而就在她费尽气力完成转向，打算稍稍松一口气时，两艘威风凛凛的双层甲板战列舰从浓雾中冲出，紧紧咬住了“圣洛伦佐”号的舰尾。

敌人终于露出了真面目。惊愕之余，贝格尼娅望见了这两艘战列舰桅杆顶部飘扬的黑底印有血红色玫瑰图案的旗帜。

“卡洛琳娜－塞巴斯蒂昂……你终于现身了么……”

女上校喃喃自语地说道。此时此刻，她清楚地意识到与红发女海盗之间最后的决战即将到来……

【十五】因为我们是西班牙人

万幸的是，当“圣洛伦佐”号的后桅因被敌方炮击而断裂时，贝格尼娅已经基本调整正确了向开普敦港航行的航向；加之顺风的优势，敌人想要追上“圣洛伦佐”号也要花费一番时间。在嘱咐巴尔德斯稳住轮舵后，贝格尼娅得以抽身用望远镜仔细观察身后的追击者，不多时，在较大的一艘战列舰的舰桥上，卡洛琳娜那熟悉的身影出现在女上校的视野中。与先前一贯保持的形象不同，这次红发女海盗并未戴那顶镶有羽毛的老式三角帽，而是将酒红色长发直接披散在肩头随风飘舞。当见到这样一个卡洛琳娜时，贝格尼娅不由得一愣……

无独有偶，此时卡洛琳娜恰好也拿起望远镜进行观察，发现了正望着自己的贝格尼娅，嘴角不禁露出一丝笑意：

“海廷加先生，请传我的命令，让‘皇家玫瑰’号的艏炮对敌舰船艉进行射击！”

“遵命，卡洛琳娜大人！”

荷兰籍年轻海盗答应一声，忙跑向船艏去执行女船长的命令。卡洛琳娜口中的“皇家玫瑰”号正是曾在圣萨尔瓦多岛与贝格尼娅狭路相逢的那艘英式“74炮”战列舰。作为海盗中屈指可数的女性，卡洛琳娜能以一艘原汁原味的“74炮”作为自己的座舰，这在“海盗界”完全是个奇迹。

尽管是一艘英式战列舰，卡洛琳娜却替“皇家玫瑰”号配备了74门由西班牙制造的工艺精良的火炮：28门36磅和28门18磅重炮安置在两层主甲板上、18门8磅轻炮则分别置于艏楼与艉楼的炮墙内。这样强大的火力使其即便在面对正规海军时也不会处于下风。除此之外，另一艘曾属于苏勒的“海王子”号也拥有不俗的实力。在两艘战列舰的夹击下，已经受伤的“圣洛伦佐”号的确难觅获胜的机会；但倘若能将对方引诱到港口，尚在维修的“圣佩德罗”号和岸防壁垒就能够发挥作用。想到这里，贝格尼娅的脸上重新挂上了自信的笑容。

巧合的是，弗洛伦西奥也想到了类似的退敌之策，于是兴冲冲地跑来向贝格尼娅献计。他的计划无疑比女上校的更为周密：“圣洛伦佐”号在返回港内后可进行迂回，诱使敌舰将侧面暴露出来；这样一来既可发挥“圣佩德罗”号与岸防壁垒的火力优势，又可使本舰迂回后对敌舰形成包围之势。对于年轻船长的建议，贝格尼娅满心欢喜地接受并决定立即予以实施。

在用艏炮射击数次后，卡洛琳娜发现实际效果不佳，遂下令停止开火。由于风向对“圣洛伦佐”号有利，若想俘虏这艘军舰，摆在卡洛琳娜面前唯一可行的办法就是冲进港去。然而女海盗心里十分清楚，倘若进港将遭到岸防火炮的“洗礼”，这对于自己和麾下的全体海盗来说实在是过于冒险了。

就在女海盗犹豫之际，海廷加快步走上舰桥问道：

“卡洛琳娜大人，您为何下令减速？眼看就要追上了啊！”

“我刚才考虑了一下，觉得就这样驶入港口太冒险了，还是将港口封锁住好了。”

“卡洛琳娜大人！敌舰已在我方的炮火下失去了战斗力，怎能放弃这个为苏勒大人复仇的绝佳机会？”

海廷加立刻焦躁地嚷了起来。当听到“苏勒”这个令自己悲伤的名字时，卡洛琳娜再也控制不住自己的情绪。只见她含泪点点头，“嗖”地抽出腰间的长刀指向“圣洛伦佐”号的方向说道：

“传我的命令，全速追击敌舰!!”

卡洛琳娜的话音未落，“皇家玫瑰”号的甲板上已经响起了海盗们震耳欲聋的欢呼声。望着这些坚定地支持自己的海盗弟兄们，卡洛琳娜紧攥拳头下定了决心……

另一边，在“圣洛伦佐”号的后甲板上，贝格尼娅仍专心操控着手中的轮舵。曾在十多年前短暂担当过冈萨雷斯舰上舵手的女上校此时精湛的操舵技艺足以令所有人为之信服。然而细心的伊莎贝拉却注意到在如此寒冷的天气下，闺蜜的脸上竟渗出又细又密的汗珠。心中感到困惑的她忙上前一步问道：

“姐姐，你看起来有点不大对劲？”

“萨拉，我还好，只是伤口有些痛。请帮我看一下，我那该死的腰是否又……”

伊莎贝拉顿时明白了闺蜜的意思，于是小心翼翼地掀起对方的红黑衫外套与白衬衫，检查绷带是否渗出血迹；然而眼前的景象却令公主惊呆了：原本雪白的绷带已经很明显地被大量鲜血所染红，甚至可以清楚地感受到绷带因血液而变得湿润。伊莎贝拉立即用颤抖的声音告知了闺蜜这一消息：

“姐姐，我恐怕……恐怕你不能……不能再坚持下去了……”

“萨拉，你为什么这么说？我只不过是觉得腰部突然间疼痛加剧了而已。”对于闺蜜的惊恐表情，贝格尼娅反而露出不解的神色。

“血……好多血……”

伊莎贝拉边说边落下了泪。在闺蜜的提示下，贝格尼娅伸手摸了摸自己受伤的腰部，当看到掌心里满满猩红的血液时，她瞬间明白了闺蜜惊恐的原因。不过女上校那苍白的脸上并未露出丝毫的畏惧，而是以略显调皮的语气微笑着对闺蜜说道：

“嘿嘿，不过是出了点血而已，请别大惊小怪哦！萨拉，你能帮我按压住伤口吗？我现在没法腾出手来……”

“姐姐，都出了这么多血了，再这样下去你会死的！”

“抱歉萨拉，我现在绝不能松手，全舰数百人的性命都在我的手里呀！拜托了，我的好妹妹，帮帮我！”

贝格尼娅一面继续掌舵，一面向伊莎贝拉投去恳求的目光。此时此刻，面对如此硬气的闺蜜，伊莎贝拉已经没有任何理由再去拒绝她了。只见公主含泪从身后紧贴着闺蜜的身体，同时双手紧紧抵住了对方那顽强坚挺着的玉腰……

在贝格尼娅专心致志地掌舵下，“圣洛伦佐”号已经距离港口很近了，只不过由于大雾，码头上的人们仍无法看清这艘军舰。尽管视线受阻，“圣佩德罗”号上的安斯瓦尔多却一直恪尽职守地要求船员们保持高度警戒。大约9时左右，瞭望员报告在“圣佩德罗”号的左舷方向出现了一艘帆船的帆桅。由于雾依然浓郁，瞭望员推测这艘船距离己方的距离不会超过180米。很快，更多的信息随之而来：该船悬挂着西班牙旗帜并以旗语示意“圣佩德罗”号炮击随后出现的帆船。

“那是雷佐小姐的船，全体炮手做好射击准备！”

得知瞭望员消息后的安斯瓦尔多立即下令左舷所有火炮做好射击准备；同时还派出船员火速通知岸上的防御堡垒在本舰开火后配合实施炮击。一切准备就绪后，年轻少校紧张地等待着女上司那边的消息，时间一分一秒地过去了……

当“圣洛伦佐”号在距“圣佩德罗”号大约100多米处开始转向时，贝格尼娅已经可以依稀看到自己旗舰模糊的身影了，这一距离恰好是发挥重炮威力的最佳时机。面朝着“圣佩德罗”号的方向，女上校露出期待的微笑。不过就在这时，她突然感到一阵头晕目眩，甚至连脚踝也不由自主地崴了一下，幸而位于身后的伊莎贝拉及时稳住重心才使其不至于摔倒。此刻，伊莎贝拉清楚地意识到，闺蜜恐怕快要不行了。

“姐姐，你真的不能再硬撑了！难道你想在这种鬼地方牺牲……这值得嘛！”伊莎贝拉眼里噙着泪水再次劝了起来。

“萨拉，就差最后一口气了！我……死也要坚持下去……”

贝格尼娅用微弱的声音边回答边依然倔强地把着舵轮不肯松手。就在伊莎贝拉打算用更加犀利的话语劝说闺蜜休息时，弗洛伦西奥的声音突然从两人身旁响起：

“雷佐小姐，公主殿下的话没错，您可不能倒在这种地方。上千名西班牙将士都等着您来继续指引前进的方向呢！至于掌舵，倘若您信得过我的话，我弗洛伦西奥乐意代您效劳！”

“弗洛伦西奥先生，您……确定可以么？”听了弗洛伦西奥的话，贝格尼娅似乎有些心动了。

“当然，在拉斯帕尔玛斯的时候我已经证明过自己了。而且关于您目前的计划，我想我也是十分清楚的。”弗洛伦西奥十分肯定地点了点头。

“太好了……那就……拜托您了……”

望着年轻船长自信满满的样子，贝格尼娅那已无血色的美丽脸庞上终于露出了一丝释然的笑容；紧接着，她的身体便如被吸去了魂魄般瘫倒下去。当伊莎贝拉搂起她并急切地呼唤闺蜜的名字时，却发现对方早已昏了过去。这当然是意料之中的事，在失去了如此多的血后，很难想象一个身体单薄的姑娘能仅凭顽强的意志坚持到了现在……

于是在格拉迪诺的帮助下，伊莎贝拉将闺蜜搀回舰长室，并将其安放在曾经属于她的那张床上。不过与以往不同的是，伊莎贝拉在将闺蜜拜托给格拉迪诺照顾后，立刻就离开了舰长室。尽管心里十分难过，但公主非常清楚眼下最重要的事是协助弗洛伦西奥共渡难关……

“安斯瓦尔多先生，‘圣洛伦佐’号转过去了！”“圣佩德罗”号的瞭望员高声叫道。

“很好！炮手各就各位，等我一声令下就射击！”

安斯瓦尔多激动地挥舞着拳头应声道。各火炮指挥官都摩拳擦掌准备“大干一场”。不多时，当“圣洛伦佐”号逐渐由东向北驶去时，视力如鹰一般敏锐的瞭望员终于看见了第二艘帆船的桅杆：

“安斯瓦尔多先生，敌舰出现！目前是朝着港口方向航行。”

“再等一等，时机未到！”

大约一刻钟之后，瞭望员发出了第二次警告：

“安斯瓦尔多先生，敌舰已经开始转向，与我舰的夹角大约为45°！”

“再等一等，时机未到！”

大约又过了一刻钟，瞭望员发出了第三次警告：

“安斯瓦尔多先生，敌舰已几乎与我舰齐平！”

“就是现在……开火！！”

在年轻少校的一声怒吼下，“圣佩德罗”号舷侧42门大小火炮喷吐出火舌，进行了一次声势宏大的齐射。猝不及防的来舰瞬间被打断主桅，整个船都失去了控制。当瞭望员高声通报显著的射击效果时，“圣佩德罗”号上的全体官兵都欢呼起来。

然而这艘敌舰并非卡洛琳娜的旗舰“皇家玫瑰”号。狡猾的红发女海盗在向港口追击时有意让“海王子”号行驶在前方，而这一招也确实暂时挽救了自己的性命。望着眼前瞬间被“打成筛子”的“海王子”号，卡洛琳娜惊得目瞪口呆。她原以为“圣佩德罗”号已被烧毁（这是她派去的密探传来的消息），而现在有能力将“海王子”号在一轮炮击内摧毁的军舰除了“圣佩德罗”号之外还能有谁呢！

就在卡洛琳娜犹豫是否放弃追击计划时，隆隆的炮声再度响起（那是岸防壁垒按照安斯瓦尔多的请求而执行的炮击），本已摇摇欲坠的“海王子”号再次遭受“致命打击”，剩余的桅杆被尽数折断。这艘装备56门火炮的小型战列舰在短短数分钟内便彻底沦为了一具“漂浮在水面上的棺材”。

“卡洛琳娜大人，请您允许我去营救‘海王子’号上的弟兄们！”眼见不远处的同胞遭受如此大的打击，海廷加焦急万分地请求道。

“不行，如果我们过去了也会是同样的下场。传我的命令，立即调头离开这里！”

“卡洛琳娜大人，我求您了！如果现在不救，他们必死无疑啊！”

海廷加声泪俱下地恳求着，竟“扑通”一声跪倒在了卡洛琳娜面前。年轻海盗那对同伴的热情无形中打动了红发女海盗那颗冰封的心。只见她的脸上露出了一丝无奈的笑容：

“好吧……不过恐怕今天我们谁也别想活着离开这儿了。传我的命令，向‘海王子’号靠拢！”

在下达这一命令的同时，一向以自己利益至上的红发女海盗似乎已经能看到今天自己的结局了，然而此时此刻，这个结局在她的眼中似乎已经变得不再那么重要……

在弗洛伦西奥精湛的掌舵技术下，“圣洛伦佐”号在海面上划出了一道优美弧线后向敌方两舰的“背后”驶去。上午10时许，持续了数小时的大雾终于有退散之势。通过望远镜，弗洛伦西奥发现敌方两艘战列舰正紧贴在一起，其中一艘已经桅杆全无、形同废船。机敏的弗洛伦西奥很快便意识到这是敌方之间的施救行为，而这正是将两艘敌舰一网打尽的绝好机会！

与此同时，安斯瓦尔多也发现了敌方的第二艘战列舰（即“皇家玫瑰”号），不过由于前面隔挡了先前被摧毁的第一艘敌方战列舰（即“海王子”号），“圣佩德罗”号与岸防壁垒的炮火均无法攻击到它。随着能见度的进一步提升，安斯瓦尔多甚至看到了正从北面向那两艘海盗战列舰靠近的“圣洛伦佐”号。希望之火瞬间在年轻少校的心里点燃，只见他摘下三角帽扔向空中激动地叫嚷起来：

“那是雷佐小姐打算包抄敌舰啦！雷佐小姐万岁！西班牙皇家海军必胜!!”

紧接着，“圣佩德罗”号上的所有船员都跟随着安斯瓦尔多振臂高呼了起来。他们希望能将这股士气传递到数百米外的“圣洛伦佐”号上，助女上校一鼓作气拿下敌人。

“皇家玫瑰”号上，眼望着如同一头疯牛般向自己冲来的“圣洛伦佐”号，卡洛琳娜不禁打了一个寒战。距离完成接纳“海王子”号伤员的任务还需要一段时间，而几乎可以肯定的是到那时想跑也跑不了了。

“炮手各就各位，向‘圣洛伦佐’号开炮!!”

卡洛琳娜用她那妩媚嘹亮的声音向海盗们喊了起来。下达开炮抵抗的命令几乎意味着红发女海盗放弃了最后的逃跑机会。对于女头目的这一决定，就连之前主张救人的海廷加都露出了吃惊的神色。毫无疑问，这是女头目首次把同伴的性命放在自己之上……

不仅是卡洛琳娜的部下，就连弗洛伦西奥也不敢相信对方竟会打开炮门做最后的抵抗。说时迟那时快，“皇家玫瑰”号第一轮齐射的炮弹已经打在了“圣洛伦佐”号的船艏上，竟将船艏上的铜狮子打得粉碎！船身中弹所导致的震颤使在船艏观察敌情的伊莎贝拉因站立不稳而摔倒在甲板上。一块飞来的木屑划伤了她那细嫩的胳膊；但似乎被闺蜜的英勇附体的公主却毫不在意地迅速爬起，并下令船艏炮对敌舰进行回击。“圣洛伦佐”号与“皇家玫瑰”号之间再次碰撞出激烈的火花。

“圣洛伦佐”号的舰长室里，贝格尼娅吃力地睁开眼睛，发现自己正躺在床上；床边坐着正翘首以盼的格拉迪诺，却不见了闺蜜的踪影。心急的女上校想要坐起，但一阵强烈的头晕却又令她无力地倒在了床上。格拉迪诺忙上前将她的枕头垫高，并端来一杯清水：

“雷佐小姐，您失血过多，现在千万不可以乱动。”

“格拉迪诺医生，外面……已经开战了吧？”

“我想恐怕是的，雷佐小姐。公主殿下正全权负责指挥作战，请您安心养伤，切不可使伤口再次受创……”

“不行，萨拉她……不是卡洛琳娜的对手，我……我必须……”

贝格尼娅说着，扭动着她那虚弱的身躯想要下床。然而就在此时，也许是触碰到了伤口，女上校“呀”了一声，转瞬间再次失去知觉。望着再度昏迷的可怜姑娘，格拉迪诺不禁摇了摇头……

在“皇家玫瑰”号的几轮炮击过后，“圣洛伦佐”号的船艏几乎已被打得“稀烂”，但幸运的是首斜桅并未受到破坏。眼看距离已经差不多了，弗洛伦西奥猛打舵轮使“圣洛伦佐”号的船身向“皇家玫瑰”号逼去。望着正向自己直直撞来的巨大军舰，海盗们惶恐地在甲板上抱头鼠窜。

“开火!!”

在两舰即将平行之际，机敏的伊莎贝拉抓住这最后的机会，高声下令向敌舰炮击。由于距离过近，火药产生的烟雾使两舰顿时淹没在一片白茫茫的“云海”中。炮击刚刚结束，早已跳上船头的伊莎贝拉将佩剑拔出直指向敌舰：

“英勇无畏的西班牙皇家海军将士们，请随我冲啊!!”

此时从伊莎贝拉那坚定的声音和屹立的身躯上，老船员们仿佛看到了以往接舷作战时总是一马当先的贝格尼娅的影子，遂纷纷士气高昂地呐喊着跃上敌舰，一场海战中的最后阶段也是最为残酷的白刃战就此拉开序幕。见西班牙将士跃上了己舰甲板，决意拼死一战的卡洛琳娜也拔出双刀准备突前，不料被海廷加拉住了胳膊：

“卡洛琳娜大人，您是全舰的灵魂，肉搏这种粗暴的事还是交给属下去完成吧！”

说罢，面露坚定之色的年轻海盗提起两柄双刃斧高声吆喝海盗们随自己前去御敌。卡洛琳娜却愣住了……

在船艄甲板上，激战已经开始了。身先士卒的伊莎贝拉在将两名海盗砍倒后自己也受了点轻伤。实战经验匮乏的她显然还未做好应对这种大战的准备，尤其是在对背后敌人的防范上。当她与正面敌人激战正酣时，一名企图偷袭她的海盗从身后悄悄摸了过来，不过眼看公主就要遭殃，罗德里格斯突然出现在两者之间，挥刀怒喝着将这名海盗砍为两段。

“罗德里格斯先生？”在身后之敌被杀后，方才反应过来的伊莎贝拉回头露出了惊讶的神色。

“这是实战不是演习，公主殿下不可大意啊！”

面对罗德里格斯的劝诫，伊莎贝拉有些羞愧地点了点头。“姐姐，请赐予我力量吧！”，她这样暗想着，竟感到自己持剑的右手猛然间变得更加灵巧，顷刻间又将正面袭来的几名敌人如切瓜砍菜般砍倒。随着杀敌动作愈加熟练，伊莎贝拉仿佛真如闺蜜附体一般引起了人们的注意。尤其是罗德里格斯，曾亲随贝格尼娅仅凭两人之力在拉各斯港外血洗“圣洛伦佐”号上海盗的壮汉，对于伊莎贝拉此时所展现出来的剑术目瞪口呆……

表现出不俗实力的伊莎贝拉很快也吸引住了海廷加的注意力。以为这就是被卡洛琳娜视为“终极目标”（即指贝格尼娅）的年轻海盗二话不说，操起两柄大斧便直扑过来。起初，伊莎贝拉并未重视对方，然而当剑与斧激烈碰撞时，对方那可怕的蛮力几乎要将公主的虎口震出血来。伊莎贝拉惊叫着连连退后数步，而还未等她反应过来，海廷加已经抢先一斧砍伤了公主的左肩，鲜血顿时如泉水般涌出。

“这就是传说中的‘西班牙皇家海军之花’的实力吗？真是笑死

人了，给我乖乖下地狱去吧!!”

望着下意识地丢了剑捂住自己伤口的伊莎贝拉，海廷加咆哮着举斧照其头部狠狠劈去。在这千钧一发之际，罗德里格斯再次扮演了“拯救者”的角色，只见他双手握刀牢牢地架住了对方倾尽全力的一击。也许是没料到西班牙皇家海军中竟有与自己身材相仿的壮汉，海廷加的脸上写满了惊讶。

“公主殿下请退后！这家伙交给我罗德里格斯来对付!!”

当听到罗德里格斯嘴中冒出“公主”这个词语时，海廷加顿时露出了更加难以置信的面容，甚至连整个人的动作都变得迟缓起来；而罗德里格斯则抓住这难得的机会迅速出手，又快又准地一刀砍中对方腰部；紧接着一用力，竟将对方斩为两段……

趁着罗德里格斯对付海廷加的空隙，表现得比往常都要顽强的伊莎贝拉接过同伴递来的棉布将伤口死死扎住；随即又投入到战斗之中。她的目标早已锁定在“皇家玫瑰”号尾甲板上正彷徨的红发女子身上……

望着眼前“漫山遍野”涌来的西班牙人，卡洛琳娜已经对胜利不抱有任何希望；此时她心中唯一期盼的就是贝格尼娅能够出现在自己面前，而后进行一场你死我活的决斗。兴许运气好的话能将这位名声显赫的女上校拉上与自己共赴黄泉之路……

正想入非非中，伊莎贝拉已经冲到了卡洛琳娜的面前。望着黑发碧眼、穿着被血染红的白色礼服的伊莎贝拉，红发女海盗不禁露出疑惑的神色：

“你不是贝格尼娅-德雷佐?”

“你就是卡洛琳娜-塞巴斯蒂昂吧？取你首级何需姐姐亲自出马，我伊莎贝拉-德波旁足矣！”

“哟……原来是传闻中与雷佐小姐形影不离的公主殿下呀，看看你的肩膀吧，都已经被血浸透了，这样子也能与我交战?”卡洛琳娜注意到伊莎贝拉受伤的左肩，冷笑一声反问道。

“哼……打败你只需要一只手就够了！”伊莎贝拉灵活地舞动着右

手中的佩剑，毫不示弱地予以回击。

“别太猖狂了！我偏不信这世上能有两个贝格尼娅-德雷佐（即不相信伊莎贝拉的剑术能达到贝格尼娅的水平）!!”

卡洛琳娜怒吼着，一个鱼跃跳至伊莎贝拉面前，挥起双刀就向对方白皙的颈部砍去。伊莎贝拉低头疾避，随风飘起的长发被双刀斩断了几根丝絮。与此同时，倾斜身体的公主出其不意地以攻代守，挥剑直刺卡洛琳娜的心窝；红发女海盗侧身疾避，但由于对方速度过快，那一剑还是划破了自己的左臂上侧。当然，此伤与伊莎贝拉被海廷加所砍中的那一斧相比简直不值一提。

“竟敢伤我？你的末日到了！”

卡洛琳娜瞟了眼自己的伤口，咬牙切齿地边说边加快了速度。由于左臂不能动弹，伊莎贝拉的平衡性大大下降。在勉强躲过了几个回合的攻击后，可怜的姑娘被对方一刀砍中了胸前右锁骨附近的部位。尽管伤口并不算太深，但也是血染衣襟。再度受伤的伊莎贝拉灵活度进一步下降，卡洛琳娜看准机会俯下身一刀砍伤了对方的大腿。这下，站立不稳的公主终于跪了下去。

“再见了，美丽的公主。如果我是你，是绝不会离开王宫去干这些蠢事的！身在福中不知福……活该下地狱!!”卡洛琳娜用舌尖轻轻舔舐了下刀尖上的血液，咧嘴笑道。

“该死的……我有说过要认输了吗？该下地狱的人是你才对啊！”

伊莎贝拉抹去嘴角边的血丝，边怒吼着边使出最后的气力，单腿飞身跃起挥剑直取卡洛琳娜，而她那凄厉的声音也吸引住了仍留在“圣洛伦佐”号尾甲板上指挥火枪手对海盗进行远程打击的弗洛伦西奥。当年轻船长抬头望见伊莎贝拉时，做出搏命一击的公主已经与红发女海盗擦肩而过了……

空气中弥漫着一阵血雾，伊莎贝拉的后背上也多出了一道刀口。只见鲜血从她的嘴里喷出，混合着眼角的泪水流下双颊：

“姐姐……对不起……”

伊莎贝拉喃喃自语着闭上眼睛，无力地倒在了甲板上。几乎在同一时间，舰长室中昏迷的贝格尼娅突然睁开了双眼，并从嘴里发出含糊不清的声音：

“萨拉……”

“雷佐小姐，您终于又醒了！公主殿下正领导我军与敌人进行最后的战斗，请您放心……”格拉迪诺忙凑上前来轻声道。

“萨拉，我对不起你……”也许是意识到了什么，贝格尼娅念着闺蜜的名字，声音竟哽咽了……

“皇家玫瑰”号的尾甲板上，喘着粗气的卡洛琳娜走到伊莎贝拉身旁，举刀打算给其“最后一击”。不过就在这时，一声清脆的枪响后，红发女海盗竟应声倒下。只见目光坚毅的弗洛伦西奥手持一支火枪站在船舷边，而那枪口还在冒着青烟……

不过那一枪仅仅命中了卡洛琳娜的后肩窝，并未对其造成致命伤害。在中弹倒地后不久，红发女海盗甚至还想爬起来去取伊莎贝拉的首级。情急之下，发现了她的这一企图的弗洛伦西奥打算直接跃到对面甲板上予以阻止；不过就在他进行助跑冲刺时，罗德里格斯那庞大的身躯已经拦在了卡洛琳娜与伊莎贝拉之间。只见满身是血的壮汉伸脚踩住了红发女海盗想要去够刀的手……

“闹剧该结束了，海盗小姐。”

“哥顿-罗德里格斯？”卡洛琳娜吃惊地抬起头来。

罗德里格斯冷笑一声，向身旁的贝内迪克托使了个眼色，海军陆战队上尉立即亲手用麻绳将红发女海盗捆了个结实。卡洛琳娜的被擒预示着这场血腥之战已经画上了句号，残余的海盗们纷纷放下武器就地投降。

一跃跳上“皇家玫瑰”号甲板的弗洛伦西奥不顾一切地冲到伊莎贝拉的身旁将其搂起。可怜的公主此时已仅存微弱的呼吸与心跳，并且早已陷入深度昏迷之中。年轻船长二话不说将其抱起，跟随着押送卡洛琳娜的罗德里格斯等人一同返回“圣洛伦佐”号……

数分钟后，“圣洛伦佐”号舰长室的门被轻轻叩响，在得到贝格尼娅的应允后，格拉迪诺上前打开了房门，只见罗德里格斯押着卡洛琳娜出现在门口：

“雷佐小姐，恭喜您，我军大获全胜！”

“罗德里格斯，谢谢你。萨拉她……没回来么？”贝格尼娅微笑着点点头，但心中惦记着伊莎贝拉的她还是第一时间询问起闺蜜的下落。

“公主殿下受了重伤，已经被弗洛伦西奥先生直接带去医疗室抢救了。不过您不必担心，弗洛伦西奥认为伤情尚在他的控制范围之内。”

“天哪！愿天主保佑弗洛伦西奥成功。格拉迪诺医生，请你也去帮他吧，我现在已经感觉好多了。”

贝格尼娅激动地在胸前画了个十字，而后向格拉迪诺使了个眼色。年轻医生应允地点点头，立即离开了舰长室。见格拉迪诺离去，罗德里格斯猛地将被捆住的卡洛琳娜推倒在地，向贝格尼娅问道：

“雷佐小姐，这个女人该如何处置？就是她，险些杀害了公主殿下！依我看，不如就在这里了断她吧！”

“不，罗德里格斯，请替塞巴斯蒂昂小姐松绑。”

“什么？您……该不会是发烧了吧？这种蛇蝎心肠的女人……”

不仅是罗德里格斯，就连蓬头垢面的卡洛琳娜的脸上也露出难以理解的神色。也许是觉得还不够解气，壮汉伸脚狠狠踢中红发女海盗的背部，然而贝格尼娅却以轻微但异常冷静的声音喝止了他：

“住手！不可以再伤害塞巴斯蒂昂小姐了，请替她松绑。”

在意识到女上司并未开玩笑后，罗德里格斯只得悻悻地解开了绳索。惊魂未定的卡洛琳娜以异样的眼光望着眼前这个自己一直想置于死地的敌人。只见贝格尼娅扶着床边坐了起来，竟伸手握住了卡洛琳娜那满是伤痕的手掌，用温和的声音说道：

“塞巴斯蒂昂小姐，请别害怕，战斗已经结束了。我一会儿就会安排人送您回去。”

“雷佐小姐，作为敌人，您……为什么不立刻杀了我?!”

“那是因为我们都是西班牙人，都是兄弟姐妹呐！同胞之间又为何要自相残杀呢?”

刹那间，贝格尼娅那如阳光般温暖的话语化解了卡洛琳娜长久以来冰封的心。很快，两行热泪不由自主地从红发女海盗那布满血污的脸上流下，甚至整个人都跟着抽泣起来……

医疗室里，弗洛伦西奥在两位女性——艾玛与丹妮莉丝的协助下正紧锣密鼓地为垂死的伊莎贝拉进行手术。格拉迪诺的及时赶到缓解了年轻船长的压力。在经过将近一小时的“奋战”后，伊莎贝拉的呼吸终于平缓了一些。这时，在罗德里格斯的护送下，贝格尼娅带着卡洛琳娜也走进了医疗室。当发现被自己一枪射中的红发女海盗竟尾随在女上校身后时，弗洛伦西奥不禁暗暗吃惊。

“各位辛苦了。请问萨拉现在的情况如何?”

“刚替公主殿下完成了伤口缝合手术，目前看来暂无生命危险。但是……还需要疗养观察一段时间。”

对于贝格尼娅的提问，弗洛伦西奥带着矛盾的心情答道。女上校走到伊莎贝拉的床前，俯身吻了一下闺蜜那苍白的脸庞。借助着烛光，弗洛伦西奥向贝格尼娅一一指出伊莎贝拉所伤之处。尽管这些伤口都已用干净的绷带包扎好，但轻抚着绷带，贝格尼娅还是落下了悲伤的泪水：

“对不起，萨拉，都是我害了你……”

“雷佐小姐，请您别太自责了。公主殿下为西班牙赢得了荣耀，也应该很欣慰吧。愿天主保佑她渡过难关！”

面对伤心自责的贝格尼娅，弗洛伦西奥连忙安慰她，女上校点头拭去泪水，随后出人意料地请求弗洛伦西奥与格拉迪诺对卡洛琳娜肩窝的枪伤也做出手术治疗。对于这一请求，弗洛伦西奥表现出不能理解和接受的表情：

“雷佐小姐，您为何要救助一个企图杀死自己的敌人？恕我直言，还有很多受伤的我军将士等待治疗呢！”

“这里没有敌人，只有我们的同胞。对待同胞我们要一视同仁，所以……拜托二位了！”

贝格尼娅面带微笑地拍了拍弗洛伦西奥的肩膀。在这一刻，不只是弗洛伦西奥和女上校其余的同伴们，甚至连卡洛琳娜本人也露出了难以置信的神情……

一小时后，完成了肩部手术的卡洛琳娜回到舰长室，站在门口大约犹豫了十几秒后，红发姑娘轻轻叩响了舰长室的木门。在得到了屋内贝格尼娅的应允后，她扭捏地推门走了进去。正整理舰上文件的贝格尼娅见是卡洛琳娜，忙放下手中的东西迎上前来。

“塞巴斯蒂昂小姐，太好了，手术成功了吧？”

“嗯，我现在已经几乎感觉不到疼痛了。雷佐小姐……也许千言万语都难以表达我此时的心情。但是我还是要说声谢谢您……”

“呵呵，不客气。很高兴能看到您又恢复了健康，那么……我这就安排人送您回去。不过，我可有个小小的条件哦：以后请放我和我的船队一条生路吧！”

贝格尼娅半开玩笑地说着，冲卡洛琳娜俏皮地眨了眨眼，而红发姑娘则瞬间羞涩得红了脸。停顿几秒后，心脏急促地跳个不停的她鼓足勇气开口道：

“其实……雷佐小姐，如果您愿意的话，请允许我加入您的船队吧！我想我一定能够派上用场的！”

对于卡洛琳娜的自荐，贝格尼娅先是一愣，很快便满面笑容地张开双臂与对方来了个深深的拥抱：

“欢迎您，塞巴斯蒂昂小姐！这儿就是您的家……”

又是一句暖人心肺的话语，卡洛琳娜又一次因感动而落泪……

在卡洛琳娜“投诚”后，她幸存的部下大多自愿加入贝格尼娅的船队，而女上校也无一例外地接纳了他们。由于“圣洛伦佐”“皇家玫瑰”与“海王子”号皆失去动力，范德尼尔松总督出动多艘拖船费尽周折才将这3艘庞然大物拖回了码头。当贝格尼娅再度登上码头栈桥时，总督与市民像等候英雄般迎接她的归来。由于成功保卫了港口，慷慨的总督决定免费替贝格尼娅维修她的所有战舰，顺带补给弹药和物资；而感激的女上校也表示愿将“海王子”号赠送给开普敦担任港口的保卫者。大喜过望的范德尼尔松立即将该舰更名为“保卫者”号（荷兰语为Beschermer）。此外，贝格尼娅还将“皇家玫瑰”号更名为“圣特列莎”号（Santa Teresa）、作为一名新成员加入了自己的舰队。

好消息接踵而至。在昏迷多日后，曾一度与死神擦肩而过的伊莎贝拉终于在6月5日苏醒了过来，这也让一直守候在闺蜜床前的贝格尼娅心中的石头落地了。也许她终于能体会到半年多之前闺蜜同样守候在自己床前时的滋味了。这使她不由得想起了一句话：最痛苦的不是离别，而是无尽的等待……

在贝格尼娅的开导下，苏醒后的伊莎贝拉十分大度地原谅了卡洛琳娜曾对自己的冒犯，甚至和闺蜜一样很快便与红发姑娘在说笑中成为了朋友。有时候，人与人之间所欠缺的就是一股宽容之情……

6月6日傍晚，贝格尼娅陪伴大伤初愈的闺蜜在总督府后花园散步，临近晚餐时，范德尼尔松突然派人急匆匆地将二人接至总督办公室。走进办公室，荷兰总督开门见山地告诉两位姑娘，有一艘西班牙快船刚刚抵达开普敦，并带来了一个令人震惊的消息：

“天哪！您是说，西班牙将正式向英国宣战？”在听完总督的陈述后，两位姑娘异口同声地惊叫起来。

“是的。这是一艘驶往马尼拉（位于太平洋西岸的西班牙殖民地）的快船，恰逢在本港进行补给。该船的任务就是通知马尼拉当地的西班牙总督贵国将与英国开战的消息。”

范德尼尔松十分肯定地点了点头。贝格尼娅立即激动地与闺蜜拥抱在一起。西班牙向英国宣战意味着女上校可以名正言顺地攻击英国船只，而这正是她日夜期盼的好消息。如此一来，即便莱顿真的身披英国海军军服出现在自己的面前，自己也可以毫不手软地将其绳之以法。想到这里，贝格尼娅不禁信心满满地攥紧了拳头……

经过好望角即可抵达印度洋，而那块遥远而神秘的东印度海域将会是与杀害叔父仇人展开宿命对决的最后战场吗？

女上校期待着从开普敦启航的日子，期待着明天……

（第二卷终）